SONJA UND NILS
VON DORN
FRAU
KOMMISSAR VALKO
MARNIE KÜSTER

In der Reihe *Rory Shy* sind bislang erschienen:
Band 1: Rory Shy, der schüchterne Detektiv
Band 2: Rory Shy, der schüchterne Detektiv. Der Fall der Roten Libelle
Band 3: Rory Shy, der schüchterne Detektiv. Das Rätsel um Schloss Eichhorn
Band 4: Rory Shy, der schüchterne Detektiv. Das Verschwinden der Amanda Kent
Band 5: Rory Shy, der schüchterne Detektiv. Ein Clown unter Verdacht
Band 6: Rory Shy, der schüchterne Detektiv. Die Erpressung des Soßen-Königs
Band 7: Rory Shy, der schüchterne Detektiv. Der verratene Ganove

Band 8 erscheint im Frühjahr 2026!

MIX
Papier | Fördert gute Waldnutzung
FSC® C014138

4. Auflage 2025

Ritterstraße 3, 10969 Berlin
produktsicherheit@ueberreuter.de
ISBN 978-3-7641-7124-7

Lektorat: Emily Huggins
Umschlag- und Innenillustrationen: Fiete Koch
Druck und Bindung: Finidr, Tschechische Republik
Gedruckt auf Papier aus geprüfter nachhaltiger Forstwirtschaft.
www.ueberreuter.de

Oliver Schlick

Rory Shy

DER SCHÜCHTERNE DETEKTIV

DER FALL DER ROTEN LIBELLE

ueberreuter

Inhalt

~1~

So oder so

»Herrgott, Matilda! Schaff den Hund hier raus!«, knurrt Frau Zeigler, während sie auf der Suche nach Papas Sonnenbrille durch die Diele irrlichtert. »Ständig rennt einem dieses Zottelvieh vor die Füße. Irgendwann werde ich mir seinetwegen das Genick brechen.«

Frau Zeigler ist unsere Haushaltshilfe und mit Zottelvieh ist Doktor Herkenrath, unser Cockerspaniel, gemeint. So wie Frau Zeigler von ihm spricht, könnte man glauben, dass sie ihn nicht mag. In Wahrheit kann sie Doktor Herkenrath nichts abschlagen, sobald er seinen treuen schielenden Hundeblick auflegt. Wenn sie denkt, ich kriege es nicht mit, füttert sie ihn in der Küche mit Fleischwurst und streicht ihm dabei zärtlich über den Kopf. Frau Zeigler gehört zu den Menschen, die ihr goldenes Herz unter einer rauen Schale verbergen. Raimund, ihren Mann, bezeichnet sie gerne mal als Triefnase oder Trantüte. Was nicht besonders nett klingt. Dabei liebt sie den trantütigen Raimund im Grunde ihres Herzens heiß und innig. Wahrscheinlich füttert sie ihn auch heimlich mit Fleischwurst, wenn niemand hinsieht.

Und was *den Hund* angeht, hat sie gar nicht mal unrecht: Doktor Herkenrath ist tatsächlich ein Sicherheitsrisiko. Er hat sich von der allgemeinen Hektik im Haus anstecken lassen, rennt aufgeregt durch die mit Koffern und Reisetaschen vollgestellte Diele, fiept mitleiderregend – und erweist sich äußerst geschickt darin, zur falschen Zeit am falschen Ort und jedermann im Weg zu sein.

»Komm her, du Irrläufer«, sage ich, nehme ihn auf den Arm und versuche, ihn zu beruhigen.

»Hab Ihre Sonnenbrille gefunden, Herr Bond!«, brüllt Frau Zeigler vom Fuß der Treppe nach oben. »War im Dielenschrank. Und das Taxi ist bestellt. Kommt in drei Minuten.«

»Danke, Frau Zeigler!«, schreit Papa zurück. »Wissen Sie vielleicht auch, wo mein Ladekabel fürs Handy ist? Und mein Höhenmesser?«

»Ach, und könnten Sie mal nachsehen, ob ich die Jodsalbe und das Wundpflaster eingepackt habe?«, höre ich Mama aus dem zweiten Stock rufen.

Frau Zeigler verdreht genervt die Augen, macht sich aber umgehend daran, auf der Suche nach dem Pflaster die Reisetaschen zu durchwühlen. Sie ist eine kleine, stämmige Person und kann ziemlich resolut auftreten. Weswegen Frau von Hakkefress, unsere Nachbarin, sie mal als Kampfzwerg tituliert hat. Was Frau von Hakkefress nicht weiß, ist, dass Frau Zeigler *sie* regelmäßig eine neureiche Schnapsdrossel nennt.

»Wundpflaster ist in der roten Tasche!«, verkündet sie.

»Danke«, brüllt Mama. »Haben Sie vielleicht auch den Kompass und das Nasenspray gesehen? Und wo ist eigentlich meine Mütze? Ich kann sie nirgendwo finden.«

Wäre ich diese Art von hektischem Durcheinander nicht gewohnt, würde ich wahrscheinlich auch so aufgeregt fiepen wie Doktor Herkenrath. Aber mittlerweile kenne ich das Spiel. Meine Eltern sind Tierfilmer und mehrmals im Jahr zu Dreharbeiten unterwegs. Und weil beide ein ganz klein wenig unorganisiert sind, wird es kurz vor der Abreise immer chaotisch. In letzter Minute werden Dinge ein- und aus- und umgepackt, und jedes Mal sucht Papa nach seiner Sonnenbrille und Mama nach ihrer Mütze. Wenn sie weg sind, stellt sich meistens raus, dass sie irgendwas ganz besonders Wichtiges vergessen haben, weswegen Frau Zeigler mit grimmiger Miene zur Post marschieren und es ihnen nachschicken muss.

Diesmal geht es in die Dolomiten, wo sie einen Film über Gämsen drehen wollen. Normalerweise fährt Raimund, Frau Zeiglers Göttergatte, die beiden zum Flughafen. Aber er hat sich vor ein paar Tagen einen Hexenschuss zugezogen und liegt zu Hause mit einer Wärmflasche auf dem Sofa. Deswegen müssen meine Eltern ein Taxi nehmen. Und das kommt in diesem Moment vor dem Grundstück an.

»Kutsche ist da!«, trompetet Frau Zeigler durchs Haus.

»Alles klar.« Mama kommt, ein wenig außer Atem, die Treppe runtergestürmt, gefolgt von Papa, der sich suchend in der Diele umblickt und nuschelt: »Sie haben nicht zufällig meine blaue Jacke gesehen, Frau Zeigler?«

»Die haben Sie bereits an«, bemerkt sie und seufzt tief.

Während der Taxifahrer das Gepäck in den Kofferraum lädt, verabschieden sich meine Eltern von mir.

»Es ist ja nur eine Woche, Matilda«, sagt Mama lächelnd und streicht mir mit dem Finger über die Wange. Wir sehen uns ausgesprochen ähnlich, haben grüne Augen und rote Haare und eine gemeinsame Vorliebe für Detektivromane.

Papa steht weniger auf Detektivromane. Er ist mehr der Zeitungs- und Zeitschriftenleser. »Wir sind am Ostersonntag zurück«, verspricht er. »Dann hast du ja noch eine Woche Ferien. Die werden wir gemeinsam verbringen. Und du bestimmst, was wir unternehmen!«

»Tschüss, Papa. Tschüss, Mama. Passt auf euch auf!« Ich umarme und drücke sie zum Abschied, dann steigen sie in das Taxi, Doktor Herkenrath winselt traurig, und Frau Zeigler und ich winken ihnen hinterher, während der Wagen über die Kastanienallee davonfährt.

»So!«, macht Frau Zeigler, als das Taxi um die Kurve verschwindet, und schließt die Haustür.

»Welches *So* war das?«, frage ich.

»Was meinst du?«, sagt sie und bedenkt mich mit einem argwöhnischen Blick.

»Ist Ihnen noch nie aufgefallen, wie häufig Menschen *so* sagen? Und dass es alles Mögliche bedeuten kann? Es kann heißen: *So! Das wäre geschafft.* Manchmal meint es aber auch: *So! Gehen wir die Sache an.* Es kann auch bedeuten: *So! Dem habe ich es mal gezeigt.* Und dann gibt es noch das bestätigende, langgezogene *Sooo.* Sie wissen schon. Im Sinne von *Jawohl, sooo muss die Sache aussehen.* Und außerdem sind da natürlich auch noch das kurze und das lange *So* mit Fragezeichen.«

»So?«, macht Frau Zeigler mit gerunzelter Stirn.

»Das zum Beispiel«, sage ich. »Das war ein kurzes, skeptisches *So.* Das wird normalerweise gebraucht, wenn man seinem Gesprächspartner klarmachen will: *Ich glaube kein Wort von dem Blödsinn, den du erzählst.* Außerdem gibt es noch das extrakurze *So.* Wenn jemand was total Langweiliges erzählt, man aber aus irgendeinem Grund Interesse heucheln muss. Da lässt man gelegentlich ein pseudomäßiges *So?* oder ein *Aha?* oder ein *Ach, ja?* fallen.«

»Hmm, jetzt, wo du es sagst … Mein Raimund macht das ziemlich oft«, murmelt Frau Zeigler mit nachdenklicher Miene.

»Und dann ist da noch das lang gezogene Fragezeichen-So mit drohendem Unterton: *Sooo?* Das bedeutet immer Ärger. *Sooo? Du denkst wirklich, dass es meine Aufgabe ist, deine Un-*

ordnung zu beseitigen? Dann will ich dir *mal was sagen, mein Freund …* Nicht zu vergessen das doppelte, nachdenklich hin gemurmelte *So, so.* Und was für *So* gilt, gilt erst recht für *Tja.* Ein *Tja* ist genauso vielseitig einsetzbar: *Tja, ich weiß nicht. Tja, da kann ich dir auch nicht helfen. Tja, es ist, wie es ist.* Das ist wie ein gesprochenes Schulterzucken. Wobei *So* oder *Tja* immer am Satzanfang stehen. Im Gegensatz zu *Nicht wahr.* Das kommt immer am Satzende und ist vor allem eines: völlig überflüssig. Wieso sagt jemand: *Schönes Wetter heute, nicht wahr?* Es erwartet doch keiner im Ernst, dass der andere antwortet: *Da haben Sie aber so was von recht: Das Wetter ist schön! Gut, dass wir drüber gesprochen haben.* Kann man sich also auch sparen. Genauso wie ein angehängtes *Oder.* Und um mal wieder auf das *So* zurückzukommen …«

»Matilda!«, unterbricht Frau Zeigler meinen Redefluss, nimmt mich mit zusammengekniffenen Augen ins Visier und sagt in vorwurfsvollem Ton: »Dir ist schon klar, dass wir die nächsten Tage gemeinsam in diesem Haus verbringen werden?«

»Glasklar«, bestätige ich und nicke brav. Für gewöhnlich kommt Frau Zeigler zweimal die Woche. Aber wenn Papa und Mama beruflich unterwegs sind, wohnt sie hier, um mich zu beaufsichtigen. Das geht schon so, seit ich sechs oder sieben war. Ich finde eigentlich nicht, dass eine Zwölfjährige Aufsicht braucht – andererseits ist ein bisschen Gesellschaft gar nicht schlecht. Und Frau Zeiglers Zimtpfannkuchen sind einsame Spitze.

»Und ist dir auch klar«, fährt sie fort, »dass ich ein menschliches Wesen bin? Mit Nerven und all so was? Und wenn du nicht möchtest, dass die reißen, dann solltest du mich mit deinem Dauergeplapper verschonen und den Mund öfter mal geschlossen halten. Haben wir uns verstanden?«

»Und wenn nicht?«, frage ich kichernd. »Wollen Sie mich dann fesseln und knebeln und in den Keller sperren?«

»Ich würde es an deiner Stelle nicht drauf ankommen lassen«, entgegnet sie mit drohendem Unterton. »Und jetzt sieh zu, dass du ein bisschen an die frische Luft kommst. Und nimm den Hund gleich mit. Damit er mir beim Putzen nicht im Weg ist.« Sie kramt Eimer und Schrubber aus einem Wandschrank, krempelt die Ärmel hoch und macht sich mit einem entschlossenen »So!« an die Arbeit.

Das Wetter ist traumhaft. (Nicht wahr?) Ein Apriltag wie aus dem Bilderbuch: Die Sonne lacht vom blauen Himmel, es hat um die fünfundzwanzig Grad, gelbe und lilafarbene Krokusse recken ihre Köpfe aus dem Gras und überall um mich herum sprießt und grünt und blüht es dermaßen, dass einem beinah schwindlig wird vor lauter Frühling.

Nichts gegen den Winter. Vor allem wenn es ein richtiger Winter ist, so wie der vergangene: mit klirrendem Frost, Unmengen von puderzuckrigem Schnee und Eiszapfen an den Dächern. Das hat was. Aber spätestens Mitte Februar ist es auch mal gut mit der winterlichen Romantik. Dann habe ich genug davon, bibbernd an der Straßenbahnhaltestelle zu stehen, und wünsche mir nur noch, endlich mal wieder im T-Shirt rumlaufen zu können, statt mich für jeden Schritt vor die Tür in Jacke, Schal und Mütze packen zu müssen. Und wenn es dann so weit ist und der erste warme Frühlingstag kommt, dann fühlt es sich an, als hätte man ewig lange in einem miefigen Zimmer gesessen und plötzlich hätte jemand ein Fenster aufgerissen. Die Welt duftet, als hätte sie sich neu erfunden.

Weil Papa und Mama häufig unterwegs sind, hat niemand Zeit, sich großartig um unseren Garten zu kümmern. Er sieht ziemlich verwildert und ein bisschen verwunschen aus. Was ich persönlich ganz wunderbar finde. Mit einem Detektivroman in der Hand schlendere ich über die Wiese zu meinem Lieblingsleseplatz: einer morschen hölzernen Bank vor einer Brombeerhecke. Die rote Farbe der Gartenbank ist größtenteils abgeblättert, zwischen den dünnen Latten der Rückenlehne windet sich wilder Efeu hindurch.

Ich strecke mich auf der Bank aus und schlage mein Buch auf, Doktor Herkenrath macht es sich im Gras bequem und lässt sich die Frühlingssonne auf die Hundenase scheinen.

Ich bin gerade mal auf Seite elf, als mich ein angsterfülltes Jaulen aufschreckt: Doktor Herkenrath ist voller Panik aufgesprungen, weil eine Hummel um ihn herumschwirrt. Er ist der König aller Angsthasen. Doktor Herkenrath hat Angst vor Insekten, er hat Angst vor lauter Musik, er hat Angst vor Schneeflocken. Und vor so ziemlich allem anderen auch. Ganz besonders vor Eichhörnchen. Wenn er ein Eichhörnchen sieht, macht er Geräusche, als hätte ihm jemand auf den Schwanz getreten, und ergreift Hals über Kopf die Flucht. Erst nachdem ich die harmlose Hummel verscheucht habe, beruhigt er sich wieder.

Mit meinem Detektivroman komme ich trotzdem nicht weiter. Der Anfang ist nicht übermäßig spannend, außerdem fällt es mir schwer, mich auf die Geschichte zu konzentrieren, weil ich ständig daran denken muss, was mich morgen erwarten könnte: ein echtes Detektivabenteuer. Im echten Leben. Mit mir selbst als Detektivin. Und natürlich mit Rory Shy.

Klar ist es schade, dass meine Eltern und ich die erste Ferienwoche nicht gemeinsam verbringen können. Aber die Sache hat auch ihr Gutes: Dass Papa und Mama in den Dolomiten sind, verschafft mir die Möglichkeit, endlich wieder als Detektivin tätig zu werden und mit Rory zusammenzuarbeiten. Eine ganze Woche lang.

Nur für diejenigen, die in den letzten fünf Jahren am Nordpol gelebt oder keine Nachrichten gesehen haben sollten: Rory Shy ist der berühmteste Detektiv weit und breit. Weil er jeden seiner Fälle löst. Seien sie auch noch so vertrackt. Und weil er dafür bekannt ist, ganz unglaublich schüchtern zu sein.

Ein schüchterner Detektiv?, wird sich der ein oder andere

vielleicht wundern. Das ist ja wie ein wasserscheuer Bademeister. Oder ein veganer Metzger. Oder ein Pilot mit Flugangst. Und das stimmt natürlich auch erst mal: Schüchternheit ist so ziemlich die letzte Charaktereigenschaft, die man als Detektiv brauchen kann.

Wie will man einem Verbrecher auf die Spur kommen, wenn es einem unangenehm ist, Zeugen mit Fragen zu behelligen, oder wenn man vor lauter Schüchternheit ins Stottern gerät, sobald man einen Verdächtigen befragen muss? Dass Rory trotzdem alle seine Fälle löst, liegt an seiner hochgeheimen eigenen Methode, von der aber – außer ihm selbst – nur zwei Menschen wissen. Und einer davon bin ich …

Ich war seit jeher verrückt nach Detektivgeschichten und Kriminalfällen und habe Rorys Ermittlungen immer genauso gespannt verfolgt wie der Rest seiner riesigen Fangemeinde. Und wie die meisten Fans kannte ich den schüchternen Detektiv nur aus dem Internet und den Fernsehnachrichten. Bis zu jenem Abend in den letzten Weihnachtsferien, an dem ich ihm persönlich und leibhaftig begegnet bin. Als er bei einer Ermittlung einen kleinen Unfall hatte und mit der Zunge an der Kühlerhaube eines Autos festgefroren war. Zum Dank dafür, dass ich ihn aus dieser Notlage befreit habe, hat er mich ein Praktikum in seiner Detektiv-Agentur machen lassen.

Meine Eltern hätten entsetzt die Hände über dem Kopf zusammengeschlagen, wenn sie gewusst hätten, dass ihre zwölfjährige Tochter auf der Jagd nach Verbrechern war. Aber eine glückliche Fügung des Schicksals wollte es, dass sie sich zu der Zeit für Filmaufnahmen in Australien befanden. Also habe ich mit Rory in einem Kriminalfall ermittelt, in dem es um eine verschwundene Perle ging – und in dem es sich nicht umgehen ließ, jede Menge Leute zu befragen. Ich will nicht in übertriebenes Selbstlob verfallen, aber alleine wäre Rory bei der Sache ziemlich aufgeschmissen gewesen. Es hat sich schnell gezeigt, dass wir uns gut ergänzen. Ich bin nämlich das Gegenteil von schüchtern und habe keine Schwierigkeiten damit, Leute auszuquetschen und ihnen Informationen zu entlocken. Mithilfe *meiner* ganz persönlichen Methode: Wenn ich erst mal zu reden beginne, bin ich nicht so leicht zu stoppen. Was Frau Zeiglers Nervenkostüm strapaziert, für die Detektivarbeit aber von unschätzbarem Vorteil ist. Ich kann Leute in Grund und Boden quatschen und sie gnadenlos zulabern, bis sie so dermaßen durcheinander sind, dass sie Dinge preisgeben, die sie niemals preisgeben wollten.

Nachdem wir den Fall gemeinsam gelöst hatten, hat Rory mir angeboten, als Assistentin für ihn zu arbeiten. Ehrenamtlich und unbezahlt. Was ich mit Freuden angenommen habe. In den vergangenen Monaten war ich allerdings nur hin und wieder für ein paar Stunden in der Agentur. Mehr ging nicht. Weil ich so einiges für die Schule zu tun hatte – und weil Papa und Mama mir mit hundertprozentiger Sicherheit jegliche Verbrecherjagd verboten hätten, sobald sie davon Wind bekommen hätten.

Aber jetzt, wo sie in den Dolomiten sind, kann ich Rory für eine Woche als Vollzeitkraft unterstützen. Wir haben ausgemacht, dass ich morgen Früh um neun bei ihm auf der Matte stehen werde. Frau Zeigler werde ich irgendwelche Märchen auftischen. Frau Zeigler hat nicht nur ein goldenes Herz unter rauer Schale – sie verfügt noch über eine weitere vorteilhafte Eigenschaft: Frau Zeigler ist bemerkenswert leichtgläubig.

Ein erneutes Winseln reißt mich aus meinen Gedanken. Doktor Herkenrath drückt sich ängstlich an mein Bein. Im ersten Moment weiß ich gar nicht, wovor er sich erschreckt hat – dann entdecke ich einen etwa fünf Zentimeter großen Käfer, der gemächlich durch das Gras krabbelt.

»Oh, Mann«, stöhne ich kopfschüttelnd. »So wie es aussieht, hast du es ja wirklich drauf angelegt, für den *Feigling des Jahres* nominiert zu werden.«

Mein Kriminalroman ist dann doch spannender als gedacht. Die folgenden Stunden verbringe ich mit der Nase im Buch und bekomme nicht viel von meiner Umgebung mit. Bis Frau Zeigler von der Terrasse brüllt: »Matilda! Fünf Uhr!«

Das tut sie natürlich nicht, um mir die Uhrzeit mitzuteilen. Wenn sie *Fünf Uhr!* schreit, bedeutet das eigentlich: *Komm rein, Kind! Die Mörderischen Ehefrauen fangen an.*

Mörderische Ehefrauen ist die gemeinsame Lieblingsserie von Frau Zeigler und mir. Dabei geht es um echte, von Schauspielern nachgestellte Kriminalfälle, in denen Ehefrauen ihre Gatten um die Ecke bringen. Jeden Tag um fünf gibt es eine Doppelfolge.

Ich fläze mich neben Frau Zeigler auf das Sofa. Während der Vorspann läuft, kaut sie andächtig auf einer Nusspraline rum. *Produktion und Regie: Alfred Hassler* lese ich. *Folge 485: Mord am Aschermittwoch.*

Die Serie gibt es schon einige Jahre, und es kommen immer wieder die gleichen Schauspieler darin vor. Rebecca Winter, zum Beispiel, eine Darstellerin mit strengen Gesichtszügen, die meistens Giftmörderinnen spielt. Oder Patrizia Keller, eine athletische, durchtrainierte Schauspielerin, die zum Einsatz kommt, wenn eine Axt, ein Beil oder ein Hammer im Spiel sind.

Den Ehegatten in der heutigen Folge spielt Oliver Lorenz, ein gut aussehender Mime, der im Lauf der Serie schon Dutzende Male ertränkt, vergiftet, erstickt, überfahren und in Tiefkühltruhen gestopft worden ist. Die männlichen Akteure können einem ein bisschen leidtun. Ihre Auftritte als Ehemänner sind naturgemäß sehr kurz. Weil sie spätestens nach zehn Minuten abgemurkst werden.

Die mörderische Gattin wird heute von Marnie Küster, meiner Lieblingsschauspielerin, gespielt. Sie stellt immer Mörderinnen dar, die eiskalt und skrupellos sind, dabei aber so unschuldig, hilflos und verloren aussehen, dass die Polizei niemals auf die Idee käme, sie zu verdächtigen. Meistens kommen ihre

Taten nur durch einen Zufall ans Licht. So auch diesmal. Die Aschermittwochs-Mörderin wird überführt, weil ausgerechnet da, wo sie die Leiche ihres Mannes vergraben hat, irgendwann eine Baugrube ausgehoben wird. Dabei hatte sie sich für den Zeitpunkt seines Verschwindens sogar ein erstklassiges falsches Alibi verschafft.

Apropos falsches Alibi. Höchste Zeit, dass ich mir auch eines besorge. Für den morgigen Arbeitstag mit Rory.

»Übrigens …«, sage ich möglichst beiläufig, als die zweite Folge beginnt. »Morgen bin ich den ganzen Tag bei Caroline.«

Caroline gibt es nicht. Aber sie ist das perfekte Alibi.

»Caroline?«, murmelt Frau Zeigler und zieht die Stirn kraus. »Ist das nicht das Mädchen, dessen Eltern in so einer komischen Sekte sind?«

»Genau«, sage ich und nicke bestätigend. Die Sekte, die ich der erfundenen Caroline und ihren Eltern angedichtet habe, lehnt technische Errungenschaften wie Telefone und Handys ab. Weshalb Frau Zeigler dort nicht anrufen kann und einfach glauben muss, was ich ihr erzähle.

»Und was habt ihr vor?«, fragt sie.

»Ostereier färben«, schwindle ich, ohne mit der Wimper zu zucken.

»Wirklich?« Frau Zeigler wirkt leicht irritiert. »Nach all dem, was du mir bisher über diese Sekte erzählt hast, schien mir das doch ein ziemlich freudloser Verein zu sein. Hätte nicht gedacht, dass die bunte Eier mögen.«

»Tun sie auch nicht«, entgegne ich und versuche dabei, halbwegs ernst zu gucken. »Wir färben die Eier grau. Hellgrau, dunkelgrau, mittelgrau …«

»So?«, macht Frau Zeigler mit skeptischer Miene.

Ich zucke mit den Schultern. »Tja …«

~ 2 ~

Dinkel-Bier

Mit der Straßenbahn brauchen Doktor Herkenrath und ich eine knappe halbe Stunde bis zu Rorys Agentur in der Sailenzer Straße. *Wie* berühmt er ist, zeigt sich daran, dass sein Grundstück ständig belagert wird. Von Rory-Fans, die teilweise von weit her angereist kommen und auf ein Autogramm oder ein Selfie mit dem schüchternen Detektiv hoffen. Und von Journalisten, die ihn jedes Mal, wenn er das Haus verlässt, mit Fragen bestürmen, um ihm Einzelheiten zu aktuellen Fällen zu entlocken. Was bei Rorys Schüchternheit ein aussichtsloses Unterfangen ist. Meist bekommen sie nur ein paar schüchtern gemurmelte *Ähms* und *Ähs* zu hören.

Zum Glück gibt es einen Hintereingang, für den mir der Detektiv einen Schlüssel ausgehändigt hat. Ich schlage mich in eine Hecke, schleiche durch ein paar Gärten und halte auf die Rückseite des Hauses zu, als Doktor Herkenrath plötzlich unruhig wird, aufgeregt hechelt und fiept wie ein durchgedrehter Kanarienvogel. Nicht das übliche ängstliche Fiepen, sondern eines seiner hysterischen *Ich schnappe gleich vor Freude über*-Fiepen.

Zwei Sekunden später verstehe ich, warum: Die Hintertür öffnet sich – und Charlotte Sprudel tritt in den Garten.

Doktor Herkenrath springt auf sie zu, bellt fröhlich, hüpft mit schlackernden Ohren und hängender Zunge um sie herum und legt seinen allerschönsten Schieleblick auf. Er ist total verschossen in Charlotte. Wenn sie auftaucht, bin ich abgemeldet. Kennengelernt hat er sie im letzten Dezember. Charlotte war die Hauptverdächtige in dem Fall, in dem Rory und ich ermittelt haben. Und Doktor Herkenrath hat auch seinen Teil dazu beigetragen, dass wir ihre Unschuld beweisen konnten.

»Komm her, mein kleiner ängstlicher Held«, sagt sie mit sanfter Stimme, hockt sich vor ihn hin und krault ihm die Ohren.

Charlotte hat braune Rehaugen und langes dunkles Haar, trägt eine abgewetzte Jeans und ein ausgewaschenes Sweatshirt. Keiner, der sie in diesem Outfit sieht, würde vermuten, dass sie eine Milliardärin ist, die in einer riesigen schlossähnlichen Villa lebt. Ist sie aber. Und außerdem noch Rorys Freundin. Und extrem schüchtern. Beinah so schüchtern wie der schüchterne Detektiv.

»Hallo, Charlotte«, sage ich freudig und umarme sie zur Begrüßung.

»Schön, dich zu sehen, Matilda.« Sie lächelt scheu und wirkt ein wenig verlegen.

»So früh schon unterwegs? Hast du mit Rory gefrühstückt?«, frage ich ganz unschuldig, worauf sie zartrosa anläuft und verschämt wispert:

»Äh, nein. Ich habe gestern mit ihm zu Abend gegessen. Und dabei haben wir die Zeit vollkommen vergessen und … Also, jedenfalls war es plötzlich schon recht spät. Und da dachte ich … Also, da dachten wir beide, dass ich besser nicht mehr nach Hause … Also, dass es sicherer wäre, wenn ich über Nacht hier …«

»So, so«, mache ich, beobachte amüsiert, wie Charlottes Gesichtsfarbe von Zartrosa zu Dunkelrot wechselt, und muss mir ein Grinsen verkneifen.

Schon als ich sie und Rory zum ersten Mal zusammen gesehen habe, war mir klar, dass die beiden füreinander bestimmt sind. Das schüchternste Paar der Welt. So schüchtern, dass sie kein Paar geworden wären, wenn ich nicht ein bisschen nachgeholfen hätte. Aber das ist eine andere Geschichte …

»Rory hat mir erzählt, dass du diese Woche mit ihm arbeiten wirst«, wispert Charlotte, während ihre Gesichtsfarbe sich ganz allmählich normalisiert. »Sieht so aus, als hättet ihr einen neuen Fall.« Sie deutet zum Fenster von Rorys Arbeitszimmer im ersten Stock. »Er spricht gerade mit einem Klienten.«

»Weißt du, worum es geht?«, frage ich neugierig.

Charlotte schüttelt den Kopf. »Nein. Keine Ahnung. Ich, ähm, muss dann auch mal los, Matilda. Bis bald. Wenn du möchtest, komm doch mal bei mir vorbei. Auf ein paar Rosinenmürbchen und einen Kaffee.«

»Gerne«, sage ich, füge aber einschränkend hinzu: »Wenn wir auf den Kaffee verzichten können.« Durch meine Bekanntschaft mit Rory und Charlotte habe ich ein paar interessante Dinge über Schüchterne gelernt. Zum Beispiel, dass sie ihren Kaffee gerne extrem dünn mögen. So dünn, dass man beinah durchsehen kann. Bei dem Gedanken an das schlappe Gebräu, das ich insgeheim als *schüchternen Kaffee* bezeichne, schüttelt es mich.

Ich winke Charlotte zum Abschied zu, trete ins Haus – und bemerke, dass mir ein Cockerspaniel abhandengekommen ist. Doktor Herkenrath stolziert schwanzwedelnd hinter Charlotte her und hechelt verliebt. Erst als ich ein drohendes Katzenfauchen ausstoße, schafft er es, sich von seiner Angebeteten zu trennen, und kommt widerwillig zu mir herübergetrottet.

Rorys Agentur ist (zumindest auf den ersten Blick) eine ganz gewöhnliche Wohnung. Als ich in den schmalen Flur trete, höre ich Stimmen hinter der geschlossenen Tür des Büros. Gespräche zu belauschen, gehört sich nicht – wenn man keine Detektivin ist. Wenn man eine ist, gehört es zum Job.

Ich bedeute Doktor Herkenrath, sich still zu verhalten, und presse das Ohr gegen die Tür. Nach dreißig Sekunden konzentrierten Lauschens ist mir klar, dass es nicht um einen neuen Fall geht und dass Rorys Besucher auch kein Klient ist. Jedenfalls keiner, der Hilfe in einem Kriminalfall braucht. Sondern wieder mal irgendein Firmenboss, der die Bekanntheit des Detektivs nutzen und ihn als Werbeträger für seine Produkte gewinnen will.

»Wir ziehen das ganz groß auf«, höre ich den Mann in prahlerischem Ton sagen. »Mit Werbespots fürs Internet und fürs Fernsehen: *Rory Shy, der schüchterne Detektiv empfiehlt: Dinkel-Bier! Dinkel-Bier – verjagt die Schüchternheit aus dir!* Ist doch ein Hammer-Slogan, oder?«

»Ähm, ich … also, eigentlich mag ich gar kein Bier«, gibt Rory schüchtern zu bedenken.

»Weiß ja keiner«, wischt der Mann seinen Einwand beiseite. »Und für die Fernsehspots hat sich eine Werbeagentur schon was Pfiffiges ausgedacht: Zuerst sieht man Sie bei einer Party. Aber weil Sie so schüchtern sind, stehen Sie ganz alleine rum, während alle anderen mordsmäßigen Spaß haben. Und dabei gucken Sie ganz heulsusig, damit die Zuschauer begreifen: Wer schüchtern ist, führt ein trauriges, bemitleidenswertes Leben.«

»So?«, macht Rory.

»Und dann kommt eine attraktive Frau ins Bild und drückt Ihnen eine Flasche *Dinkel-Bier* in die Hand. Sie nehmen einen tiefen Schluck, gucken plötzlich ganz fröhlich und sagen: ›Dinkel-Bier verjagt die Schüchternheit aus dir!‹ Und im nächsten Moment tanzen Sie mit der Frau auf einem Tisch, während alle anderen Sie bewundernd anschauen. Die Frau schüttelt ihr Haar und dann küssen Sie sich und …«

»Ähm, ich, *räusper,* weiß nicht«, protestiert Rory zaghaft. »Normalerweise tanze ich nicht auf Tischen und, äh, eigentlich küsse ich auch keine fremden Frauen.«

»Einzelheiten können wir ja später noch klären«, sagt sein Gesprächspartner. »Kommen wir zum Punkt: Wie viel wollen Sie dafür haben?«

»Es, ähm, es ist keine Frage des Geldes«, versucht der Detektiv zu erklären. »Ich denke nur, dass ich Ihre Ideen zur Schüchternheit nicht so ganz …«

»Verstehe«, grunzt der Mann und lacht dröhnend. »Sie versuchen, Ihre Gage in die Höhe zu treiben. Hab mir schon gedacht, dass Sie ein zäher Verhandlungspartner sind. Na, dann mal los. Butter bei die Fische! 20 000? 30 000?«

Penetrante Menschen wie diesen Dinkel-Bier-Mann wird man nur mit einer klaren Ansage los. So was wie: *Für kein Geld der Welt mache ich bei diesem Blödsinn mit. Du und dein Bier interessieren mich null. Verfatz dich, Alter!* Aber solche Sätze kämen natürlich nie über Rorys schüchterne Lippen. Weil er dazu viel zu höflich ist.

Gut, dass er mich hat!

Ich klopfe an, reiße die Tür auf und werfe einen kurzen Blick auf den Besucher, einen bulligen Mann mit wulstigen Lippen und Knollennase. Wohl in der Absicht, Rory von seinem Produkt zu überzeugen, hat er fünf Flaschen Dinkel-Bier auf dem Schreibtisch des Detektivs aufgebaut. Rory macht ein Gesicht wie ein zu Tode erschrecktes Erdmännchen und wirft mir zwischen den Flaschen hindurch einen Hilfe suchenden Blick zu.

»Sie denken daran, dass Sie in fünf Minuten einen Termin haben, Herr Shy?«, sage ich und zwinkere ihm verschwörerisch zu.

Er lächelt erleichtert und beeilt sich zu versichern: »Ähm, ja, äh, natürlich.«

»Wer ist die denn?«, fragt der Bier-Mann und betrachtet mich schlecht gelaunt.

»Das ist ... das ist Frau Bond. Meine Mitarbeiterin. Und das ist Doktor Herkenrath. Ebenfalls ein, öhm, Mitarbeiter.«

»Er ist ’ne abgerichtete Kampfmaschine«, erkläre ich und mache Doktor Herkenrath ein Zeichen, dass er böse knurren soll. Er schielt mich ratlos an und gähnt herzhaft.

»Kommen wir mal wieder auf Ihr Honorar zurück«, sagt die Knollennase und nimmt Rory ins Visier. »Raus mit der Sprache. Wie viel muss ich springen lassen, um Sie als Werbefigur für mein Bier zu kriegen?«

»Ich, ähm ... also, wie gesagt ...«

»Herr Shy ist nicht interessiert«, bescheide ich kurz und knapp. »Er denkt, dass Werbung so ziemlich das Letzte ist, was die Menschheit braucht.«

Dem Mann klappt die Kinnlade runter. Er stiert mich böse an und blickt dann fragend zu Rory, der verschämt nuschelt: »Öhm, ja, das wollte ich Ihnen eigentlich, mit, äh, etwas diplomatischeren Worten auch schon die ganze Zeit …«

Wutentbrannt springt unser Besucher von seinem Stuhl auf und giftet: »Sie haben gerade das Geschäft Ihres Lebens in den Wind geschlagen. Dann suchen wir uns eben einen anderen schüchternen Prominenten!«

»Viel Glück beim Suchen«, wünsche ich. »Und einen schönen Tag noch. Die Agentur Rory Shy dankt für Ihren Besuch.«

»Puh! Danke, Matilda«, sagt Rory, nachdem die Knollennase zur Tür hinaus ist, atmet erleichtert auf und streicht sich mit abwesender Geste eine Locke aus der Stirn. »Möchtest du auch einen Kaffee?«

»Auf keinen Fall!«, wehre ich entschieden ab, während ich voller Grauen zusehe, wie er sich eine Tasse der dünnen Plörre einschenkt und genussvoll daran nippt.

Rory ist Mitte zwanzig, groß und schlank, hat braunes Haar (mal abgesehen von einer kleinen grauen Stelle auf seinem Hinterkopf) und ist stets korrekt gekleidet. Fast immer trägt er Anzug, Hemd und Krawatte, und seine Schuhe sind so auf Hochglanz poliert, dass man sich in ihnen spiegeln kann. Er ist ein ausgesprochen ordentlicher Mensch. In der Agentur ist immer alles blitzblank und aufgeräumt – abgesehen von Rorys

Büro. Hier herrscht völliges Chaos. Das gesamte Zimmer ist mit Kram und Krempel vollgestellt. Und seit meinem letzten Besuch ist noch so einiges dazugekommen: ein Golfschläger, eine rote Kappe, ein Plastikbehälter mit Desinfektionsmittel, eine Tube Selbstbräuner und ein blondes Toupet.

Angesichts dieses Sammelsuriums könnte man vermuten, dass sich der schüchterne Detektiv schlecht von Dingen trennen kann. Weit gefehlt. Rory bewahrt diese Gegenstände in seinem Büro auf, weil jeder einzelne von ihnen eine Rolle bei einem Verbrechen gespielt hat. Und damit wären wir auch schon bei dem Geheimnis des schüchternen Detektivs. Bei seiner höchsteigenen Ermittlungsmethode. Dem Grund, warum es ihm gelingt, alle seine Fälle zu lösen, obwohl er zu höflich und zu schüchtern ist, um Verdächtige und Zeugen zu befragen.

Als er mir zum ersten Mal von dieser Methode erzählt hat, konnte ich es kaum glauben – bis ich es mit eigenen Augen gesehen habe.

Während der Ermittlung in seinem allerersten Fall hat Rory einen Schlag auf den Kopf abbekommen – und verfügt seitdem über eine einzigartige Fähigkeit: Wenn der Detektiv einen Gegenstand berührt, der mit einem Verbrechen in Zusammenhang steht, dann blitzen vor seinem inneren Auge Bilder auf, die etwas mit dem Verbrechen zu tun haben. Im Fall der verschwundenen Perle sind wir dem Täter auf die Spur gekommen, weil Rory einen Servierwagen gestreichelt und an einem Ölgemälde geleckt hat. (Echt wahr!) Man darf sich das aber nicht so vorstellen, dass er den Gegenstand berührt und dann sieht, wer der Täter ist oder wie die Tat vonstattenging. So einfach funktioniert die Sache nicht. Rory bekommt von den Gegenständen Informationen, die oftmals gar nichts mit dem eigentlichen Verbrechen zu tun haben, ihn aber über Umwege doch zum Täter führen. Weil der schüchterne Detektiv es wie kein anderer versteht, Zusammenhänge zwischen diesen Hinweisen herzustellen. Und sollte das mal nicht ausreichen und es doch nötig sein, Zeugen zu befragen und Verdächtige zu verhören – dann hat er ja immer noch mich.

Ich kann es kaum erwarten, endlich wieder mit der Detektivarbeit loszulegen. »Was liegt an?«, frage ich aufgekratzt. »Bitte, bitte, bitte, sagen Sie mir, dass ich jemanden observieren darf. Darauf freue ich mich schon ewig. An welchem spannenden Fall sind Sie gerade dran?«

»Ähm, nun, ich befürchte, wirklich spannend ist der aktuelle Fall nicht«, murmelt Rory und fügt in bedauerndem Ton hinzu: »Offenbar herrscht gerade so etwas wie eine Verbrechensflaute. Aber ich, äh, hätte da trotzdem eine Aufgabe für dich.«

Wir gehen in seine Wohnküche hinüber. Weil Rorys Büro so vollgestellt ist, dass dort kein Platz für einen zweiten Schreibtisch ist, arbeite ich immer hier. Am Küchentisch.

Auf dem Tisch liegen vier dicke Aktenordner. Mir schwant Böses.

»Die gehören zu dem aktuellen, leider ziemlich langweiligen Fall. Es geht um eine Schadensersatzklage. Aber Auftrag ist Auftrag«, sagt der Detektiv mit traurigem Gesichtsausdruck.

»Soll das bedeuten, ich muss das alles lesen?«, frage ich wenig begeistert.

»Natürlich nur, wenn, äh, wenn es dir nichts ausmacht, Matilda.«

»Alles klar«, seufze ich, nehme Platz und schlage den zuoberst liegenden Ordner auf.

»Ach ja ...«, sagt Rory, räuspert sich verlegen und zieht drei verschiedenfarbige Textmarker aus einer Schublade. »Jedes Mal, wenn du auf den Begriff *Blutwurstauflauf* stößt, markierst du die Stelle bitte rot. Das Wort *Salmonellen* bitte immer gelb hervorheben. Und alles, in dem das Wort *Durchfall* vorkommt, mit dem grünen Stift anstreichen. Du weißt schon: Durchfallerkrankung, Durchfallbehandlung, Durchfallmedikament ... Vielen Dank, Matilda. Bis später.«

Das Detektivgeschäft ist nicht immer aufregend. Da hofft man auf einen kniffligen, kompliziert zu knackenden Fall – und was kriegt man stattdessen: Salmonellen und Durchfall. Doktor Herkenrath, der tagsüber gerne ausgedehnte Schläfchen hält, rollt sich müde unter dem Tisch zusammen, während ich mit der Arbeit beginne.

Um achtzehn Uhr habe ich mich durch drei Aktenordner gearbeitet und sechsundneunzig *Blutwurstaufläufe*, fünfundneunzig *Salmonellen* und dreiundsiebzig *Durchfälle* gefunden. So hatte ich mir meinen ersten Tag als Assistentin nicht vorgestellt. Für heute reicht es mir.

»Ich kann nicht mehr. Wenn ich noch einmal das Wort *Blutwurstauflauf* lese, übergebe ich mich«, drohe ich, als ich in Rorys Büro hinübergehe. Er steht vor einem Regal, hat die Augen geschlossen und fährt mit den Fingern über eine Plätzchendose. »Und – was sehen Sie, wenn Sie die Dose berühren?«, frage ich naseweis.

»Eine ältere freundliche Dame, die Insektenvernichtungsmittel in den Plätzchenteig rührt«, antwortet Rory mit abwesendem Blick. »Aber solange ich nicht auf einen zweiten Gegenstand stoße, der in dem Fall eine Rolle spielt, komme ich nicht weiter.«

»Also … für heute würde ich gerne Feierabend machen«, informiere ich ihn. »Meinen Sie, morgen wird es spannender?«

»Tja …«, macht Rory, zuckt die Schultern und stellt die Plätzchendose ins Regal. »Das, öhm, kann man nie wissen. Manchmal ist wochenlang nichts los und dann plötzlich –«

Das Schrillen der Türklingel unterbricht den Detektiv.

Er guckt erschrocken und wispert: »Äh, Matilda … Wärst du vielleicht so freundlich und …«

Ich stürze an die Gegensprechanlage. »Ja?«

»Guten Abend«, tönt mir eine tiefe, brummige Stimme entgegen. »Mein Name ist Alfred Hassler. Ich muss den schüchternen Detektiv sprechen.«

Alfred Hassler? Es dauert einen Moment, bis der Groschen bei mir fällt. »*Der* Alfred Hassler?«, stottere ich in den Hörer. »Der Regisseur von *Mörderische Ehefrauen*?«

»Ja«, sagt die Stimme gleichmütig. »Auch bekannt als *Der Meister des Gattenmordes.* – Was ist nun? Darf ich reinkommen?«

Ich drücke auf, die Haustür öffnet sich und ein korpulenter älterer Mann keucht die Treppe hoch. Abgesehen von einem Haarkranz an seinem Hinterkopf ist er kahl. Der Mann hat Hamsterbäckchen und mehrere Doppelkinne, wodurch sein ganzes Gesicht ein wenig zu schwabbeln scheint. In der rechten Hand trägt er ein kleines Bastkörbchen.

»Guten Tag, Herr Hassler«, begrüße ich ihn. »Ich bin Matilda Bond, die Assistentin von Rory Shy. Toll, Sie kennenzulernen. Ich bin ein Riesen-Fan der *Mörderischen Ehefrauen.* Ich weiß gar nicht, welche Episode ich am besten finden soll: die mit der Frau, die ihren Mann mit der Dampfwalze überfahren hat? Oder die Geschichte mit der Obstpresse? Oder den Fall mit dem vergifteten Nasenspray? Und das mit dem manipulierten Lötkolben war auch echt raffiniert. Ganz zu schweigen von der Dame, die ihren Gatten mittels kalorienreichen Essens ins Jenseits befördert hat. Obwohl: Am allerbesten fand ich die Frau, die nicht nur ihren Ehemann, sondern gleich auch noch ihren Liebhaber entsorgt hat, als der –«

»Ich freue mich sehr, dass dir meine Arbeit so gut gefällt«, unterbricht mich der Regisseur. »Aber … hast *du* vor, *mich* zu töten? Indem du maschinengewehrartig Worte auf mich abfeuerst?«

»Oh, tut mir leid«, sage ich und lächle entschuldigend. »Das mit dem Reden gerät bei mir gelegentlich ein bisschen außer Kontrolle. – Bitte kommen Sie doch mit.«

Ich führe ihn ins Büro. Beim Anblick des Durcheinanders und der Bierflaschen auf dem Schreibtisch stutzt er einen Moment, dann stellen er und Rory sich einander vor. Alfred Hassler lässt sich schnaufend auf den Besucherstuhl sinken und setzt das Bastkörbchen auf seinen Knien ab.

Natürlich muss ich dem Detektiv erst mal erklären, wer Alfred Hassler ist. Rory kennt die *Mörderischen Ehefrauen* nicht. Er sieht so gut wie nie fern. Nur gelegentlich schaut er *Pssst.* Eine Talkshow für Schüchterne, in der nicht viel geredet wird.

»Und was, äh, was kann ich für Sie tun?«, fragt er den Regisseur mit zuvorkommendem Lächeln – als Doktor Herkenrath ins Büro trottet und schnuppernd die Nase hebt.

In diesem Moment bewegt sich etwas in Alfred Hasslers Bastkörbchen und einen Augenblick später reckt ein winziger Yorkshire-Terrier mit pinkfarbener Schleife im Haar das Köpfchen aus dem Korb. Die kleine Hundedame blickt neugierig auf

Doktor Herkenrath und stößt zur Begrüßung ein helles Kläffen aus. Der ängstlichste aller Cockerspaniel jault panisch, nimmt fluchtartig Reißaus und schießt in einem Affentempo über den Flur in die Küche.

»Ruhig, Fränzi«, brummt der Regisseur und streicht der Terrierdame über den Kopf, worauf sie das Kläffen augenblicklich einstellt. Alfred Hassler beugt sich mit ernster Miene vor und vertraut Rory an: »Ich bin hier, weil eine der Schauspielerinnen aus *Mörderische Ehefrauen* vor ein paar Stunden verhaftet wurde.«

»Wie jetzt? Im echten Leben?«, frage ich verwirrt.

»Ja«, antwortet der Regisseur. »Noch hat die Presse nichts davon erfahren. Aber das ist nur eine Frage der Zeit. Spätestens bis zu den Abendnachrichten dürfte es die Runde gemacht haben.«

»Und welche Darstellerin?«

»Marnie Küster.«

»Marnie Küster?«, entfährt es mir. »Sie ist meine absolute Lieblingsschauspielerin. Niemand schafft es so gut wie sie, Kaltblütigkeit und Berechnung hinter einem engelhaften Gesicht zu verstecken.«

»Dieser Meinung ist die Polizei offenbar auch«, seufzt Alfred Hassler. »Deswegen sitzt sie in Untersuchungshaft.«

»Was, äh, *räusper,* was ist denn passiert?«, fragt Rory.

Alfred Hassler lehnt sich zurück, schnauft tief durch und sagt mit seiner tiefen Brummstimme: »Marnie ist einunddreißig.

Vor zwei Jahren hat sie geheiratet. Einen Mann, der fünfundzwanzig Jahre älter ist als sie. Simon Küster. Er ist ein äußerst wohlhabender Mann. Ein bekannter Kunstsammler.«

»Ja? Und?«, hake ich nach.

»Simon Küster ist gestern Nacht in seinem Haus angegriffen worden. Jemand hat ihm einen Schlag auf den Kopf verpasst. Zum Glück ist er außer Lebensgefahr. Aber er ist ohne Bewusstsein und die Ärzte können nicht sagen, wann er es zurückerlangen wird. Zunächst sah es so aus, als hätte er einen Einbrecher auf frischer Tat ertappt und wäre von diesem niedergeschlagen worden: *Die Rote Libelle*, ein wertvolles modernes Gemälde, das er erst kürzlich gekauft hat, wurde gestohlen.«

»Und warum hat man dann Marnie Küster verhaftet?«, frage ich perplex.

Der Regisseur fährt sich mit der Hand über die Glatze und murmelt: »Ihre Anwältin hat mir erzählt, dass Marnie sich bei der polizeilichen Vernehmung in Widersprüche verstrickt haben soll. Näheres dazu weiß ich nicht. Auf jeden Fall ist sich die Polizei wohl sehr sicher, dass Marnie lügt. Dass sie den Einbruch vorgetäuscht und versucht hat, ihren Mann zu ermorden. Um an sein Erbe zu gelangen.«

Das muss ich erst mal sacken lassen. Was für eine aberwitzige Situation: eine Schauspielerin, die in einer auf echten Fällen beruhenden Serie Mörderinnen spielt und nun im wahren Leben unter Verdacht steht!

Alfred Hassler streicht dem Yorkshire-Terrier über den Kopf, sieht mit traurigem Blick aus dem Fenster und brummt: »Jeder, der Marnie kennt, weiß, dass sie ihren Mann liebt. Und dass sie niemals zu so einer Tat fähig wäre. Die Polizei ist völlig auf dem Holzweg. Deshalb möchte ich, dass Sie in diesem Fall Ermittlungen anstellen.«

Rory hüstelt nervös und stammelt: »Ich sollte Sie darauf hinweisen, dass ich, äh, dass ich in einem Fall immer in alle Richtungen ermittle. Möglicherweise stoßen wir bei unserer Untersuchung auf etwas, das Marnie Küster entlastet. Es könnte aber auch passieren, dass wir … dass wir etwas finden, das sie *be*lastet.«

Alfred Hassler nickt verständig. »Ich werde jedes Ergebnis Ihrer Ermittlung akzeptieren. Aber ich bin von Marnies Unschuld überzeugt.«

»Wer ist denn für die, öhm, polizeiliche Untersuchung zuständig?«, erkundigt sich der schüchterne Detektiv.

»Ein gewisser …« Alfred Hassler zieht einen Zettel aus seinem Jackett und liest mit gerunzelter Stirn: »Ein gewisser Kommissar Valko.«

»Oh, nein! Bitte nicht!« Rory und ich stöhnen gleichzeitig auf. Mit Kommissar Valko hatten wir es schon im Fall der verschwundenen Perle zu tun. Er leidet nicht gerade an mangelndem Selbstbewusstsein und ist sehr überzeugt von sich. Besonders dann, wenn er mit seinen Vermutungen völlig schiefliegt. Aber egal – Hauptsache, wir haben einen Fall. Einen echten Kriminalfall! Und keinen mit Salmonellen und Durchfall.

»Wie gehen wir vor? Wo fangen wir an?«, frage ich hochmotiviert.

Der schüchterne Detektiv zieht die Stirn kraus und scheint angestrengt über diese Frage zu grübeln. Derweil hat Doktor Herkenrath den ersten Schock überwunden. Auf leisen Pfoten wagt er sich aus der Küche hervor, spinkst vom Flur aus ins Büro und schielt in einer Mischung aus Angst und Neugier zu Fränzi, der Terrierdame, hinüber.

»Ich denke, als Erstes sollten wir morgen Früh Kommissar Valko einen Besuch abstatten und uns von ihm berichten lassen, was er bisher herausgefunden hat«, sagt Rory nach kurzem Überlegen.

»Aber die Polizei wird einem Privatdetektiv doch nichts über eine laufende Ermittlung verraten«, brummt Alfred Hassler verwundert.

»Kommissar Valko wird«, werfe ich kichernd ein. »Er schuldet Rory einen kleinen Gefallen.«

Im Fall der verschwundenen Sprudel-Perle lag der Kommissar mit seinem Verdacht völlig daneben. Es war Rory, der den wahren Täter überführt hat. Aber weil er so schüchtern und zurückhaltend ist, hat er es aussehen lassen, als hätte Kommissar Valko den Fall gelöst. Und der hat sich ausgiebig in diesem Ruhm gesonnt. Genau genommen schuldet er dem Detektiv nicht nur einen kleinen, sondern einen riesengroßen Gefallen.

Rory kratzt sich nachdenklich am Hals und murmelt: »Und nachdem wir mit dem Kommissar gesprochen haben, sollten wir, äh, sollten wir versuchen, mit Marnie Küster zu reden. Falls man uns zu ihr lässt. Und natürlich müssen wir uns so schnell wie möglich am Tatort umsehen. Und dann …«

»Wenn ich einen Vorschlag machen dürfte?«, unterbricht ihn der Regisseur. »Kommen Sie zum Set von *Mörderische Ehefrauen*. Zum einen, weil … Am Abend vor dem Einbruch hatten Simon und Marnie ein paar Freunde zu Gast. Jedes Mal, wenn Simon ein Gemälde für seine Sammlung erwirbt, feiert er das mit einem kleinen Umtrunk. Ich war auch eingeladen, musste jedoch kurzfristig absagen, weil Fränzi in einen Dorn getreten war und ich mit ihr zum Tierarzt musste. Aber Oliver Lorenz, einer unserer Schauspieler, war dort. Vielleicht kann er Ihnen etwas sagen, das Ihnen weiterhilft. Und zum anderen, weil …« Der Regisseur zögert einen Moment, ehe er fortfährt: »Wissen Sie, wenn man ständig Kriminalfälle verfilmt, entwickelt man selbst ein kriminalistisches Gespür. Irgendwie kommt mir die Sache mit diesem Einbruch merkwürdig vor. Irgendwas stimmt da nicht. Und ich frage mich, ob Simon Küster vielleicht nur angegriffen wurde, weil dieser Angriff genau das bezwecken sollte, was nun geschehen ist. Ob es von vornherein darum ging,

Marnie in Schwierigkeiten zu bringen. Ob jemand versucht, ihr diese Tat anzuhängen.«

»Das klingt beinah so, als hätten Sie jemand Bestimmten in Verdacht?« Forschend blicke ich Alfred Hassler an.

Er fährt sich mit der Hand über seine Doppelkinne und sagt zögerlich: »Das ... ist etwas heikel: Natürlich möchte ich niemanden zu Unrecht beschuldigen. Vielleicht liege ich mit meiner Vermutung auch vollkommen falsch, aber ... Rebecca Winter, eine andere Schauspielerin unserer Produktion, ist extrem neidisch auf Marnies Beliebtheit bei den Zuschauern. Sie versucht ständig, ihr eins auszuwischen und sie schlechtzumachen.« Der Regisseur seufzt tief. »In der vergangenen Woche hat sie wegen einer Nichtigkeit einen Riesenstreit angezettelt, hat Marnie gedroht, ist handgreiflich geworden und auf sie losgegangen. Es war so heftig, dass ein Kameramann dazwischengehen und die beiden trennen musste. Anschließend habe ich ein ernstes Gespräch mit Rebecca geführt und ihr gesagt, dass sie die Produktion verlassen muss, wenn so was noch mal vorkommt. Daraufhin hat sie sich gezwungenermaßen bei Marnie entschuldigt, aber ... Rebecca Winter ist eine Diva und ziemlich unberechenbar. Wobei ich mir nicht wirklich vorstellen kann, dass sie so verrückt ist, in das Haus einer Konkurrentin einzubrechen. Und natürlich hoffe ich, dass an meiner Vermutung nichts dran ist und ich nur Gespenster sehe, aber es wäre sicher nicht verkehrt, sich mal ein bisschen am Set umzuschauen, mit

Oliver Lorenz und Rebecca Winter zu sprechen und die Filmcrew zu befragen. Vielleicht hat irgendwer etwas gesehen oder aufgeschnappt, das Ihnen in diesem Fall weiterhelfen könnte.«

»Befragungen?« Rory wird blass, deutet auf mich und murmelt verlegen: »Ähm, was ... also, was Befragungen angeht: Die würde meine Assistentin übernehmen. Ich wäre dabei eher ... Beobachter.«

»Das wäre mir sogar sehr recht«, befindet Alfred Hassler mit Brummstimme. »Wenn Rebecca Winter spitzkriegt, dass ich einen Detektiv auf sie angesetzt habe, weil ich es für möglich halte, dass sie einer Kollegin einen Mordversuch anhängen will, dann ... Das könnte zu unangenehmen Spannungen am Filmset führen. Deshalb habe ich mir überlegt, dass das Ganze auf keinen Fall wie eine offizielle Untersuchung aussehen darf. Sondern so, als wären Sie gar nicht wegen des Falls am Set, sondern aus einem ganz anderen Grund. Und Ihre Assistentin plaudert derweil ein bisschen mit dem Team und versucht, an Informationen zu kommen.«

»Eine verdeckte Ermittlung. Ein guter Gedanke«, nuschelt Rory. »Aber ... aus welchem Grund sollte ich mich am Set von *Mörderische Ehefrauen* aufhalten?«

»Da hätte ich eine ganz wunderbare Idee«, sagt der Regisseur, während sich ein Grinsen auf seinem freundlichen Vollmondgesicht ausbreitet. »Wie es der Zufall will, beginnen morgen die Dreharbeiten für die fünfhundertste Folge der *Mörderischen*

Ehefrauen. Und bei Jubiläumsfolgen gibt es immer einen Gastauftritt eines Prominenten, der das Mordopfer spielt. In Folge 100 war das Renato Reuber, der bekannte Schlagersänger. Und in Folge 200 war es –«

»Sam Kakadu, der Krimiautor«, schießt es voller Begeisterung aus mir raus. »Und in Folge 250 wurde das Mordopfer von Didi Beutel gespielt, einem Fußballreporter. Und in Folge 400 war es Hörbörd Ross, der Modedesigner. Und in Folge 450 war es –«

»Wie auch immer …«, unterbricht Alfred Hassler, wendet sich Rory zu und verkündet: »Diesmal sind Sie unser prominentes Mordopfer.«

Rory guckt einen Moment lang verständnislos, dann bricht ihm der Angstschweiß aus. »Äh, ich glaube nicht, dass ich als, äh, Schauspieler geeignet bin«, stammelt er.

»Überlegen Sie doch mal. Das wäre ein erstklassiger Deckmantel für Ihre Ermittlungen«, gibt der Regisseur zu bedenken. »Und außerdem eine Supersache für die Serie. Das hat doch was: Rory Shy, der erfolgreiche Verbrecherjäger, wird bei *Mörderische Ehefrauen* selbst zum Opfer eines Verbrechens.«

»Ich, ähm, ich denke wirklich nicht, dass … Ich habe überhaupt kein Talent für …«

»Keine Sorge. Sie haben kaum Text«, fegt Alfred Hassler Rorys schüchterne Einwände hinweg. Er blickt den Detektiv eindringlich an und sagt mit bewegter Stimme: »Marnie ist wie eine Tochter für mich. Sie müssen sie aus dem Gefängnis holen. Ich zähle auf Sie.«

Fünf Minuten nachdem der Regisseur gegangen ist, sitzt Rory noch immer wie gelähmt vor Angst an seinem Schreibtisch, sieht aus, als würde er jeden Moment ohnmächtig werden, und wispert: »Ich als … als Schauspieler? Vor einer Kamera? Bei dem Gedanken wird mir ganz übel. Als hätte ich Blutwurstauflauf gegessen. Du kennst mich, Matilda. Ich bin viel zu schüchtern, um …«

Ich schiebe eine Flasche Dinkel-Bier über den Schreibtisch und rate: »Trinken Sie vor den Dreharbeiten einfach ein Schlückchen. Sie wissen doch: Dinkel-Bier verjagt die Schüchternheit aus dir!«

~ 3 ~

Pinguine reden nicht

Als ich am nächsten Morgen in die Küche komme, telefoniert Frau Zeigler gerade mit ihrem Mann.

»Nein, Raimund, ich kann jetzt nicht vorbeikommen«, schnaubt sie wütend in den Hörer. »Du wirst es ja wohl noch selbst schaffen, das Wasser für die Wärmflasche heiß zu machen. Was heißt denn hier: *Ich weiß nicht wie?* Du füllst Wasser in den Wasserkocher, stellst ihn an und wartest, bis das Wasser kocht. Das kriegt doch ein dressierter Schimpanse hin. Herrgott, Raimund!« Sie knallt den Hörer in die Ladestation und sieht dabei aus, als könnte jeden Moment Dampf aus ihrer Nase schießen. »Dieser Mann würde alleine keine zwölf Stunden überleben«, schimpft sie kopfschüttelnd. »Manchmal könnte ich ihn wirklich … Apropos: Weißt du, was ich vorhin in den Nachrichten gehört habe? Marnie Küster, die Schauspielerin, ist verhaftet worden. Sie soll versucht haben, ihren Gatten umzubringen.«

»Ist nicht wahr?«, sage ich, versuche, ein möglichst überraschtes Gesicht zu ziehen, und nehme hastig einen Schluck von meinem Kakao.

»Tja …«, macht Frau Zeigler und präsentiert mir ihre ganz persönliche, wenn auch etwas wacklige Theorie zur Tat: »Wenn man so oft Mörderinnen spielt, findet man irgendwann auch im echten Leben Gefallen daran.«

»Sicher«, entgegne ich. »Kennt man ja. Von all den Schauspielern, die jahrelang Vampire spielen und eines schönen Morgens den Postboten beißen.«

Darüber muss Frau Zeigler erst mal nachdenken.

Ich stelle meine Kakaotasse in die Spülmaschine, flitze hoch in mein Zimmer, nehme das Smartphone vom Ladekabel und wähle die Nummer des Polizeipräsidiums. Die Telefonzentrale versucht, mich zu Kommissar Valko durchzustellen, aber erst mal gerate ich in eine Warteschleife mit nervtötender Musik.

Wenn ich mit Rory arbeite, hat jeder von uns seinen Aufgabenbereich. Telefonate fallen in mein Ressort. Schüchterne mögen dünnen Kaffee und Rosinenmürbchen – und telefonieren nur höchst ungern. Vor allem nicht mit so unangenehmen Gesprächspartnern wie Kommissar Valko.

Wenn ich diese Warteschleifenmusik noch zehn Sekunden länger ertragen muss, laufe ich Amok, denke ich – als der Kommissar den Anruf endlich entgegennimmt.

»Ja? Valko«, meldet er sich mürrisch.

»Alles klar, Herr Kommissar?«, flöte ich fröhlich. »Hier ist Matilda Bond. Die Assistentin von Rory Shy. Sie erinnern sich?«

»Leider«, knurrt er. »Das vorlaute Mädchen mit dem ängstlichen Hund. Und was willst du?«

»Rory und ich kämen gerne mal bei Ihnen vorbei, um zu erfahren, was Sie bisher im Fall Marnie Küster rausgefunden haben.«

»Sonst geht es dir noch gut?«, stößt er ungehalten hervor. »Warum sollte ich euch was über diesen Fall erzählen?«

»Mal überlegen. Zum Beispiel, weil Sie dann weiter die Ehre für sich beanspruchen könnten, den Fall der Sprudel-Perle aufgeklärt zu haben? Wäre doch schade, wenn ein kleines Vöglein der Presse zwitschern würde, dass nicht Sie, sondern Rory den Fall gelöst hat. Da ständen Sie ganz schön blamiert da. Und das will doch niemand von uns.«

Kommissar Valko verschlägt es die Sprache. Ich kann geradezu vor mir sehen, wie er mit offenem Mund in seinem Schreibtischstuhl hockt. Als er die Sprache wiederfindet, droht er: »Ich könnte dich wegen Erpressung verhaften.«

»Nein, könnten Sie nicht«, korrigiere ich ihn freundlich. »Erstens, weil ich erst zwölf bin. Zwölfjährige dürfen nicht verhaftet werden. Und zweitens, weil dann natürlich auch rauskäme, womit ich Sie erpresst habe. Also – wann hätten Sie Zeit? Sagen wir, in einer Stunde?«

Eines muss man Kommissar Valko lassen: Er weiß, wann er

verloren hat. »Von mir aus«, grummelt er in einem Ton, als würde er mich gerne in Handschellen legen. »Aber wir können uns auf keinen Fall im Präsidium treffen. Wenn meine Vorgesetzte mitkriegt, dass ich mit dem schüchternen Detektiv über eine polizeiliche Ermittlung spreche, bin ich meinen Job los.«

»Dann im Aqua-Zoo«, sage ich, weil es das Erste ist, was mir durch den Kopf schießt. »Bei den Pinguinen. Bis gleich, Herr Kommissar.«

»Ich muss los«, informiere ich Frau Zeigler, während ich meine Jeansjacke vom Garderobenhaken nehme. »Bin heute noch mal bei Caroline.«

»So?«, macht sie. »Wieder Eier grau färben?«

»Nein. Heute basteln wir trostlose Osternester. Bis später. Ich bin pünktlich um acht zurück. Tschüss, Frau Zeigler. – Komm, Doktor Herkenrath.«

Straßenbahnfahrten nutze ich gerne, um meiner Lieblingsbeschäftigung nachzugehen: reden ohne Punkt und Komma. Jedenfalls dann, wenn ich Doktor Herkenrath dabeihabe. Ängstliche Cockerspaniel sind die idealen Gesprächspartner. Weil sie einen nicht unterbrechen. Und ich schätze es sehr, bei meinen Ausführungen nicht unterbrochen zu werden.

Ich weiß nicht, wem es noch so geht, aber mitunter fällt es mir schwer, Ordnung in meine Gedanken zu bringen – bis ich sie laut ausspreche. Wenn man einen Sachverhalt in Worte fassen muss, wird er auch für einen selbst klarer. Das ist wie ein Frühjahrsputz im Kopf.

»Ist dir klar, wie verrückt dieser Fall ist?«, frage ich Doktor Herkenrath.

Offensichtlich ist es ihm nicht klar. Oder einfach nur herzlich egal. Er klopft mit dem Schwanz auf die Sitzbank und schielt desinteressiert aus dem Straßenbahnfenster.

»Eine Schauspielerin, die in einer Fernsehserie echte Mörderinnen spielt und im wahren Leben verdächtigt wird, selbst eine zu sein«, fahre ich fort. »Erst wird das Echte gespielt. Und dann wird das Gespielte echt. Und sogar das Echte könnte im nächsten Schritt wieder gespielt werden – wenn Alfred Hassler auf die Idee käme, den Fall für die *Mörderischen Ehefrauen* zu verfilmen. Mit einer Schauspielerin als mörderische Schauspielerin, die mörderische Gattinnen gespielt hat. Man verliert völlig den Überblick darüber, was wirklich und was gespielt und was echt und was falsch ist. Und völlig verwirrend wird es, wenn sich echt und gespielt vermischen. Weißt du, was ich meine?«

Doktor Herkenrath sieht mich so triefäugig an, als wollte er sagen: »Nein, weiß ich nicht. Und eigentlich möchte ich es auch nicht wissen. Aber wahrscheinlich wirst du es mir trotzdem erklären.«

Da liegt er völlig richtig.

»Erinnere dich doch mal an Bonita, die Nichte von Frau von Hakkefress«, sage ich. »Früher lief sie immer schlecht gelaunt durch die Gegend und hat ständig eine Flappe gezogen. Bis sie angefangen hat, bei der Beschwerdestelle der Deutschen Bahn zu arbeiten. Da hat man ihr beigebracht, jede Beschwerde mit einem freundlichen Lächeln entgegenzunehmen. Das natürlich gespielt war. Aber irgendwann hat sich das mit dem Lächeln verselbstständigt. Seitdem läuft sie auch in ihrer Freizeit mit diesem Gesichtsausdruck durch die Gegend. Und jedes Mal, wenn ich sie sehe, frage ich mich, ob ihr gespieltes Lächeln echt geworden ist. Oder ob sie nicht einmal mehr merkt, dass sie es nur spielt, und das Gespielte für echt hält. Und gibt es überhaupt noch etwas Echtes, wenn –«

Ein Handyklingeln unterbricht meine komplizierten Gedankengänge. Doktor Herkenrath fiept erleichtert.

Rorys Festnetznummer. Er hat nur eine Festnetznummer.

Schüchterne besitzen keine Handys, habe ich gelernt. Zumindest Rory und Charlotte nicht. Die Vorstellung, jederzeit für jedermann erreichbar zu sein, ist der reinste Horror für sie.

Ich nehme den Anruf entgegen, höre ein Räuspern und dann die schüchterne Stimme des Detektivs: »Guten Morgen, Matilda. Vor dem Haus sind gerade zwei Busse mit Fans aus Österreich vorgefahren. Die ganze Straße ist voller Menschen. Da möchte ich nicht so gerne … Es, ähm, wäre besser, wenn wir uns nicht in der Agentur, sondern woanders träfen. Komm doch bitte zur Litfaßsäule an der Ecke Sailenzer Straße / Brennerweg.«

»Alles klar«, entgegne ich. »Hier kommt noch eine Planänderung: Wir treffen uns nicht im Präsidium mit Kommissar Valko, sondern im Aqua-Zoo. Cool, oder? Wie in einem Spionage-Thriller. Ach und – bitte grüßen Sie Charlotte von mir.«

Einen Moment lang herrscht am anderen Ende der Leitung Schweigen, bevor Rory verlegen stammelt: »Woher, *räusper*, äh, woher wusstest du, dass sie hier ist?«

»War nur ein Schuss ins Blaue. Aber offenbar ein Volltreffer«, kichere ich. »Bis gleich.«

Doktor Herkenrath und ich stehen noch keine drei Minuten an der Litfaßsäule, als Rory auftaucht. Korrekt gekleidet wie immer, nur sein Haar wirkt ein wenig zerzaust und …

»Sie haben einen Knutschfleck am Hals«, informiere ich ihn grinsend, worauf er knallrot wird und hektisch (aber natürlich erfolglos) versucht, den Fleck wegzuwischen.

»Soll ich uns ein Taxi rufen?«, frage ich und ziehe mein Smartphone aus der Tasche. Über einen eigenen Wagen verfügt der Detektiv leider nicht. Genauso wenig wie über einen Führerschein. Weil er zu schüchtern war, um sich zur Fahrprüfung anzumelden.

»Taxi? Ähm, nein. Nicht nötig«, stottert Rory. »Wir, äh, wir …«

In diesem Moment biegt eine dunkle Limousine um die Ecke. Völlig lautlos. *Ein Elektrogefährt*, wird mir klar. Die Limousine hält direkt vor uns und im nächsten Augenblick klettert ein alter grauhaariger Mann ächzend und stöhnend aus dem Wagen. Ein Chauffeur, der nicht chauffeurmäßiger aussehen könnte. Er steckt in einer weinroten Uniform mit blitzenden Knöpfen, auf dem Kopf trägt er eine Mütze mit schwarzem glänzendem Schirm. Seine gebückte Haltung und das faltenzerfurchte Gesicht lassen vermuten, dass er mindestens achtzig ist. Wenn nicht noch älter.

Der Mann watschelt mit langsamen Schritten um den Wagen herum, öffnet die hintere Tür, deutet eine Verbeugung an, schnappt nach Luft und sagt mit krächzender Stimme: »Guten Morgen, Herr Shy. Ich freue mich, Sie fahren zu dürfen.«

»Ähm, guten Morgen, Amadeus«, entgegnet Rory, während er in den Wagen steigt. »Wir müssten zum Aqua-Zoo. Wenn es, äh, Ihnen nichts ausmacht. Und es ist wirklich nicht nötig, dass Sie mir jedes Mal die Tür … Das, öhm, kann ich doch selbst machen. Und Sie könnten einfach sitzen bleiben und …«

»Das gehört zu meiner Arbeit, Herr Shy. Und die tue ich sehr gerne«, entgegnet der Fahrer kurzatmig, bevor er auch mir höflich zunickt. »Guten Morgen, Frau Bond. Guten Morgen, Herr Doktor Herkenrath.«

Woher kennt er meinen Namen?, frage ich mich völlig perplex, während ich neben den schüchternen Detektiv auf die Rückbank krabbele. Der Chauffeur schließt die hintere Tür, schlurft um das Gefährt herum, nimmt keuchend auf dem Fahrersitz Platz und startet den Wagen.

»Sie scheinen ja echt gut zu verdienen«, sage ich zu Rory und blicke ihn fragend an. »Eine Limousine mit Chauffeur?«

Der Detektiv kratzt sich verlegen am Kopf. »Das ist nicht, öhm … Der Wagen gehört Charlotte. Und Amadeus ist ihr Fahrer.«

»Hätten wir ihm dann nicht begegnen müssen, als wir im Fall der Sprudel-Perle ermittelt haben?«

Rory schüttelt den Kopf: »Zu der Zeit war er zur Kur. Jedenfalls hat Charlotte mir angeboten, den Wagen und die Dienste von Amadeus zu nutzen, wenn ich irgendwohin muss. Mir war das zunächst etwas unangenehm, aber mittlerweile bin ich schon mehrfach auf ihr Angebot zurückgekommen. Es ist einfach sehr, ähm, praktisch. Und auch recht komfortabel. Muss ich, äh, muss ich schon sagen.«

»Wohl dem, der eine Milliardärin zur Freundin hat«, befinde ich und lasse meinen Blick durch das Innere der Limousine wandern. Wären meine Beine doppelt so lang, wie sie sind, könnte ich sie noch immer mit Leichtigkeit ausstrecken. Die Polster sind dermaßen weich und bequem, dass man gar nicht mehr aussteigen möchte, es gibt ein Soundsystem und sogar eine Minibar mit Waldmeisterbrause und Schokolinsen.

Der Wagen gleitet regelrecht über die Straße, man hat gar

nicht das Gefühl, dass man fährt. Viel besser geht es nicht. Nur Doktor Herkenrath guckt reichlich unglücklich, weil ihm beim Autofahren immer schlecht wird – egal, ob er in einer Nobel-Karosse oder einem klapprigen Gebrauchtwagen sitzt.

Amadeus parkt die Elektro-Limousine auf dem Parkplatz des Aqua-Zoos, krabbelt schwerfällig aus dem Gefährt und öffnet die hintere Wagentür.

»Ähm, wie gesagt, Amadeus: Es ist wirklich nicht nötig, dass Sie … Das ist mir immer ein wenig peinlich«, nuschelt Rory beim Aussteigen.

Der alte Fahrer erklärt schnaufend, aber mit unbewegter Miene: »Ich werde mit dem größten Vergnügen auf Sie warten, Herr Shy«, setzt sich ins Auto und schlägt mit zittrigen Händen eine Zeitung auf.

Auch wenn ich die Entscheidung vorhin spontan und ohne zu überlegen getroffen habe: Es gibt keinen geeigneteren Ort für ein geheimes Treffen als den Aqua-Zoo. Im Inneren des Gebäudes ist es schummerig, nur durch die Scheiben der großen Aquarien fällt Licht in die Gänge, und zu dieser frühen Stunde halten sich so gut wie keine Besucher hier auf. Einzig die Pinguine werden Zeugen unseres Treffens mit Kommissar Valko sein.

»Wäre das hier ein Krimi, hieße er: *Pinguine reden nicht*«, flüstere ich Rory kichernd zu, als wir auf einer Bank vor dem Pinguinbecken Platz nehmen.

Ich hatte ein bisschen die Befürchtung, dass Doktor Herkenrath beim Anblick der Wasservögel eine mittelschwere Panikattacke kriegen könnte, stattdessen ist er völlig fasziniert von den Pinguinen, sitzt mit hängender Zunge vor der dicken Scheibe des Aquariums und beobachtet gebannt, wie sich die Tiere von einem künstlichen Felsen stürzen und in das Becken eintauchen. Beruhigend zu wissen. Sollte mal der unwahrscheinliche Fall eintreten, dass uns ein Pinguin im Park entgegengewatschelt kommt, steht nicht zu befürchten, dass Doktor Herkenrath so ausflippt, wie er das bei Eichhörnchen tut.

Kurz darauf erscheint Kommissar Valko. Extrem übel gelaunt – und auch ansonsten so, wie ich ihn in Erinnerung habe: Er steckt in einer speckigen Lederjacke, kaut auf einem Kaugummi rum, hat sein Haar mit Unmengen Gel an den Kopf geklatscht und die unvermeidliche Sonnenbrille auf die Stirn geschoben. Außerdem hat er noch immer die nervende Angewohnheit, alle paar Sekunden die Nase hochzuziehen.

Ohne ein Wort der Begrüßung lässt er sich neben uns auf die Bank fallen und murrt: »Ich habe nicht viel Zeit. Was wollen Sie wissen, Shy?«

»Ich freue mich, Sie zu sehen, Herr Kommissar«, sagt Rory und hüstelt verlegen. »Matilda und ich ermitteln im Auftrag eines Klienten, der Marnie Küster für unschuldig hält.«

»Unschuldig?« Der Kommissar lächelt geringschätzig. »Wenn Marnie Küster unschuldig ist, bin ich ein Spiegelei.«

»Ach was?«, sagt Rory und zieht erstaunt die Augenbrauen hoch. »Nun ... zunächst interessiert uns natürlich, wie es, äh, wie es Simon Küster geht.«

»Sein Zustand ist stabil«, brummt Kommissar Valko. »Die Ärzte sind zuversichtlich, dass er sich erholen wird. Kann aber dauern. Und es ist wohl schwer zu sagen, wann er aus seiner Bewusstlosigkeit erwacht. Momentan können Sie sich von ihm jedenfalls keine Aussage erhoffen, Shy.«

»Erzählen Sie uns noch ein wenig mehr über Simon Küster«, bitte ich den Polizisten.

Er bedenkt mich mit einem missmutigen Blick und erklärt: »Simon Küster ist sechsundfünfzig. Seine erste Frau ist vor fünfzehn Jahren gestorben. Vor zwei Jahren hat er dann Marnie Küster, oder Marnie Neuer, wie sie damals noch hieß, geheiratet. Simon Küster besitzt mehrere Firmen und verfügt über ein großes Vermögen. Und er sammelt moderne Kunst. Hauptsächlich Gemälde, aber auch Statuetten und Skulpturen. Seine neueste Errungenschaft war dieses Gemälde: *Die Rote Libelle.*«

Kommissar Valko zieht eine dünne Mappe unter seiner Lederjacke hervor und entnimmt ihr das Foto eines Ölgemäldes: ein schwarzer Hintergrund, auf dem ein dünner roter Strich zu sehen ist, an dessen oberen Ende ein roter Punkt sitzt. Rechts und links gehen jeweils zwei dicke rote Striche von dem dünnen

Strich ab. Mit viel Fantasie und gutem Willen kann man darin einen Libellenkörper mit Kopf und zwei Flügelpaaren erkennen.

»Wissen Sie, was Simon Küster dafür bezahlt hat?«, fragt der Kommissar mit einem *Es ist nicht zu fassen*-Gesicht. »Vierzigtausend Euro! Für so eine Schmiererei. So was malt Ihnen ein Vierjähriger doch in zwei Minuten. Vielleicht sollte ich auch moderne Kunst machen und damit reich werden.«

»Nur zu. Hält Sie ja niemand zurück«, sage ich, worauf er beleidigt guckt.

»Jedenfalls ... Das Gemälde ist seit dem Angriff auf Simon Küster verschwunden«, erklärt er mürrisch. »Und es fehlt noch ein Stück aus seiner Sammlung: eine zwanzig Zentimeter hohe Bronze-Statuette, höchstwahrscheinlich die Tatwaffe. Zunächst sah die Sache für uns wie ein schiefgelaufener Einbruch aus: Der Einbrecher dringt ins Haus ein, weckt Simon Küster dabei auf, wird von ihm beim Diebstahl des Gemäldes überrascht, greift in Panik nach dem nächstbesten Gegenstand – der Bronze-Statuette –, schlägt den Kunstsammler damit nieder und flüchtet anschließend mit der *Roten Libelle* und der Tatwaffe aus dem Haus.«

»Und wieso hat sich Ihr Verdacht dann auf Marnie Küster gerichtet?«, will Rory wissen und blickt den Kommissar fragend an.

Der Polizist schnieft lautstark. »Gehen wir mal der Reihe nach vor: Am Abend vor der Tat hatten Simon und Marnie

Küster eine kleine Gästerunde zu einem Umtrunk eingeladen, um den Erwerb des Gemäldes zu feiern. Fünf Personen, die wir mittlerweile alle befragt haben.« Er zieht weitere Fotos aus der Mappe und breitet sie nebeneinander auf der Bank aus. »Paola, Simon Küsters vierundzwanzigjährige Tochter aus erster Ehe«, erklärt der Kommissar und deutet auf ein Bild, das eine junge schwarzhaarige Frau mit hochnäsigem Blick zeigt.

Auf dem zweiten Foto ist ein gut aussehender Mann mit Lockenkopf zu sehen, den ich sofort erkenne, weil er schon in unzähligen Folgen der *Mörderischen Ehefrauen* aufgetreten ist: der Schauspieler Oliver Lorenz.

»Der Schönling war auch da«, knurrt Kommissar Valko. »Ist wohl so was wie der Lieblingskollege von Marnie Küster. Außerdem sammelt er Kunst und steht auch auf dieses moderne Gepinsel, auf das Simon Küster so abfährt.«

»Und wer, äh, wer ist dieser Herr?«, will Rory wissen und zeigt auf die Fotografie eines dunkelhaarigen Mannes mit Kurzhaarschnitt und einem extravaganten Brillengestell auf der Nase.

»Das ist Hilko Uschberg, der Kunsthändler, der Simon Küster die *Rote Libelle* verkauft hat«, klärt ihn der Kommissar auf. »Und zu guter Letzt wäre da noch das Ehepaar Nils und Sonja von Dorn. Nachbarn von Marnie und Simon.«

Das letzte Bild zeigt einen sonnengebräunten, durchtrainierten Mann und eine Frau, die ich beide auf Mitte vierzig schätze.

Beim Anblick der Frau gruselt es mich ein bisschen: Irgendwie erinnert ihr Gesicht auch an moderne Kunst. Sonja von Dorn hat sich zahlreichen Schönheitsoperationen unterzogen, die man nicht als durchweg geglückt bezeichnen kann.

Kommissar Valko zieht die Nase hoch. »Alle Gäste haben übereinstimmend ausgesagt, dass Simon Küster zunächst bester Laune war, weil er sich ungemein über den Erwerb des Gemäldes freute. Allerdings soll es im späteren Verlauf des Abends zu einem Streit zwischen Simon und Marnie Küster gekommen sein. Die Gäste haben sich daraufhin schnell verabschiedet. Als Erste verließ Paola Küster das Haus, als Letzte die von Dorns. Gegen halb zwölf.«

»Und dann?«, hake ich nach.

»Marnie Küster behauptet, sie und ihr Mann hätten noch schnell aufgeräumt und wären dann zu Bett gegangen. Ihr Schlafzimmer liegt im ersten Stock«, führt der Kommissar aus. »Ungefähr eine Stunde später will sie vom Schrillen der Alarmanlage aus dem Schlaf gerissen worden sein. Sie stellt erschrocken fest, dass ihr Mann nicht neben ihr liegt, hört Geräusche aus dem Erdgeschoss, springt aus dem Bett und rennt die Treppe runter. Dabei sieht sie, dass die Haustür offen steht, und glaubt, eine Person wahrzunehmen, die durch den Vorgarten davonläuft. Marnie Küster hastet ins Wohnzimmer und findet ihren Mann blutüberströmt auf dem Boden liegend vor. – Und damit hat die feine Dame sich um Kopf und Kragen gelogen.« Auf dem Gesicht des Kommissars breitet sich ein selbstzufriedenes Grinsen aus.

»Ja, ich weiß, worauf Sie hinauswollen«, wispert Rory und zieht die Stirn kraus.

»Ich aber nicht«, sage ich ratlos. »Könnte es mal jemand für naive Nachwuchsdetektivinnen erklären?«

»Also erst mal«, hebt Kommissar Valko an. »Marnie Küster wird durch die Alarmanlage geweckt. Aber da ist ihr Mann bereits nicht mehr im Bett. Er ist aufgestanden, bevor der Alarm losging. Warum? Weil er irgendeine mysteriöse Vorahnung hatte, dass ein Einbruch stattfinden würde? Das ist doch Nonsens.«

»Vielleicht hat er jemanden ums Haus schleichen hören und ist deshalb aufgestanden. Und dann drang der Täter ins Haus ein und hat dabei die Alarmanlage ausgelöst.«

»Tja … die Alarmanlage. Da wären wir beim nächsten Mysterium«, sagt der Kommissar selbstgefällig. »Glaubt man Marnie Küsters Geschichte, dann hat sie den Alarm gehört, ist die Treppe runtergerannt und hat jemanden durch den Vorgarten flüchten sehen. All das kann nicht länger als zwanzig Sekunden gedauert haben. Das heißt, der Einbrecher hätte in diesen zwanzig Sekunden ins Haus eindringen, das Bild nehmen, Simon Küster niederschlagen und flüchten müssen. Kein Mensch schafft das in so kurzer Zeit. Was im Umkehrschluss nur bedeuten kann, dass der Einbrecher den Alarm erst in dem Moment ausgelöst hat, als er aus dem Haus geflohen ist. So funktionieren Alarmanlagen aber nicht, die gehen los, wenn jemand ins Haus einbricht. Was die Frau uns da zu erzählen versucht, stimmt hinten und vorne nicht.«

Da hat er zugegebenermaßen recht. Besonders plausibel klingt das, was Marnie Küster zu Protokoll gegeben hat, wirklich nicht, denke ich – als hinter mir ein aufgekratztes Winseln zu hören ist.

Die von ihrem Felsen ins Wasser eintauchenden Pinguine haben es Doktor Herkenrath so angetan, dass er sich offenbar auch für einen hält. Selbst ohne Wasser. Er ist auf den kleinen Mauervorsprung vor dem Aquarium gehüpft, vollführt von da aus einen ungelenken Sprung durch die Luft, streckt die Vorderläufe weit von sich und landet unsanft auf seiner empfindlichen Hundenase. Nach einem kurzen Schreckmoment rappelt er sich auf und schielt zu uns herüber, als würde er auf Applaus für ein besonders gelungenes Kunststück warten.

Kommissar Valko schüttelt bei dem Anblick den Kopf, dann unterbreitet er uns weitere Argumente, die seine Theorie von Marnie als Täterin stützen.

»Bei jedem Einbruch gibt es Einbruchsspuren«, verkündet er. »In diesem Fall aber nicht. Kein eingedrücktes Fenster, keine aufgebrochene Tür … Wenn Sie mich fragen, Shy: Es gab keinen Einbrecher! Wir haben DNA-Proben von Simon und Marnie Küster genommen. Ebenso von ihren Gästen. Alle Proben wurden mit dem DNA-Material verglichen, das die Spurensicherung am Ort des Verbrechens gefunden hat. Ergebnis: Sämtliche DNA, die wir am Tatort gesichert haben, stimmt mit der DNA der Küsters und ihrer Gäste überein. Ist Ihnen klar, was das bedeutet? Wäre ein Einbrecher im Haus gewesen, hätten wir auch unbekannte DNA finden müssen. Die gibt es aber nicht. Ein sicherer Beweis dafür, dass Marnie Küster lügt. Den Einbrecher hat sie erfunden, um uns in die Irre zu führen. So, wie sie es bei den *Mörderischen Ehefrauen* andauernd tut. Und zu guter Letzt: Marnie Küster hat ein Motiv! Wäre es ihr gelungen, ihren Mann zu ermorden, hätte sie einen großen Teil seines Vermögens geerbt.«

Kommissar Valko verschränkt selbstzufrieden die Arme vor der Brust, schreckt aber im nächsten Moment zusammen, als Doktor Herkenrath fröhlich bellend zu einem erneuten Pinguin-Sprung ansetzt. Er stürzt sich von dem niedrigen Mäuerchen, legt eine Bauchlandung hin, rutscht über den Boden in Richtung Piranha-Becken und dreht sich dabei wie ein Brummkreisel. Im letzten Moment schafft er es abzubremsen und kommt mit verängstigtem Blick zurückgeschlichen.

»Herrgott, du bist ein Cockerspaniel und kein Pinguin. Hör gefälligst mit dieser bekloppten Hüpferei auf«, schimpfe ich – worauf er mit eingezogenem Schwanz zum Bassin mit den Seepferdchen hinübertrottet.

Rory sitzt derweil mit grüblerischer Miene da. »Was ist, äh … was ist danach passiert?«

»Wie danach?«, fragt der Kommissar begriffsstutzig.

»Nachdem Marnie Küster ihren Mann verletzt aufgefunden hatte«, präzisiert Rory. »Was hat sie anschließend getan?«

»Sie hat die Notrufzentrale angerufen«, murmelt Kommissar Valko unwirsch. »Der Anruf ist aufgezeichnet worden.« Er zieht sein Handy aus der Lederjacke und öffnet eine Audiodatei:

»Notrufzentrale.«

»Bitte! Bitte schicken Sie schnell Hilfe! Mein Mann … Er ist überfallen worden. Hier ist überall Blut. Oh Gott! Er braucht einen Arzt! Sofort!«

»Sagen Sie mir Ihren Namen und Ihre Adresse!«

»Marnie Küster. Maria-Kron-Weg 42. Bitte kommen Sie! Schnell! Er bewegt sich nicht mehr.«

»Notarzt und Polizei sind zu Ihnen unterwegs. Bitte bleiben Sie ruhig.«

»Oh Gott, ich … Bitte kommen Sie schnell! Bitte!«

Der Kommissar beendet die Wiedergabe und steckt sein Smartphone ein.

»Für mich klang das ziemlich echt«, kommentiere ich. »Und sehr verzweifelt.«

»Die Frau ist Schauspielerin«, sagt Kommissar Valko in dem Tonfall, in dem man zu besonders begriffsstutzigen Menschen spricht. »Hast du sie noch nie als *Mörderische Ehefrau* gesehen? Da klingt sie auch immer verzweifelt und völlig aufgelöst und guckt, als könnte sie kein Wässerchen trüben. Und am Ende stellt sich jedes Mal raus, dass sie ihren Gatten abgemurkst hat.«

»Das ist doch Blödsinn!«, entfährt es mir. »Nur weil sie Mörderinnen spielt, heißt das doch nicht, dass sie –«

»Warum wählt sie den Notruf?«, unterbricht mich Rory mit leiser Stimme. »Das ergibt doch keinen Sinn: Sie versucht, ihren Gatten zu erschlagen. Der Schlag verletzt ihn nur, allerdings so schwer, dass er zu Boden geht und wehrlos ist. Und statt noch einmal zuzuschlagen, ruft sie dann Hilfe herbei?«

»Was weiß ich?«, murrt der Kommissar. »Als sie ihn blutüberströmt und reglos daliegen sah, hat sie wahrscheinlich geglaubt, ihr Mann wäre tot und die Sache erledigt. Den Notarzt musste sie natürlich rufen, um nicht verdächtig zu erscheinen. Ich bin mir sicher, dass sie geglaubt hat, der Arzt könnte nichts mehr ausrichten.«

»Wie lange hat es gedauert, bis Rettungskräfte und Polizei vor Ort waren?«, fragt der Detektiv mit gerunzelter Stirn.

»Keine vier Minuten. Wieso?«

»Wo sind dann das Gemälde und die Statuette?«, sagt Rory. »Wenn sie bloß vier Minuten Zeit hatte, hätte sie die Sachen nur im Haus verstecken können. Ich nehme an, Sie haben das Haus durchsucht.«

»Wir haben weder Bild noch Statuette gefunden«, sagt der Kommissar und knirscht mit den Zähnen. »Aber das hat nichts zu bedeuten.« Er blickt kurz auf, als Doktor Herkenrath, dem die Seepferdchen unheimlich sind, ängstlich fiept, dann zieht er die Nase hoch und verkündet selbstbewusst: »Ich sage Ihnen jetzt mal, wie die Sache aus meiner Sicht abgelaufen ist, Shy: Nachdem die Gäste gegangen sind, räumen die Küsters Gläser und Geschirr aus dem Wohnzimmer. Marnie Küster nutzt einen günstigen Moment, in dem ihr Mann abgelenkt ist, greift sich die Bronze-Statuette, zieht sie ihrem Gatten über den Schädel und glaubt, er wäre hinüber. Dann nimmt sie das Gemälde und die Tatwaffe, verlässt das Haus und bringt die Sachen in aller Seelenruhe zu einem sicheren Versteck. Als sie zurückkehrt, löst sie absichtlich den Alarm aus, um einen Einbruch vorzutäuschen, wählt den Notruf und spielt die verzweifelte Ehefrau.« Der Kommissar sammelt seine Fotos ein, erhebt sich schniefend von der Bank und erklärt mit finsterer Miene: »Das war es, Shy. Jetzt wissen Sie, was Sie wissen wollten. Marnie Küster ist schuldig. Die Spurenlage ist eindeutig. Sie können also aufhören, mir in meine Ermittlung reinzupfuschen. Wiedersehen.«

»Ähm, ein paar Sachen wären da noch«, wispert Rory verschämt. »Wir, öhm, hätten gerne die Handynummern der Gäste, damit wir uns mit ihnen in Kontakt setzen können. Und wir würden gerne mit Marnie Küster sprechen.«

»Die Handynummern können Sie von mir aus haben. Aber was Marnie Küster angeht – träumen Sie weiter, Shy. Die Dame sitzt in Untersuchungshaft und die Ermittlung läuft noch. Nur ihre Anwältin darf zu ihr. Sonst niemand. Kein Detektiv. Und ganz bestimmt keine Zwölfjährige.«

»Ich erwähne es nur ungern«, sage ich freundlich lächelnd.

»Aber Sie erinnern sich, worüber wir vorhin gesprochen haben? Das kleine Zwitscher-Vöglein und die Presse und die Tatsache, dass in Wirklichkeit Rory den Fall der Sprudel-Perle gelöst hat … Ich bin sicher, wenn Sie sich ein bisschen ins Zeug legen, können Sie uns eine Besuchserlaubnis verschaffen.«

Kommissar Valko sieht mich an, als würde er mich gerne in den dunkelsten aller Kerker sperren. Widerwillig zieht er sein Handy aus der Jacke, wendet uns den Rücken zu und führt ein kurzes Telefonat.

»Sie können mit Marnie Küster reden«, informiert er uns anschließend und schnieft schlecht gelaunt. »Noch was?«

»Ähm, äh, ja«, wispert Rory. »Wenn es Ihnen nichts ausmacht, würde ich mich gerne so bald wie möglich am Tatort umschauen. Natürlich nur, wenn Sie nichts dagegen haben.«

Der Kommissar stöhnt genervt auf. »Von mir aus, Shy. Aber frühestens morgen. Die Spurensicherung hat ihre Arbeit am Tatort noch nicht abgeschlossen. Wenn die Kollegen fertig sind, gebe ich Ihnen den Schlüssel zum Haus. – Ich hoffe, das war es jetzt«, grummelt er missmutig und stapft grußlos davon. Als er drei Schritte entfernt ist, dreht er sich noch einmal um und zischt: »Niemand erfährt von unserem Treffen. Das hat niemals stattgefunden.«

»Keine Sorge«, beruhige ich ihn lächelnd. »Pinguine reden nicht.«

~ 4 ~

Ein Engel hinter Gittern

»Sieht schlecht aus für Marnie Küster«, befinde ich und lasse mich mit bedröppelter Miene auf die Rückbank der Limousine plumpsen. »Vor allem die Sache mit den DNA-Spuren. Wenn es keine unbekannte DNA gibt, kann es keinen Einbrecher gegeben haben. Was das angeht, sagt sie jedenfalls nicht die Wahrheit.«

Der schüchterne Detektiv lächelt in sich hinein. »Danach sieht es im Moment aus. Aber Kommissar Valko denkt, wie üblich, nur in, äh, in eine Richtung. Die Spurenlage lässt auch einen ganz anderen Schluss zu.«

»So? Und welchen?« Ich starre Rory begriffsstutzig an.

»Verstehst du nicht?«, sagt er und rutscht dabei aufgeregt hin und her. »Wenn die Polizei nur Spuren der Küsters und ihrer Gäste am Tatort gefunden hat, kann das zweierlei bedeuten: Entweder Marnie Küster lügt und hat den Einbruch vorgetäuscht, oder es gab tatsächlich einen Einbrecher. Und der war –«

»Einer der Gäste!«, schießt es erkenntnisartig aus mir raus. »Na klar! Einer von ihnen könnte in dieser Nacht noch einmal zurückgekommen sein.«

Rory nickt bestätigend. »Dank der DNA-Spuren müssen wir nicht nach dem großen Unbekannten suchen. Der Kreis unserer Verdächtigen beschränkt sich auf sechs Personen: Marnie Küster, Paola Küster, Oliver Lorenz, Hilko Uschberg und Nils und Sonja von Dorn.« Der Detektiv kratzt sich nachdenklich die Schläfe. »Was auch bedeutet, dass, äh, dass Alfred Hasslers Verdacht gegen Rebecca Winter unbegründet ist. Zumindest nach der, öhm, aktuellen Spurenlage.«

»Ja«, bestätige ich. »Trotzdem könnte es lohnenswert sein, sich am Filmset umzuhören. Statt mit Rebecca Winter sollten wir uns etwas genauer mit Oliver Lorenz beschäftigen. Schließlich ist er gerade von einem Zeugen zu einem Verdächtigen geworden. – Aber erst mal bin ich jetzt sehr gespannt, was Marnie Küster uns zu erzählen hat.«

Als Amadeus vor dem Tor des Frauengefängnisses hält, zögere ich einen Moment, ehe ich aussteige. Der von einer hohen Mauer, Stacheldraht und Wachtürmen umgebene graue Betonbau ist das trostloseste Gebäude, das ich je gesehen habe. Egal, wie frisch und frühlingshaft die Luft riecht, beim Anblick des Gefängnisses fühlt man sich wie an einem trüben, regnerischen Novembertag. Doktor Herkenrath stimmt ein deprimiertes

Winseln an und zieht den Kopf ein. Da man keine Tiere mit in eine Haftanstalt bringen darf, muss er mit Amadeus im Wagen auf uns warten.

Auch wenn ich gegenüber Kommissar Valko so getan habe, als könnte ich es gar nicht erwarten, in ein Gefängnis zu marschieren – in Wahrheit geht mir ganz schön die Muffe.

Hoffentlich ist es nicht wie im Film, denke ich, während mich eine streng blickende Justizbeamtin in einer Zugangsschleuse durchsucht und mit einem Metalldetektor scannt. Im Film bricht immer die Hölle los, wenn Besucher von einem Wärter über Gefängnisgänge geführt werden: Insassen recken Hände zwischen den Gitterstäben hindurch, pfeifen und grölen, schlagen Blechgeschirr gegen die Zellentüren und veranstalten einen Riesenradau.

Tatsächlich bekomme ich keine einzige Gefangene zu sehen. Und Radau gibt es auch nicht. Es ist völlig still. Was aber auch gruselig ist. Während Rory und ich der Beamtin durch die Gänge folgen, ist nur das Geräusch unserer Schritte auf dem Betonboden zu hören. Wir müssen durch mehrere Sicherheitstüren, die von der Wärterin mit einem Zahlencode geöffnet werden. Jedes Mal, wenn eine der schweren Metalltüren ins Schloss kracht, verzieht Rory schmerzvoll das Gesicht.

»Bitte hier hinein«, sagt die Vollzugsbeamtin und führt uns in einen kahlen Raum mit ockerfarbenen Wänden und Neonleuchten unter der Decke, in dem nur ein Tisch und ein paar

Stühle stehen. Die Umgebung ist so bedrückend, dass Rory und ich kein Wort reden, während wir auf Marnie Küster warten.

Zwei Minuten später wird sie von einer Beamtin durch eine Tür an der gegenüberliegenden Seites des Raumes hereingeführt. Die Schauspielerin sieht genauso aus, wie ich sie aus dem Fernsehen kenne. Sie hat blonde, stark gekräuselte Locken und strahlend blaue Augen mit langen fächerartigen Wimpern. Selbst in Gefängniskleidung haftet ihr noch etwas Engelgleiches an.

Als sie uns gegenüber am Tisch Platz nimmt, wirkt sie kurz irritiert. »Rory Shy?«, sagt sie und blickt den Detektiv ungläubig an. »Wieso …?«

»Das ist Matilda Bond, meine Assistentin«, stellt Rory mich vor. »Alfred Hassler hat uns beauftragt, in Ihrem Fall zu ermitteln.«

Ein Lächeln breitet sich auf ihrem Gesicht aus, und auch das ist so engelhaft, dass es mir vorkommt, als würde der trostlose Raum für einen Moment in einem hellen Glorienschein erstrahlen. »Alfred … der Gute! Ich wusste, dass er nicht an meiner Unschuld zweifeln würde. Und jetzt schickt er mir Sie: den besten Detektiv der Welt. Nun wird alles gut!«

Dann, von einem Sekundenbruchteil auf den nächsten, nimmt ihr Gesicht einen zutiefst bestürzten Ausdruck an. So schnell, dass ich mich einen Moment lang frage: Ist das jetzt echt? Oder gespielt?

»Wie geht es meinem Mann?«, fragt sie mit ängstlichem Blick.

»Er … er ist noch ohne Bewusstsein«, sagt Rory leise. »Aber die Ärzte denken, dass er wieder gänzlich genesen wird.«

Marnie Küster wischt sich verstohlen eine Träne weg und lächelt erleichtert.

Rory räuspert sich umständlich und stottert: »Wir haben bereits von einer, äh, Quelle bei der Polizei ein paar Fakten zu dem Fall erfahren. Und nun wäre es uns natürlich wichtig, auch von Ihnen, öhm … vielleicht könnten Sie uns ein paar Fragen … Wobei Sie wissen sollten, dass ich Ihre Privatsphäre natürlich aufs Höchste respektiere und dass es mir sehr unangenehm, äh … Aber dennoch wäre es hilfreich, wenn Sie … Ich könnte aber auch durchaus verstehen, wenn Sie nicht …«

Wem es spätestens nach diesem Potpourri schüchternen Gestammels noch nicht klar sein sollte: Befragungen sind für den schüchternen Detektiv ähnlich qualvoll wie eine Zahnwurzelbehandlung. Und da wir nur dreißig Minuten Besuchszeit haben, sollte die Befragung zügig durchgeführt werden. Ohne Geräusper und zeitraubende *Ähms* und *Ähs.*

»Wenn Sie möchten, übernehme ich ab hier«, sage ich, worauf Rory mir einen dankbaren Blick zuwirft und erleichtert aufatmet.

»Ich sage dir alles, was du wissen willst«, verspricht Marnie Küster. »Hauptsache, ich komme so schnell wie möglich frei. Ich muss zu meinem Mann. Er braucht mich jetzt.«

Die Schauspielerin blickt mich so hilflos und verängstigt an wie ein Engel, der aus den Wolken gestürzt, hart auf der Erde aufgeschlagen ist und sich verwirrt fragt, was ihm zugestoßen ist. Ginge es nur nach meinem Gefühl, würde ich sagen, dass sie unschuldig ist. Als Detektivin sollte man aber auch seinen Verstand einschalten. Und der rät mir, vorsichtig zu sein. Vielleicht ist sie wirklich nur sehr gut darin, die zu Unrecht verdächtigte Unschuld zu spielen.

Um sich ein Bild von seinem Gegenüber machen zu können, ist es bei einer Befragung immer gut, mit ein paar allgemeinen, unverbindlichen Fragen zu beginnen.

»Wie kam es, dass Sie Schauspielerin geworden sind?«

»Das hat sich so ergeben. Als Schülerin habe ich mich mit ein paar Fotos bei einer Model-Agentur beworben, um mein Taschengeld aufzubessern. Zunächst habe ich Model-Jobs für Versandhauskataloge gemacht: Kinder- und Jugendmode. Dann bekam ich das Angebot, für eine kleine Rolle in einer Fernsehserie vorzusprechen. Ich habe mir keine großen Chancen ausgerechnet – aber ich bekam den Part: als Tochter einer Ärztin in einer Krankenhausserie. Über die Jahre folgten weitere Serienrollen – und dann hat Alfred mir angeboten, bei den *Mörderischen Ehefrauen* mitzuspielen. Seitdem bin ich als Gattenmörderin unterwegs.«

Rory und ich blicken sie verdutzt an – erst da wird ihr klar, was sie gesagt hat.

»Ähm, natürlich nur vor der Kamera«, stottert sie erschrocken. Ein trauriger Zug legt sich um ihren Mund und sie wispert mit leiser Stimme: »Ich weiß, dass die Polizei glaubt, ich hätte Simon ermorden wollen, um an das Erbe zu gelangen. Und ich weiß auch, dass es viele Leute gibt, die denken, ich hätte ihn seines Geldes wegen geheiratet. Aber das stimmt nicht! Bitte glauben Sie mir: Ich könnte Simon niemals etwas antun. Er ist das Beste, was mir in meinem Leben passiert ist.«

»Wie haben Sie sich kennengelernt?«, frage ich und werfe dabei einen kurzen Blick auf die Justizbeamtin, die unser Gespräch mit unbewegter Miene beobachtet.

»Das war vor drei Jahren«, antwortet Marnie Küster und lächelt versonnen. »Eines Nachmittags, an einem drehfreien Tag, ging ich im Stadtpark spazieren, als aus heiterem Himmel ein Unwetter losbrach. Ich habe mich in das nächstbeste Gebäude geflüchtet: die Städtische Kunsthalle am Rand des Parks. Da lief gerade eine Ausstellung zu *Moderner Kunst.* Damals hatte ich keine Ahnung von moderner Kunst. Ich war nur froh, im Trockenen zu sein. Irgendwann stand ich ratlos vor einem abstrakten Gemälde mit dem Titel *Verwirrung Nummer 5*, als hinter mir jemand sagte: ›Sind Sie auch so verwirrt wie ich? Ich frage mich ständig, wo *Verwirrung eins bis vier* sind.‹ Worauf ich mich umdrehte – und wir beide in Gelächter ausbrachen. Das war meine erste Begegnung mit Simon.«

Was für eine schöne Geschichte, denke ich. Beinah zu schön, um wahr zu sein.

»Wir sind mehrmals miteinander ausgegangen, haben Zeit zusammen verbracht – und ich habe mich in ihn verliebt«, erklärt Marnie Küster mit glockenheller Stimme. »Bei ihm fühle ich mich so sicher und geborgen, wie bei keinem Menschen vorher. Ich hätte mich auch in ihn verliebt, wenn er bettelarm gewesen wäre. Ich war niemals glücklicher, als ich es mit Simon bin.« Sie wendet den Blick ab und es scheint, als würde sie mit den Tränen kämpfen. In diesem Moment tut sie mir unendlich leid – und gleichzeitig muss ich daran denken, dass ich sie bei den *Mörderischen Ehefrauen* schon häufig so gesehen habe. Und zwar immer dann, wenn sie mit todtraurigem Gesicht Ermittler in die Irre geführt hat.

Vielleicht wäre es taktisch klug, mal den bösen Cop zu geben. Ich lege den finsteren Gesichtsausdruck auf, den ich mir von Kommissar Valko abgeguckt habe, und sage: »Schön zu hören, dass Sie und Ihr Mann so glücklich sind. Wieso hatten Sie dann am Abend vor dem Einbruch Streit mit ihm?«

»Auch glückliche Paare haben mal Streit«, sagt sie unschuldig lächelnd. »Das ist doch ganz normal.«

Zu meiner Überraschung sehe ich, dass Rory zustimmend nickt, so als könnte er das aus eigener Erfahrung bestätigen. Ehrlich gesagt fehlt mir die Fantasie, um mir vorzustellen, wie ein Streit zwischen ihm und Charlotte aussehen könnte. Wie streiten Schüchterne? Flüsternd und räuspernd und mit einem verlegenen *»Entschuldige bitte«* am Ende jedes Satzes?

»Konflikte gehören nun mal zum Zusammenleben«, erklärt Marnie Küster. »Mein Mann und ich versöhnen uns jedes Mal wieder recht schnell. So war es auch an diesem Abend. Eigentlich war es noch nicht mal ein Streit. Es war eine etwas lebhaftere Diskussion in der Küche. Leider so lebhaft, dass unsere Gäste sie mitbekommen haben.«

»Und worum ging es bei Ihrer lebhaften Diskussion?«, frage ich im Valko-Ton und ziehe die Nase hoch.

»Um Paola, Simons Tochter«, seufzt sie, und ich habe augenblicklich das Foto der schwarzhaarigen, hochmütig blickenden jungen Frau vor Augen.

»Paola mag mich nicht«, erklärt die Schauspielerin mit trauriger Stimme. »Sie hat ihre Mutter sehr geliebt und es ihrem Vater nicht verziehen, dass er nach deren Tod noch einmal geheiratet hat. Paola hat für sich beschlossen, dass ich die böse, raffgierige Stiefmutter bin. Sie kann sehr arrogant und verletzend sein, aber das ist sie nur, weil …« Marnie Küster streicht sich mit trauriger Miene eine Locke aus der Stirn. »Paola ist vierundzwanzig, aber in Wahrheit ist sie noch immer ein kleines, verlorenes Mädchen, das nie verwunden hat, dass seine Mutter nicht mehr da ist. Sie ist eine talentierte Malerin und Zeichnerin, aber sie lässt ihr Talent verkümmern. Sie bringt nie etwas zu Ende und vertraut darauf, dass ihr Vater ihr Leben finanziert. Ich habe an dem Abend mitbekommen, dass Paola ihn schon wieder um Geld gebeten hat. Dabei hatte er ihr erst kürzlich eine größere Summe überwiesen. Er wollte ihr das Geld geben, ich habe versucht, ihn davon zu überzeugen, es nicht zu tun. Nicht weil ich ihr das Geld nicht gönne. Sondern damit sie endlich lernt, selbstständiger zu werden und etwas aus ihrem Talent zu machen.«

»Und wie ging Ihr Streit aus?«, frage ich neugierig.

»Nun, ja … Simon konnte meinen Argumenten folgen. Er hat verstanden, dass ich es gut mit Paola meinte. Er wollte ihr erklären, warum er ihr diesmal kein Geld mehr geben würde. Aber als wir aus der Küche zurückkamen, war sie bereits wütend abgerauscht. Im Nachhinein tut es mir sehr leid, dass Simon und ich so laut geworden sind. Dadurch haben alle mitbekommen, dass Paola in finanziellen Schwierigkeiten steckt. Es war bestimmt nicht meine Absicht, sie bloßzustellen. Simon und ich haben uns vorgenommen, am nächsten Tag mit ihr zu reden und ihr alles in Ruhe zu erklären. Aber dazu kam es dann ja nicht mehr …«

»Würde Paola ebenfalls erben, wenn ihr Vater …?«

»Ja«, sagt Marnie Küster und nickt bestätigend. »Eine Hälfte des Vermögens ginge an mich, die andere an Paola.«

Sieh mal an, schießt es mir durch den Kopf, da haben wir doch jemanden mit einem Motiv: Paola Küster braucht dringend Geld, und ihre finanziellen Probleme würden sich durch das Erbe in Luft auflösen. Rorys Gesicht nach zu urteilen, denkt er in diesem Moment exakt das Gleiche.

»Noch fünfzehn Minuten!«, verkündet die Justizbeamtin. Ich nicke und fahre mit der Befragung fort.

»Erzählen Sie uns doch bitte von den anderen Gästen, die an dem Abend da waren«, bitte ich die Schauspielerin.

Der schüchterne Detektiv betrachtet sie interessiert und hüstelt verlegen.

»Oliver Lorenz war da, mein Schauspielkollege von den *Mörderischen Ehefrauen*«, sagt sie. »Ich mag ihn sehr, auch wenn …« – ein feines Lächeln spinnt sich um Marnie Küsters Lippen – »auch, wenn ich ihn in der Serie schon auf alle erdenkliche Arten ins Jenseits befördert habe. Über mich hat er Simon kennengelernt und die beiden haben sich angefreundet. Weil Oliver sich genauso sehr für moderne Kunst interessiert wie mein Mann und auch eine kleine Sammlung hat.« Die Schauspielerin runzelt die Stirn und sagt zögerlich: »An dem Abend war er allerdings ein bisschen angefressen. Ich weiß, dass er *Die Rote Libelle* auch gerne erworben hätte. Simon hat sie ihm quasi vor der Nase weggeschnappt. Oliver hat sich kaum an den Gesprächen beteiligt und sich ein bisschen in den Schmollwinkel zurückgezogen.« Im nächsten Augenblick wirkt Marnie Küster regelrecht erschrocken und beteuert: »Aber nicht, dass … dass du denkst, ich wollte damit andeuten, dass er etwas mit dem Angriff auf Simon zu tun hat. Er war, wie gesagt, ein bisschen angesäuert, aber ich kann mir auf keinen Fall vorstellen, dass er Simon wegen eines Gemäldes … Vielleicht war er nur so still, weil Sonja von Dorn ihm auf die Nerven gegangen ist. So wie allen anderen auch.«

»Wieso? Was hat sie denn gemacht?«, sage ich, während ich mir das Gesicht der gelifteten und künstlich verschlimmschönerten Frau vergegenwärtige.

Marnie Küster seufzt tief. »Na ja ... Es gibt Menschen, die lädt man gerne ein. Und es gibt Menschen, die man zu bestimmten Gelegenheiten einladen *muss.* Nils und Sonja von Dorn sind unsere Nachbarn. Den beiden gehört eine Firma für Sportbekleidung. Sie kennen Simon schon seit zwanzig Jahren. Sonja von Dorn war die beste Freundin von Vanessa, Simons erster Frau. Ich finde sie ziemlich strapaziös. Sie redet jedermann mit *Darling* an und lässt ständig irgendwelche als Nettigkeit getarnten Gemeinheiten vom Stapel.«

»Was meinen Sie?«, frage ich und blicke die Schauspielerin forschend an.

»An dem Abend trug ich ein neues Kleid«, erklärt sie. »Und Sonja sagte: ›Das sieht ja ganz entzückend aus, Darling. Wirklich: ganz entzückend. Wenn du noch fünf Kilo abnimmst, passt es dir wie angegossen.‹ So was macht sie andauernd.«

»Verstehe«, sage ich und weiß genau, was sie meint. Wenn Großtante Wally uns besuchen kommt, bedenkt sie Mama auch immer mit dieser Art von Gemeinheiten: *»Vielen Dank für das leckere Essen, Kristina. Diesmal hast du dich ja wirklich selbst übertroffen. Auch wenn ich vielleicht etwas weniger Dill genommen hätte. Das soll natürlich keine Kritik sein, aber – seien wir mal ehrlich: Zu viel Dill ruiniert den Geschmack.«*

»Sonja von Dorn hat keine Ahnung von Kunst«, fährt Marnie Küster fort. »Sie tut aber immer so, als wäre sie die große Expertin und redet jede Menge dummes Zeug. Simon macht sich insgeheim darüber lustig. Ich glaube, in erster Linie geht es ihr mit ihrem Geschwätz darum, ihren Mann vor allen anderen wie einen idiotischen Kunstbanausen aussehen zu lassen. Bei Nils ist offensichtlich, dass er keine Ahnung von Kunst hat. Er interessiert sich nur für Sport. Man kann ihm immer ansehen, dass er sich bei solchen Treffen unwohl fühlt. Nils tut stets so, als würde er nicht mitbekommen, dass seine Frau versucht, ihn vor den anderen lächerlich zu machen. Dabei kann jeder sehen, wie es in diesen Momenten in ihm brodelt.« Marnie Küster fährt sich durch die Haare und macht ein nachdenkliches Gesicht.

»Noch zehn Minuten!«, kommt die nächste Ansage der Wärterin. Herrgott, hat sie jetzt vor, einen Countdown runterzuzählen?

»Was ist mit dem Kunsthändler?«, frage ich interessiert. »Diesem Hilko Uschberg?«

Die Schauspielerin zuckt mit den Schultern. »Er war an dem Abend zum ersten Mal bei uns zu Gast. Ich kann nicht viel über ihn sagen. Ein zierlicher Mann mit einer hohen Stimme. Sehr höflich, sehr kultiviert. Aber auch etwas anstrengend: einer von den nervösen, zappeligen Typen, die keine fünf Sekunden stillsitzen können und so schnell sprechen, dass sie sich beim Reden beinah selbst überholen.«

»Gab es irgendwelche ungewöhnlichen Vorfälle an diesem Abend?«, frage ich. »Also … außer Ihres Streits.«

Marnie Küster legt die Stirn in Falten, denkt angestrengt nach und schüttelt den Kopf. »Nein. Abgesehen davon, dass mein Mann beinah übertrieben gute Laune hatte. Er wirkte regelrecht aufgekratzt. Simon war ausgesprochen glücklich über den Erwerb der *Roten Libelle.* Und sehr stolz darauf, dass ein bekannter Kunstexperte aus der Schweiz Kontakt mit ihm aufgenommen und darum gebeten hatte, sich seine Sammlung einmal ansehen zu dürfen.«

»Noch fünf Minuten!«, lässt die Justizbeamtin verlauten. Ich kann mir gerade noch verkneifen, genervt mit den Augen zu rollen.

»Schildern Sie mir doch bitte, was dann später in der Nacht geschehen ist«, bitte ich Marnie Küster.

Worauf sie das erzählt, was sie bereits bei der Polizei ausgesagt hat: Sie wird wach, als der Alarm losgeht, stellt fest, dass ihr Mann nicht neben ihr liegt, sie rennt die Treppe runter, die Haustür steht auf und jemand hastet durch den Vorgarten davon.

»Haben Sie eine Idee, warum Ihr Mann aufgestanden ist?«

»Ich nehme an, dass er ein Geräusch gehört hat und nachsehen wollte.«

»Und die Person, die geflüchtet ist?«, frage ich. »Können Sie die beschreiben?«

»Nein«, entgegnet sie und blickt zu Boden. »Ich könnte noch nicht einmal sagen, ob es ein Mann oder eine Frau war. Es war nur ein … Schatten.«

»Noch zwei Minuten!«, verkündet die Vollzugsbeamtin und verschränkt die Arme vor der Brust.

»Dann, äh, hätte ich zum Abschluss noch ein paar kurze Fragen«, meldet sich Rory schüchtern zu Wort. »Sie wissen schon, dass der zeitliche Ablauf des Geschehens, so wie Sie ihn schildern, etwas, ähm, zweifelhaft ist?«

»Sie meinen die Sache mit der Alarmanlage, die erst losging, als der Einbrecher floh?«, sagt die Schauspielerin in resigniertem Ton. »Ja … darauf ist Kommissar Valko schon die ganze Zeit herumgeritten.«

»Aber Sie, ähm, bleiben bei Ihrer Aussage?«, fragt der Detektiv mit einem scheuen Blick auf Marnie Küster.

»Ja«, antwortet sie mit zitternder Stimme. »Weil es die Wahrheit ist. Alles hat sich so abgespielt, wie ich es geschildert habe.«

Rory nickt nachdenklich und kommt dann mit einer Frage um die Ecke, mit der ich nicht gerechnet habe: »Hat Ihr Mann Feinde? Jemand, der eine Rechnung mit ihm offen hat?«

Marnie Küster wirkt verblüfft. »Nicht … nicht dass ich wüsste«, sagt sie zögerlich. »Natürlich macht man sich als Geschäftsmann nicht nur Freunde, aber …«

»Die Besuchszeit ist vorüber. Kommen Sie, Frau Küster«, kommandiert die Beamtin.

Während Marnie hinausgeführt wird, wirft sie dem schüchternen Detektiv einen verzweifelten Blick zu und fleht: »Ich bin unschuldig. Ich habe nichts getan. Bitte helfen Sie mir, Rory!«

~ 5 ~

Weißkittel-Furcht

»Ich kann machen, was ich will – aber ich bekomme einfach nicht aus dem Kopf, dass sie Schauspielerin ist«, sage ich zu dem Detektiv, als wir aus dem Gefängnistor treten und über den Parkplatz zum Wagen laufen. »Wie sie über ihren Mann gesprochen hat … Das klang so liebevoll. Doch während des Gesprächs habe ich mich bei jedem Wort und jeder Geste gefragt: Ist das jetzt echt? Oder spielt sie uns was vor?«

Eigentlich habe ich erwartet, dass Rory darauf mit jeder Menge *Ähms* und *Ähs* und einem vagen: »Tja, das ist wirklich schwer zu sagen«, antworten würde. Stattdessen schießt es ohne Zögern und frei von jeglichem Zweifel aus ihm heraus: »Marnie Küster ist unschuldig!«

»Was?«, entfährt es mir verblüfft. »Wie können Sie das so bestimmt sagen? Denken Sie doch nur an die abstruse Geschichte mit der Alarmanlage. Besonders glaubhaft klingt das für mich nicht.«

»Und genau, ähm, genau deswegen bin ich von ihrer Unschuld überzeugt. Weil sie bei dieser merkwürdig klingenden Geschichte geblieben ist. Selbst als ich noch einmal nachgefragt habe. Wäre sie wirklich so skrupellos wie Kommissar Valko denkt, wäre es doch ein Leichtes für sie gewesen, sich eine glaubhafte Geschichte auszudenken. Sie hätte alles nur ein klein wenig anders erzählen müssen: Die Alarmanlage geht los, sie und ihr Mann wachen auf, er sagt ihr, sie soll im Schlafzimmer in Sicherheit bleiben, und läuft runter, um nachzusehen, was los ist. Bald darauf hört sie Kampfgeräusche, rennt ebenfalls ins Erdgeschoss und sieht den Täter oder die Täterin davonrennen. So klingt es viel logischer. Und niemand hätte ihr beweisen können, dass es nicht so gewesen ist. Wenn jemand bei einer Behauptung bleibt, die ihn belastet, obwohl er mit einer simplen Lüge aus der Sache rauskäme – dann kann man sich sehr sicher sein, dass derjenige die Wahrheit sagt.«

Immer wenn ich zu verstehen glaube, wie Rory tickt, versetzt er mich mit so einer um die Ecke gedachten Theorie in Erstaunen. Aber er hat völlig recht: Marnie Küster hätte der Polizei nur eine plausibel klingende Lüge auftischen müssen und wäre niemals in Verdacht geraten.

»Und warum haben Sie sie gefragt, ob ihr Mann Feinde hat?«, frage ich neugierig.

»Ich versuche zu verstehen, welches Motiv hinter der Tat steht. Schließt man aus, dass Marnie Küster den Einbruch inszeniert hat, bleiben, wie wir durch die DNA-Spuren wissen, nur ihre Gäste als Verdächtige. Mit zwei möglichen Motiven.« Der Detektiv räuspert sich und fährt mit leiser Stimme fort: »Möglichkeit eins: Der Eindringling hatte es darauf angelegt, die *Rote Libelle* zu stehlen. Und dieser Einbruch ist auf tragische Weise aus dem Ruder gelaufen. Oder: Jemand bricht ins Haus ein mit der Absicht, Simon Küster zu ermorden. Er veranstaltet beim Eindringen absichtlich Lärm, um sein Opfer nach unten zu locken. Dann versetzt er Simon einen Schlag mit der Bronze-Statuette, glaubt, der wäre tot, und stiehlt die *Rote Libelle,* um es wie einen Einbruchsdiebstahl aussehen zu lassen und sein wahres Motiv zu verschleiern.«

»Ja. Wäre beides möglich«, murmele ich nachdenklich. »Erklärt aber noch immer nicht, wie der Eindringling ins Haus gelangen konnte, ohne den Alarm auszulösen.«

Ein Blick auf die Armbanduhr sagt mir, dass es halb zwölf ist. Zum Tatort können wir nicht, weil die Spurensicherung dort noch arbeitet, und mit Alfred Hassler ist verabredet, dass wir um vierzehn Uhr am Set der *Mörderischen Ehefrauen* aufschlagen. Also haben wir noch zweieinhalb Stunden. »Was machen wir als Nächstes?«, frage ich.

»Nun, da Paola Küster im Fall des Todes ihres Vaters geerbt hätte, hat sie ein mögliches Motiv. Von daher sollten wir, äh, sollten wir als Erstes mit ihr sprechen. Wärst du so freundlich und würdest sie anrufen und fragen, wo wir uns mit ihr treffen können?«

Ich nicke einverständlich und steige in die Limousine. Doktor Herkenrath sitzt mit hängender Zunge auf dem Beifahrersitz und hört scheinbar sehr interessiert zu, was ihm Amadeus aus dem Wirtschaftsteil der Zeitung vorliest.

»Wohin darf ich Sie bringen?«, fragt der alte Chauffeur in seinem dienstfertigen und höflichen Tonfall und legt die Zeitung zur Seite.

»Kann ich noch nicht sagen. Kleinen Moment, bitte«, entgegne ich, während ich auf der Rückbank neben Rory Platz nehme.

Wie besprochen, hat Kommissar Valko mir eine Liste mit den Handynummern der Gäste auf mein Smartphone geschickt. Ich wähle die Nummer von Paola Küster, die sich mit einer kühlen und abweisenden Stimme meldet: »Paola Küster. Wer ist da?«

Ich erkläre ihr, wer wir sind und worum es geht.

»Rory Shy?«, entfährt es ihr überrascht. »Der schüchterne Detektiv ermittelt im Fall meines Vaters? Warum? Was gibt es da noch zu ermitteln? Die Polizei hat meine Stiefmutter doch bereits verhaftet.«

»Wir arbeiten im Auftrag von Alfred Hassler. Er denkt, dass Ihre Stiefmutter unschuldig ist«, lasse ich sie wissen – und erwarte beinah, dass sie erbost auflegt oder mir ein »Fahr doch zur Hölle!« entgegenschleudert. Aber nach einem kurzen Moment des Schweigens, höre ich sie wispern: »Na schön. Von mir aus.«

»Danke«, sage ich. »Und wo finden wir Sie? – Aha. In Ordnung. Wir sind in einer Viertelstunde da.«

»Sie ist bei ihrem Vater«, informiere ich Rory und sage zu Amadeus: »Zum Martinus-Krankenhaus, bitte.«

»Krankenhaus?«, krächzt Rory mit zitternder Stimme, schnappt nach Luft – und alle Farbe weicht aus seinem Gesicht.

Hunde sind in Krankenhäusern genauso wenig erwünscht wie in Gefängnissen. Doktor Herkenrath muss erneut im Auto bleiben und sich von Amadeus über die aktuellen Börsenkurse informieren lassen.

Rory macht den Eindruck, als wäre er auch lieber im Wagen geblieben. Er schlurft auf den Eingang des Krankenhauses zu, als hätte er Blei in den Schuhen, und sieht aus, als stünde er kurz davor, in Ohnmacht zu fallen. Dann bleibt er unvermittelt stehen, kreischt panisch: »Ich will da nicht rein!«, und macht auf dem Absatz kehrt.

»Hiergeblieben! Was ist denn bloß los mit Ihnen?«, will ich wissen und halte ihn am Ärmel fest.

»Weißkittel-Furcht«, presst er mit erstickter Stimme hervor.

»Was?« Ich blicke ihn völlig ratlos an.

»Weißkittel-Furcht«, wiederholt er mit angstvoll aufgerissenen Augen. »So nennt man das, wenn … Ich habe eine irrsinnige Angst vor allem, was mit Ärzten und Arztpraxen und medizinischen Untersuchungen zusammenhängt. Ich kriege schon weiche Knie, wenn ich einen Arztkittel oder ein Stethoskop sehe oder an einem Haus vorbeikomme, an dem ein Praxis-Schild hängt. Und ein Krankenhaus ist für mich so was wie der Vorhof zur Hölle. Da schnürt es mir vor Angst die Kehle zu. Ich gehe da nicht rein! Auf keinen Fall!«

»Weißkittel-Furcht? Wollen Sie mich veräppeln? Davon habe ich ja noch nie gehört. Stellen Sie sich nicht an wie ein Baby. Es geht doch nur darum, mit Paola Küster zu sprechen und zu sehen, wie es ihrem Vater geht. Kein Mensch will Sie untersuchen.«

»Woher willst du das wissen? Wenn man erst mal da drin ist …«

Ich verdrehe die Augen und beende die Diskussion, indem ich den Detektiv kurzerhand durch die Tür schiebe und zum Empfang zerre.

»Nein«, krächzt er verzweifelt und guckt, als würde ich ihn zur Guillotine schleppen.

»Ach, du liebes bisschen«, sagt die Dame hinter dem Empfangstresen und betrachtet den zitternden Rory mit einem besorgten Blick. »Ein Notfall? Was hat er denn? Kreislaufprobleme und Schnappatmung? Ich rufe sofort einen Arzt.«

Der Detektiv gibt ein ersticktes Röcheln von sich und wirft mir einen entsetzten Blick zu.

»Ihm fehlt nichts«, sage ich. »Wir möchten zu Simon Küster. Können Sie uns sagen, wo wir ihn finden?«

»Zimmer 511«, informiert mich die Frau nach einem kurzen

Blick auf ihren Monitor. »Aber sind Sie wirklich sicher, dass mit Ihrem Begleiter alles in Ordnung ist?«

»Alles bestens«, versichere ich – und schubse den nach Luft ringenden Rory in den Aufzug.

Witzigerweise macht keiner der Patienten, denen wir auf dem Korridor im fünften Stock begegnen, einen auch nur annähernd so elenden Eindruck wie der Detektiv. Offenbar lässt einen nichts kränker aussehen als die Angst vor Ärzten. Rory kann sich kaum auf den Beinen halten und taumelt mehr durch den Gang, als dass er geht.

»Tief ein- und ausatmen«, rate ich – und klopfe an die Tür von Zimmer 511.

Simon Küsters Augen sind geschlossen, er trägt einen weißen turbanartigen Verband, am Kopfende seines Krankenlagers stehen piepende und blinkende Überwachungsgeräte. Paola Küster sitzt auf einem Stuhl neben dem Bett und hält die Hand ihres Vaters. Sie trägt ein blau gepunktetes Kleid und einen weißen Reif im Haar. Abgesehen von den schwarzen Haaren hat sie nicht viel Ähnlichkeit mit der hochnäsigen Frau, die ich auf dem Foto gesehen habe. Sie wirkt erschöpft und übermüdet, hat rot geränderte Augen und nimmt von unserem Eintreten kaum Notiz, da sie gerade mit einer jungen Ärztin spricht, die damit beschäftigt ist, dem Patienten eine Infusion zu legen.

Die Ärztin blickt überrascht auf, als Rory mit leichenblasser

Miene ins Zimmer stolpert und sich röchelnd in einen Stuhl fallen lässt.

»Na so was. Der schüchterne Detektiv«, sagt die Medizinerin und runzelt die Stirn. »Sie sehen ja gar nicht gut aus. Ich sollte mal Ihren Blutdruck messen.«

Mit letzter Kraft schafft es der Detektiv, abwehrend die Hände zu heben. Er gibt ein mitleiderregendes Fiepen von sich und klingt dabei wie Doktor Herkenrath während einer ganz besonders schlimmen Eichhörnchen-Panik-Attacke.

»Ganz wie Sie meinen. Dann eben nicht«, sagt die Ärztin, wendet sich Paola Küster zu und erklärt in ruhigem Ton: »Sie müssen sich wirklich keine Sorgen um Ihren Vater machen. Es sieht schlimmer aus, als es ist. Er hat zwar eine große Kopfwunde, aber die Untersuchungen haben ergeben, dass er keine bleibenden Schäden davontragen wird. Und wir sind sicher, dass er bald aus seiner Bewusstlosigkeit erwacht. Vielleicht in ein paar Stunden, spätestens morgen oder übermorgen.«

»Wird er sich daran erinnern, was ihm zugestoßen ist?«, frage ich vorwitzig.

»Schläge auf den Kopf können zu Gedächtnisverlust führen – müssen es aber nicht«, erklärt die Ärztin. »Möglicherweise erinnert sich Herr Küster sofort nach dem Erwachen an alles, möglicherweise kommt die Erinnerung nach und nach in Bruchstücken zurück, möglicherweise aber auch nie mehr. – Wir werden jetzt noch einmal eine CT-Untersuchung durchführen.«

Die Tür öffnet sich, ein Pfleger tritt ein und schiebt das Bett mit Simon Küster aus dem Zimmer.

»Im Moment können Sie hier nichts tun«, sagt die Ärztin zu Paola Küster. »Sie sollten nach Hause gehen und ein wenig schlafen. Sie waren ja die ganze Zeit über hier, Sie brauchen etwas Schlaf.« Als sie das Zimmer verlässt, bedenkt sie den in seinem Stuhl zusammengesunkenen Rory mit einem besorgten Blick. »Wenn Sie meinen professionellen medizinischen Rat wollen: Sie sollten sich auch unbedingt ein bisschen Ruhe gönnen. Und zwar ganz dringend.«

Während wir mit Paola Küster im Aufzug nach unten fahren, betrachte ich sie eingehend. Sie ist eine kleine Person mit großen koboldhaften Augen. Nach dem, was uns Marnie Küster über sie erzählt hat, habe ich eine hochnäsige und arrogante Zicke erwartet. Aber so wirkt sie ganz und gar nicht. Sondern scheu und verletzlich. Vielleicht einfach deswegen, weil sie völlig übermüdet und in Sorge um ihren Vater ist.

Rory wankt aus dem Eingang des Krankenhauses ins Freie und wirkt dabei so erleichtert wie ein Schiffbrüchiger, der tagelang an eine Planke geklammert durch die Wellen getrieben ist und endlich wieder festen Boden unter den Füßen hat.

»Vielleicht können wir uns da vorne etwas unterhalten«, schlage ich vor und deute auf eine Bank in einer kleinen Grünanlage.

Wir nehmen auf der Bank Platz, Paola kramt in ihrer Handtasche herum und fördert ein Päckchen Zigaretten zutage. »Auch eine?«, fragt sie den Detektiv.

Der nickt erschöpft, greift sich einen Glimmstängel aus der Packung, lässt sich Feuer geben und nimmt einen tiefen Zug.

Ich blicke ihn verdattert an. »Sie rauchen doch überhaupt nicht.«

»Ach ja. Richtig«, nuschelt er, hustet und drückt die Zigarette aus. Offenbar ist er nach seiner nervenaufreibenden Krankenhauserfahrung ein wenig neben der Spur.

»Was ... was wollen Sie denn von mir wissen?«, fragt Paola Küster mit leiser Stimme. »Ich verstehe das alles nicht. Dieser schniefende Kommissar hat mich doch schon befragt. Und er schien sich sehr sicher zu sein, dass Marnie meinen Vater niedergeschlagen hat. Dass sie den Einbruch nur vorgetäuscht und versucht hat, ihn zu ermorden. Um an sein Erbe zu gelangen.«

Entweder ist sie bemerkenswert naiv – oder stellt sich dumm. Ihr muss doch klar sein, dass dieses Motiv auch auf sie zutrifft. Und würde Kommissar Valko bei seinen Verdächtigen nicht immer nur eingleisig fahren, hätte er Paola Küster deswegen längst in die Mangel genommen.

»Glauben Sie auch, dass Ihre Stiefmutter es getan hat?«, frage ich und sehe ihr dabei in die Augen.

Sie nimmt einen Zug an der Zigarette und richtet ihren Blick in die Ferne. »Nein. Nicht wirklich«, sagt sie nach längerem Überlegen. »Mein Verhältnis zu meiner Stiefmutter ist nicht das beste. Aber es fällt mir schwer, mir vorzustellen, dass sie Papa so etwas antun könnte. Die beiden sind so … so eng miteinander verbunden und sich ehrlich zugetan.«

»Ich, öhm, bin ebenfalls sehr sicher, dass Ihre Stiefmutter unschuldig ist«, merkt Rory schüchtern an.

»Dann denken Sie, dass es doch ein Einbrecher war? Dass mein Vater wegen der *Roten Libelle* niedergeschlagen wurde?«, fragt Paola mit erstaunt aufgerissenen Augen.

»Nun, wir, öhm, wir ermitteln in alle Richtungen«, sagt der Detektiv und stammelt: »Und natürlich ist es so, dass, äh … Nun, Kommissar Valko glaubt, dass Ihre Stiefmutter ein Motiv für die Tat hatte. Das Geld, das sie im Falle des Todes geerbt hätte. Aber dieses Motiv trifft, ähm, natürlich auch …«

»Was Rory sagen möchte, ist Folgendes«, springe ich ihm bei. »Sie hätten auch geerbt. Nach dem, was wir bisher wissen, brauchen Sie dringend Geld. Und an dem Abend waren Sie wohl ziemlich wütend auf Ihren Vater, weil er Ihnen keines geben wollte.«

»Oh Gott!«, entfährt es Paola und sie blickt mich völlig entgeistert an. »Du denkst doch nicht, dass ich …?« Sie schlägt die Hände vors Gesicht und schüttelt den Kopf. »Nein, nein, nein.« Dann atmet sie tief durch und erklärt: »Ja, ich war an diesem Abend wütend. Aber nicht auf meinen Vater, sondern auf Marnie. Und ich war stinksauer, weil die beiden so laut gestritten haben, dass alle mitbekamen, worum es ging: dass ich in finanziellen Schwierigkeiten stecke. Sonja von Dorn hat sich darüber königlich amüsiert. Ich war dermaßen außer mir, dass ich einfach rausgestürmt bin und die Haustür so laut hinter mir zugeknallt habe, dass das Haus gewackelt hat. Aber dann ...« Sie zündet sich die nächste Zigarette an und nimmt einen hastigen Zug. »Ich war völlig aufgewühlt und bin stundenlang durch die Nacht gelaufen. Und irgendwann ... irgendwann ist meine Wut verraucht. Und ich begann ernsthaft über das nachzudenken, was Marnie zu meinem Vater gesagt hatte. Dass ich mich immer auf seine Geldspritzen verlassen und deshalb nie etwas zu Ende bringen würde. Dass ich mein Talent verkümmern lassen würde. Und dass ich lernen müsste, selbstständiger zu werden. Und da ...« Sie lächelt traurig. »Es war nicht einfach, sich das einzugestehen, aber mir wurde klar, dass Marnie nicht völlig falsch lag. Bisher hatte ich mich immer nur auf meinen Vater verlassen. Und in dieser Nacht habe ich beschlossen, das zu ändern. Ich bin in meine Wohnung und habe an einer Graphic Novel gearbeitet, die ich irgendwann begonnen und dann einfach liegen gelassen hatte. Ich habe bis zum Morgen gezeichnet. Bis ich einen Anruf von der Polizei bekam und erfuhr, was geschehen war.«

Rory und ich tauschen einen kurzen Blick aus.

»Bitte, öhm, bitte nehmen Sie das nicht persönlich«, stottert der Detektiv. »Aber gibt es jemanden, der Ihre Angaben bestätigen kann? Also, dass Sie ... dass Sie durch die Stadt gelaufen sind und anschließend an Ihrem Comic gearbeitet haben?«

Paola Küster sieht aus wie vom Donner gerührt. »Nein«, sagt sie und wird blass. »Fragen Sie mich jetzt etwa nach einem Alibi?«

»Das ist reine Routine«, versuche ich sie zu beruhigen – als ich bemerke, dass zwei etwa sechzehnjährige Jungen auf uns zukommen. Einer hat einen Basketball unter den Arm geklemmt, der andere hat keinen Basketball, dafür aber eine bemerkenswert große Zahnlücke. Breit grinsend bauen sich die beiden vor uns auf.

»Digga, ich werd nich mehr!«, eröffnet der mit der Zahnlücke auf unglaublich intelligente Weise das Gespräch, spuckt auf den Boden und blickt Rory herausfordernd an. »Wenn das nicht *Detective Räusperchen* ist.«

Rory läuft bei seinen Worten tiefrot an, was den zweiten Kerl veranlasst, in ein rohes, gemeines Lachen auszubrechen, bevor er abschätzig grölt: »Mein Vater sagt, dass Sie ein stotternder Loser sind, der einfach nur Glück hat. Oder ein Betrüger. Als ob man einen Fall lösen könnte, wenn man zu schüchtern ist, um auch nur leise *Piep* zu machen. Er sagt, Sie wären ein aufgeblasener Fake der Medien. Und dass Sie in Wahrheit als Detektiv überhaupt nichts draufhätten.«

»Ist ja interessant«, schleudere ich dem Kerl wütend entgegen.

»Und das kann dein Vater so gut beurteilen, weil er einen zehnminütigen Kurs auf der YouTube-Detektiv-Universität besucht hat?«

Der Junge glotzt mich begriffsstutzig an, dann dämmert ihm, dass man meine Äußerung als Beleidigung verstehen könnte. Mit drohendem Gesichtsausdruck macht er einen Schritt auf mich zu – ich spüre, wie Paola Küster ängstlich nach meiner Hand greift –, als Rory von der Bank aufschnellt und sich ihm in den Weg stellt.

»Es, öhm, es liegt natürlich ganz bei Ihnen, meine Herren, ob Sie einen Rat annehmen möchten«, sagt er schüchtern lächelnd. »Aber wäre ich an Ihrer Stelle, würde ich nichts tun, was meine Lage weiter, *hüstel, hüstel,* verschlimmern könnte. Genau genommen rate ich Ihnen, sich, ähm, den Ermittlungsbehörden zu stellen. So kommen Sie eventuell mit einer Jugendstrafe auf Bewährung davon. Oder mit Sozialstunden.«

»Wovon laberst du, Alter?«

»Es ist mir … es ist mir immer ein wenig unangenehm, wenn ich mich gezwungen sehe, meine beruflichen Fähigkeiten unter Beweis stellen zu müssen«, wispert der Detektiv und kratzt sich nervös am Hals. »Aber … der Basketball, den Sie da unter dem Arm halten, gehört ohne jeden Zweifel zu dem Diebesgut, das vor vierzehn Tagen bei einem Einbruch bei *Sport-Becker* erbeutet wurde. Genauso wie das, ähm, Basketball-Trikot Ihres Bekannten. Und wenn ich die Abdrücke betrachte, die Ihre

Schuhe da vorne auf dem Weg hinterlassen haben, bin ich mir, öhm, fast sicher, dass man die gleichen Abdrücke am Tatort gefunden hat.« Er wendet sich dem Kerl mit der Zahnlücke zu und führt in höflichem Ton aus: »Zudem hat man dort überraschenderweise auch einen Zahn gefunden, den sich einer der nicht besonders cleveren Einbrecher ausgestoßen hat. Offenbar bei dem Versuch, eine Hantel zu entwenden.«

Die Jungen tauschen einen bestürzten, ungläubigen Blick aus, der eine stammelt: »Das … das ist gruselig. Weg hier, Digga!«, und die beiden nehmen in so einem Affentempo Reißaus, dass sie gar nicht mehr hören, wie Rory schüchtern murmelt: »Aber, ähm, möglicherweise irre ich mich auch.«

»Wow!«, macht Paola Küster und sieht den Detektiv bewundernd an. »Das war ja mal beeindruckend.«

Währenddessen versuche ich, gedanklich wieder zu unserer Befragung zurückzufinden. »Eines der Rätsel in diesem Fall ist, wie der Einbrecher ins Haus Ihres Vaters gelangen konnte. Deshalb muss ich Sie das fragen.« Ich blicke Paola Küster forschend an. »Haben Sie einen Schlüssel?«

»Ja«, wispert sie. »Als Papa Marnie geheiratet hat, bin ich in eine eigene Wohnung gezogen. Aber ich habe natürlich noch immer einen Schlüssel.«

»Und der Code der Alarmanlage? Kennen Sie den auch?«, frage ich.

Sie senkt den Kopf und haucht: »Sicher. Die Zahlenfolge ist

das Geburtsdatum meiner Mutter.« Eine Träne rinnt Paola über die Wange. »Aber Sie können doch nicht wirklich glauben, dass ich … Als ich ins Krankenhaus kam und Papa dort liegen sah, da hatte ich einfach nur Angst, dass er stirbt. Und dass ich dann ganz alleine wäre. Ohne Mutter und ohne Vater.« Sie schluchzt laut auf.

Der schüchterne Detektiv guckt betreten, zieht ein blütenweißes Taschentuch aus seinem Jackett und reicht es ihr.

»Können Sie uns ein bisschen was über den Abend des Umtrunks erzählen?«, frage ich. »Über die anderen Gäste oder über irgendwas, das Ihnen aufgefallen ist? Auch eine Kleinigkeit könnte uns weiterhelfen.«

Sie nickt, denkt kurz nach und sagt: »Papa hängt mit ganzem Herzen an seiner Kunstsammlung. Und jedes Mal, wenn er ein Gemälde erwirbt, feiert er das mit einem kleinen Umtrunk. Natürlich komme ich zu diesen Gelegenheiten gerne. Weil ich weiß, dass er sich darüber freut. So auch diesmal. Obwohl ich nicht besonders erpicht darauf war, Marnie zu begegnen. Und Sonja von Dorn auch nicht. Ich konnte sie schon nicht ausstehen, als ich ein Kind war. Sie ist eine linke Bazille. Und ständig muss sie ihren Mann runtermachen.« Eine leichte Röte steigt Paola Küster ins Gesicht und sie sagt verschämt: »Auf der anderen Seite habe ich gehofft, der Abend wäre eine gute Gelegenheit, Papa um Geld zu bitten. Und ich wusste, dass Oliver Lorenz da sein würde, der Schauspieler aus den *Mörderischen Ehefrauen*.« Sie wird noch eine Spur röter und vertraut uns mit leiser Stimme an: »Ich finde ihn echt heiß. Leider war er an dem Abend aber ziemlich muffelig und hatte keine große Lust, sich mit mir zu unterhalten. Dafür hat mich die ganze Zeit über dieser Kunsthändler zugequatscht, von dem Papa die *Rote Libelle* gekauft hatte. Seinen Namen habe ich schon wieder vergessen. Heiko oder so ähnlich.«

»Hilko«, sage ich. »Hilko Uschberg.«

»Ja, genau. Redete wie ein Wasserfall, der Typ.« Paola fährt sich mit der Hand durch die Haare. »Irgendetwas Besonderes ist mir nicht aufgefallen. Außer dass Papa ungewöhnlich gut drauf war. Ich meine ... er ist immer gut drauf, wenn er ein neues Stück für seine Sammlung gekauft hat. Aber diesmal ... Er schien fast überzuschnappen vor Freude. Und hat jedem, der es hören oder nicht hören wollte, erzählt, dass irgend so ein bekannter Kunstexperte sich seine Sammlung ansehen wolle. Das schien ihn ganz unglaublich stolz zu machen. Na ja, und dann habe ich ihn nach Geld gefragt; Marnie bekam es mit und es kam zu dem Streit. Ich wollte nur noch weg – und bin abgehauen.«

»Nun dann, äh, dann zunächst einmal vielen Dank für diese Informationen«, sagt der Detektiv und erhebt sich.

Ich stehe ebenfalls auf und bitte Paola: »Rufen Sie uns doch an, wenn Ihnen noch etwas einfällt, das wichtig sein könnte.«

»Mache ich«, verspricht sie und will Rory sein Taschentuch zurückgeben.

»Ähm, danke«, wehrt er schüchtern ab. »Das können Sie gerne behalten.«

~ 6 ~

Lampenfieber

»Und? Was halten Sie von Paola Küster?«, frage ich den schüchternen Detektiv, als wir in der Limousine sitzen und in Richtung der *Hassler-Filmstudios* fahren.

»Na ja …«, macht er und kratzt sich nachdenklich am Kinn. »Schwer zu sagen. Irgendwie habe ich noch kein … kein klares Bild von ihr. Sie wirkt aufrichtig besorgt um ihren Vater. Andererseits: Vielleicht kann sie *auch* gut schauspielern. Und wir dürfen nicht vergessen: Sie hat ein mögliches Motiv. Sie hat einen Schlüssel zum Haus. Sie kennt den Code der Alarmanlage. Und sie hat kein Alibi.«

Der schüchterne Detektiv verfällt in ein grüblerisches Schweigen – und wirkt umso angespannter, je näher wir unserem Ziel kommen.

»Also: alles wie mit Alfred Hassler besprochen«, sage ich. »Während Sie vor der Kamera das prominente Mordopfer spielen, verwickle ich die Mitglieder des Filmteams in Gespräche, höre unauffällig nach, was sie mir über Marnie Küster erzählen können, und versuche, Oliver Lorenz auszuquetschen. Schätze, das dürfte kein Problem werden. Das ist der Vorteil, wenn man zwölf ist: Die Leute nehmen einen nicht für voll und achten nicht so genau darauf, was sie erzählen.«

»Äh, ja, genau …«, erwidert Rory abwesend und knibbelt nervös an seiner Nagelhaut.

»Lampenfieber wegen Ihres Auftritts?«, frage ich.

Der Detektiv nickt und sieht dabei aus, als würde er jeden Moment hyperventilieren.

»Ist ja wirklich ein harter Tag für Sie«, kichere ich. »Krankenhaus *und* Filmaufnahmen. Erst Weißkittel-Furcht und jetzt auch noch Lampenfieber. Aber machen Sie sich mal keine Gedanken«, beruhige ich ihn. »Sie sind das Mordopfer. Wahrscheinlich müssen Sie nichts tun, außer tot zu Boden zu sinken.«

»Ja, aber wie?«, wispert der Detektiv aufgelöst. »Langsam oder schnell? Falle ich vorwärts oder rückwärts? Oder seitlich? Kann ich das schweigend machen oder muss ich dabei röcheln? Und wenn ich dann so daliege, darf ich dann auch in echt nicht mehr atmen?«

»Tja, da kann ich Ihnen auch nicht helfen«, entgegne ich und denke: Er hätte wirklich besser ein Gläschen Dinkel-Bier trinken sollen.

Der Pförtner an der Zufahrt zum Studiogelände ist offenbar von Alfred Hassler informiert worden, dass wir kommen, und winkt uns durch. Bald darauf halten wir an einer großen Halle, vor deren Eingang uns der Regisseur erwartet.

Wir steigen aus, Alfred Hassler schüttelt uns die Hand und führt uns in das Studiogebäude. Während Rory ihn räuspernd und hüstelnd über den aktuellen Stand unserer Ermittlung informiert, blicke ich mich mit großen Augen um. Ich war noch nie an einem Filmset. Vor zwei Jahren, in den Sommerferien, durfte ich Papa und Mama mal für ein paar Tage begleiten, als sie Aufnahmen von Murmeltieren gemacht haben. Aber das war natürlich was völlig anderes.

Überall wieseln Leute durch das Studio. Beleuchter richten ihre Scheinwerfer aus, ein Regieassistent rennt hektisch am Set umher und brüllt dabei in sein Headset, Mikrofone werden getestet und Kameras in Position gebracht.

Wüsste Frau Zeigler, dass ich gerade am Drehort der *Mörderischen Ehefrauen* bin, würde sie vor Neid platzen. Ich bin, wie gesagt, ein Riesenfan der Serie – aber Frau Zeigler ist eine regelrechte Fanatikerin: Sie hat alle Staffeln auf Blu-ray, kann aus dem Stand die Handlung jeder beliebigen Folge runterbeten und sämtliche Dialoge mitsprechen. Manchmal, wenn eine alte Folge wiederholt wird, sitzt sie wie hypnotisiert neben mir auf dem Sofa, sieht gebannt zu, wie eine mörderische Ehefrau von der Polizei verhört wird, und spricht deren Text leise mit – ohne dass es ihr bewusst ist: *»Es war ein tragischer Unfall, Herr Kommissar. Mein Mann hat Würstchen gegrillt und während-*

dessen sein Jagdgewehr gereinigt, als sich unglücklicherweise ein Schuss löste und ihn in die Brust traf. Er ist zurückgetaumelt, zu nah an den Grill geraten und hat Feuer gefangen. Und beim Versuch, die Flammen zu ersticken, hat er sich aus Versehen die Grillgabel in den Rücken gerammt. Leider gleich zweimal.« In diesen Momenten hat Frau Zeigler immer einen so düsteren Gesichtsausdruck drauf, dass man Angst um ihren trantütigen Raimund kriegen kann.

»Probeschwenk Kamerakran eins, bitte!«, reißt mich die Stimme eines Produktionsassistenten aus meinen Gedanken.

In der Mitte der Halle ist eine Filmkulisse aufgebaut: eine reichlich verwohnt aussehende Küche, schmutziges Geschirr, ein überquellender Abfalleimer, in einer Ecke stapeln sich leere Bierkästen.

Ich erblicke Oliver Lorenz, der neben einer Kamera steht und ein Skript in der Hand hält. An einem Schminktisch sitzt Rebecca Winter, die Giftmord-Darstellerin. Sie trägt eine blonde Perücke und wird gerade von einer Maskenbildnerin geschminkt. Alle sind so beschäftigt, dass niemand von unserem Eintreten Notiz nimmt. Niemand außer Fränzi, der Terrierdame. Sie liegt auf der Sitzfläche von Alfred Hasslers Regiestuhl, hebt neugierig den Kopf, als sie uns erspäht, und kläfft fröhlich. Doktor Herkenrath guckt, als käme ihm die Fleischwurst hoch, und flüchtet sich hinter meinen Rücken.

»Warten Sie hier bitte einen Moment«, sagt Alfred Hassler

mit Brummstimme und schiebt Rory und mich hinter ein Regal mit Requisiten. »Ich habe dem Team diesmal nicht verraten, wer das prominente Mordopfer sein wird. Das soll eine Überraschung werden!«

Er tritt ein paar Schritte vor, klatscht in die Hände und ruft: »Leute, kommt ihr bitte alle mal für einen Moment her? Ich möchte etwas sagen.« Als sich die Schauspieler und anderen Crew-Mitglieder in einem Halbkreis vor ihm versammelt haben, fährt er fort: »Kommen wir zunächst zu der schlechten Nachricht. Wie mittlerweile jeder gehört haben dürfte, wurde gestern unsere Kollegin Marnie verhaftet. Wir alle kennen sie und wissen, was für ein liebenswerter Mensch sie ist. Ich bin mir sicher, dass sich die absurden Anschuldigungen gegen sie innerhalb kürzester Zeit in Luft auflösen werden. Wünschen wir ihrem Mann gute Besserung und Marnie viel Kraft in dieser Situation!«

Alle applaudieren. Rebecca Winter allerdings sehr widerwillig, scheint es mir. Sie klatscht nur kurz und verzieht geringschätzig das Gesicht.

»Nun zu etwas Erfreulicherem«, fährt Alfred Hassler mit tiefer Stimme fort: »Heute drehen wir Folge 500. Und wie in jeder Jubiläumssendung gibt es einen prominenten Gast.« Er macht eine Pause, um die Spannung zu steigern, als jemand ruft: »Komm schon, Alfred. Du hast ja diesmal ein Riesengeheimnis draus gemacht. Sag schon, wer es ist!«

Alfred Hassler lächelt und verkündet mit großer Geste: »Unser heutiges Mordopfer ist – Rory Shy! Der schüchterne Detektiv. Bitte kommen Sie doch nach vorne, Rory.«

Der Detektiv sieht plötzlich aus, als hätte er auch zu viel Fleischwurst gegessen. Zögerlich tritt er hinter dem Regal hervor, hebt verlegen die Hand zum Gruß und lächelt scheu.

Augenblicklich bricht Jubel und lauter Applaus los. Auch Rebecca Winter klatscht diesmal euphorisch. Mehrere aus dem Filmteam stimmen einen »Rory! Rory!«-Sprechchor an.

Der Detektiv blickt auf seine Schuhspitzen und kratzt sich verschämt am Kinn. Wahrscheinlich würde er sich am liebsten in Luft auflösen.

Alfred Hassler klatscht erneut in die Hände und brummt: »Machen wir uns an die Arbeit! Wie lange braucht ihr noch für das Licht?«

»Zwanzig Minuten, Alfred«, ruft jemand – als Rebecca Winter mit ausgebreiteten Armen auf Rory zustürmt und ihm ohne Vorwarnung um den Hals fällt. Dem überrumpelten Detektiv steht die blanke Panik ins Gesicht geschrieben, er macht ein Geräusch wie ein Fisch auf dem Trockenen.

»Rory, mein Lieber! Wie schön, dass wir beide uns mal kennenlernen«, haucht die Schauspielerin mit einer heiseren, verrucht klingenden Stimme. Sie betrachtet den Detektiv, als wäre er ein Filmpreis, und wispert: »Im echten Leben sehen Sie ja noch attraktiver aus als in den Nachrichten. Ich werde heute

Ihre mörderische Gattin spielen. Ich freue mich schon darauf, Sie vergiften zu dürfen. Ha, ha, ha!«

»Hi, hi«, macht Rory gezwungen.

»Rory, kommen Sie bitte einen Moment zu mir? Ich würde gerne kurz die Szene mit Ihnen besprechen«, ruft Alfred Hassler, lässt sich in seinen Regiestuhl fallen und nimmt den Terrier auf den Schoß. Fränzi hechelt leise und blickt Doktor Herkenrath freundlich an. Der alte Angstschisser zieht den Schwanz ein und winselt furchtsam.

»Also«, setzt der Regisseur an, während seine Hamsterbäckchen leicht hin und her schwabbeln. »In der Folge, die wir heute drehen, geht es um den Fall *Susi Semmel.* Vielleicht erinnern Sie sich? War vor drei Jahren in den Schlagzeilen: Susi Semmel war sanft wie ein Lämmchen. Sang im Kirchenchor, gab Kindern Flötenunterricht; die Frau konnte keiner Fliege was zuleide tun. Aber ihr Mann, Rocco Semmel, war ein aggressiver Trunkenbold. Hat seine Frau tyrannisiert und war gemein zu ihr, wo er nur konnte. Sie hat es nie gewagt aufzumucken und sich alles gefallen lassen. Über viele Jahre hinweg. Und dann – hat sie ihrem Gatten eines Tages eine Lasagne serviert, auf der mehr Rattengift als Käse war. Sie hat fünfzehn Jahre gekriegt.« Der Regisseur streichelt Fränzi übers Fell und fährt fort: »Sie treten in zwei Szenen auf, Rory.«

»In zwei?«, sagt der Detektiv erschrocken. »Ich, ähm, ich dachte, ich müsste nur, ähm, na ja … sterben.«

»Die Szene mit dem Mord drehen wir erst am Ende der Woche«, erläutert Alfred Hassler. »Heute drehen wir die Anfangsszene, in der ein Streit zwischen Rocco und Susi Semmel gezeigt wird. Ich erkläre Ihnen die Szene mal eben.«

Er deutet zu der Küchenkulisse und sagt: »Zu Beginn sieht man Rebecca Winter, die Susi Semmel spielt, in der Küche arbeiten. Sie ist damit beschäftigt, die Unordnung zu beseitigen, die ihr Mann hinterlassen hat. Dann kommt Rocco Semmel – also Sie – durch die Tür dahinten. Er ist völlig blau, und seine Frau sagt: ›Oh nein. Du bist ja schon wieder betrunken, Rocco. Du hast mir doch versprochen, damit aufzuhören.‹ Daraufhin bauen Sie sich drohend vor ihr auf und sagen was richtig Gemeines zu ihr.«

»Was Gemeines?«, fragt der Detektiv und wirkt stark überfordert. »Ähm, was denn?«

»Das überlasse ich ganz Ihnen, Rory. Da können Sie improvisieren. Nur drei oder vier Sätze. Sie wissen schon, so was wie: ›*Geht dich überhaupt nichts an, ob ich was getrunken habe, du hohle Nuss. Und was ist das für ein Saustall hier? Räum endlich auf! Und schminken könntest du dich auch mal wieder, du abgetakelte Fregatte.*‹«

»Ähm? Hohle Nuss? Abgetakelte … Wäre das nicht sehr unhöflich?«, wispert der Detektiv, aber Alfred Hassler überhört seinen Einwand, winkt zwei junge Frauen zu sich heran und erklärt: »Das sind Wendy und Lisa. Sie sind für Maske und Kostüm zuständig. Gehen Sie bitte mit den beiden mit. Sie werden Sie für die Szene schminken und einkleiden.«

»Äh, wieso?«, krächzt Rory verängstigt.

Der Regisseur lacht dröhnend. »Na, weil Sie gleich nicht Rory Shy, sondern Rocco Semmel sein werden. Und der war ein wild aussehender Kerl. Lief in Lederklamotten rum und hatte ein Tattoo auf der Stirn.«

»Tattoo? Auf der Stirn?«, entfährt es Rory und er reißt panisch die Augen auf – aber da nehmen Wendy und Lisa ihn bereits in die Mitte und marschieren mit ihm davon.

»Und du solltest die Zeit bis zum Drehbeginn nutzen und dich ein bisschen umhören, Matilda«, flüstert mir Alfred Hassler zu. »Und denk dran: Es soll nicht wie eine Ermittlung aussehen, sondern nur wie eine nette Plauderei.«

»Keine Sorge. Was hinterlistige Plaudereien angeht, bin ich Spezialistin«, versichere ich und mache mich umgehend ans Werk.

Doktor Herkenrath ist erleichtert, Raum zwischen sich und Fränzi bringen zu können, und trottet mit wedelndem Schwanz neben mir her.

»Jetzt mal im Ernst«, sage ich und bedenke ihn mit einem strengen Blick. »Der kleine Kläffer passt dreimal in dich rein. Du musst echt mal an deinem Selbstbewusstsein arbeiten.«

Ich gebe mich bei der Filmcrew als Rorys vorwitzige Nichte

aus, plaudere nett mit einem Szenenbildner, einer Tontechnikerin und einem Kameramann und schaffe es jedes Mal, das Gespräch unauffällig auf Marnie Küster zu lenken. Nach dem, was ich zu hören bekomme, ist Marnie aufgrund ihrer offenen und herzlichen Art ausgesprochen beliebt.

»Wer ernsthaft glaubt, dass Marnie ihren Mann niedergeschlagen hat, der hat die beiden nie zusammen erlebt«, erzählt mir die Tontechnikerin. »Simon hat sie öfter mal am Set besucht. Dabei konnte man sehen, wie verliebt und glücklich die beiden waren.«

Der Kameramann weiß zu berichten, dass Marnie Küster für jeden ein freundliches Wort hatte und sich nie divenhaft oder zickig verhalten hat. »Jeder hier mag sie«, sagt der Mann mit einem traurigen Lächeln – bevor sich seine Miene verfinstert und er mir zuraunt: »Fast jeder. Rebecca Winter ist neidisch auf Marnie, weil die bei den Zuschauern viel besser ankommt. Rebecca verkraftet es schwer, wenn sie mal nicht der Mittelpunkt der Welt ist. Ständig führt sie sich wie eine Oscar-Preisträgerin auf, dabei verdient sie ihr Geld hauptsächlich mit Werbespots für Fußpuder und Katzenfutter. Wenn du mich fragst: Die Frau ist völlig irre. Letzte Woche ist sie Marnie wie eine Furie an die Gurgel gegangen, nur weil die sich bei Alfred beschwert hat, dass Rebecca ihren Text mal wieder nicht draufhatte. Ich musste dazwischengehen und die beiden trennen.«

Interessant, denke ich. Das, was der Mann da erzählt, bestätigt das, was uns Alfred Hassler berichtet hat: Rebecca Winter kann offenbar nicht verwinden, dass Marnie beliebter ist als sie – und schreckt auch nicht vor körperlicher Gewalt zurück. *Die Frau ist völlig irre.* Vielleicht auch irre genug, in das Haus einer Konkurrentin einzubrechen, um ihr einen Mordversuch anzuhängen? Normalerweise wäre sie meine Verdächtige Nummer eins. Aber es gab keine Spuren von ihr am Tatort. Sie kann es nicht gewesen sein.

Im Gegensatz zu Oliver Lorenz. Höchste Zeit, ihn ein bisschen unter die Lupe zu nehmen. Der Schauspieler sitzt auf einer Metallbox und ist noch immer in ein Skript vertieft.

Ich schlendere zu ihm hinüber und setze mich neben ihn auf die Box. Paola Küster hatte recht: Oliver Lorenz ist nicht nur auf dem Fernsehschirm, sondern auch in Wirklichkeit sehr attraktiv, hat dichtes lockiges Haar und ein kleines Grübchen am Kinn.

Der Schauspieler schaut von seinem Drehbuch auf, lächelt mich freundlich an und sagt mit tiefer, sonorer Stimme: »Hallo. Kann ich dir helfen?«

»Ich bin die Nichte von Rory Shy«, schwindle ich fröhlich. »Ich finde es irre, bei den Dreharbeiten dabei sein zu können. Und ganz besonders toll finde ich es, dass ich Sie treffen darf, Herr Lorenz. Niemand stirbt so schön wie Sie, wenn ich das mal so sagen darf. Im Fall des *Vergifteten Blaubeerpuddings*, beispielsweise. Wie Sie da so ganz langsam mitsamt Ihrem Stuhl umgekippt sind und dabei das Tischtuch mit sich gerissen haben. Und wie Sie sich dann noch mindestens dreißig Sekunden lang stöhnend auf dem Boden gewälzt und dabei gezittert und Schaum vor den Mund bekommen haben … Das war echt spitze!«

»Na ja, es ist nicht gerade Shakespeare«, entgegnet er. »Aber trotzdem: vielen Dank!«

»Seien Sie nicht so bescheiden. Bei Sterbeszenen zeigt sich, wer ein herausragender Schauspieler und wer nur ein dahergelaufener Darsteller ist«, schmeichle ich ihm. »Ich werde nie Ihren ungläubigen Blick in der Spießbraten-Folge vergessen, als die *Spießbraten-Mörderin* mit dem Grillspieß auf Sie losgegangen ist. Oder Ihre entsetzten Schreie im Fall der *Tödlichen Obstpresse*. Und Ihre verzweifelten Hilferufe in der Folge mit den Piranhas in der Badewanne. Oder die erschütternden –«

»Na, du kennst dich ja wirklich aus«, lacht er. »Aber mal so unter uns.« Er beugt sich zu meinem Ohr und flüstert: »Ich fände es schön, wenn ich mal eine Rolle bekäme, bei der ich nicht schon nach zehn Minuten draufgehe.«

»Am besten finde ich Sie immer, wenn Sie mit Marnie Küster zusammenspielen. Marnie ist auch so eine tolle Schauspielerin«, lenke ich das Gespräch in eine für mich interessantere Richtung.

Das Strahlen aus Oliver Lorenz' Augen verschwindet augenblicklich und sein Gesicht nimmt einen betrübten Ausdruck an. »Marnie ist mir die liebste Kollegin. Immer perfekt vorbereitet und absolut professionell. Und im Gegensatz zu manch anderer Schauspielerin hier« – er rollt mit den Augen und schaut zu Rebecca Winter hinüber – »ist sie ein sehr liebenswerter Mensch. Ich kenne sie auch privat und bin mit ihr und ihrem Mann befreundet. Ich kann noch immer nicht glauben, was passiert ist, und bin sicher, dass die Polizei völlig falschliegt. Marnie wäre nie in der Lage, Simon etwas so Niederträchtiges anzutun. Dieser Kommissar, der mich befragt hat, ist ein dummer Ignorant.«

»Die Polizei hat Sie dazu befragt?«, sage ich und tue ganz erstaunt.

»Ja. Weil ich am Abend vorher noch zu Gast bei Marnie und Simon war.«

»Wirklich?«

Das Tolle an Oliver Lorenz ist, dass man ihm Dinge nicht erst mühsam aus der Nase ziehen muss. Weil er ein äußerst mitteilsames Plaudertäschchen ist. Ich erfahre ohne jedes Nachfragen alles, was ich wissen will. Das, was er mir erzählt, deckt sich größtenteils mit dem, was ich schon von Marnie und Paola Küster erfahren habe: Simons gute Laune, seine Ankündigung, dass sich ein Kunstexperte die Sammlung ansehen wolle, Sonja von Dorns kleine Gemeinheiten gegenüber Marnie, außerdem der dauerplappernde Kunsthändler Hilko Uschberg (»Der Mann redet so schnell, dass einem schwindelig wird«), Paolas Versuch, ihren Vater anzupumpen, und der Streit zwischen dem Ehepaar Küster.

»So dramatisch fand ich ihre kleine Auseinandersetzung gar nicht«, erklärt mir Oliver Lorenz. »Aber Paola ist wütend rausgestürmt und hat die Haustür zugeschlagen, dass es durchs ganze Haus gehallt hat. Und Hilko Uschberg war die Sache so peinlich, dass er sich nicht mal von Simon und Marnie verabschiedet hat. Während sie in der Küche stritten, hat er mich gebeten, ihnen für die Einladung zu danken, und sich ebenfalls verdünnisiert. Simon und Marnie hatten sich kurz darauf wieder beruhigt und kamen ins Wohnzimmer zurück, aber die Stimmung war natürlich hinüber. Ich habe mir wenig später ein Taxi gerufen und bin gefahren. Und ehrlich gesagt … jetzt habe ich ein schlechtes Gewissen.«

»Wieso?«, frage ich verwundert.

»Weil ich an dem Abend nicht wirklich gut drauf war«, sagt er zerknirscht. »Ich sammle ebenfalls moderne Kunst. Und Simon wusste, dass ich *Die Rote Libelle* auch toll finde und sie gerne gekauft hätte. Das Gemälde galt mehrere Jahre als verschollen. Vor ein paar Monaten waren Simon und ich gemeinsam auf einer Ausstellung. Dort haben wir Hilko Uschberg kennengelernt. Irgendwann kam das Gespräch auch auf *Die Rote Libelle.* Hilko Uschberg sagte damals, er hätte gehört, dass das Bild wieder auf dem Markt wäre, und dass er da vielleicht was machen könne. Und dann hat er es tatsächlich aufgetan und es uns zum Kauf angeboten. Aber Simon hat natürlich ganz andere finanzielle Möglichkeiten als ich. Also habe ich den Kürzeren gezogen.«

Der Schauspieler zuckt resigniert mit den Schultern. »Deshalb war ich an dem Abend etwas eingeschnappt, habe nicht viel geredet und war ein bisschen der Stimmungskiller. Und nun denke ich: der arme Simon. Wie schrecklich, dass ihm das zugestoßen ist. Nur wegen dieses Gemäldes. Aber natürlich kam mir auch der Gedanke, dass ich jetzt an seiner Stelle im Krankenhaus liegen könnte. Wer weiß: Hätte ich *Die Rote Libelle* erworben, wäre der Einbrecher vielleicht bei mir eingestiegen und hätte mir eine verpasst. Insofern muss ich ihm beinah dankbar sein, dass er das Bild gekauft hat. Ich hoffe, dass er schnell wieder auf die Beine kommt. Und dass Marnie möglichst bald freikommt. Dass die Polizei den Einbrecher schnappt. Wenn ich so an diesen Kommissar Valko denke, habe ich diesbezüglich aber keine allzu große Hoffnung.«

»Noch fünf Minuten bis zum Dreh!«, ertönt in diesem Moment eine Lautsprecherdurchsage.

»War nett, Sie kennenzulernen«, verabschiede ich mich von Oliver Lorenz. »Und ich drücke Ihnen die Daumen, dass Sie demnächst mal eine Rolle bekommen, in der Sie bis zum Abspann überleben!«

Es gibt die Art von ganz schlimmem Lachanfall, bei dem man so durchgeschüttelt wird, dass einem der Bauch wehtut und man vor Lachen keine Luft mehr kriegt. Und wenn man glaubt, man wäre endlich damit durch und hätte sich beruhigt, jagt die nächste Lachsalve durch einen hindurch und man japst schon wieder nach Luft.

Genau diese Art von Lachanfall ereilt mich, als ich Rory aus der Maske kommen sehe – als Rocco Semmel hergerichtet. Er steckt in einer Lederhose und trägt ein T-Shirt mit abgerissenen Ärmeln, hat eine Zigarette hinters Ohr geklemmt, seine Haare sind zu einem Irokesenschnitt gestylt und auf der Stirn hat er ein (aufgemaltes) Tattoo: einen dämlich grinsenden Totenschädel. Nur das Gesicht des Detektivs passt nicht so ganz zu dem übrigen Outfit: Er guckt wie Doktor Herkenrath, wenn der einem Eichhörnchen begegnet.

Während ich noch vollauf damit beschäftigt bin, mich wieder einzukriegen, erscheint Rebecca Winter, wirft dem Detektiv einen schmachtenden Blick zu und haucht: »Sie sehen ja aus wie ein richtig böser Junge, Rory.«

»Ähm, das, äh ... das ...«

»Kommen Sie mit«, sagt die Schauspielerin, hakt Rory unter und geht mit ihm zu Alfred Hassler hinüber. »Alfred möchte uns noch ein paar Regieanweisungen geben.«

Doktor Herkenrath und ich schließen uns an. Der Regisseur spricht gerade mit einem Beleuchter. Als er Rory erblickt, nickt er zufrieden und befindet: »Jawohl! Sooo habe ich mir Rocco Semmel vorgestellt.« Dann wendet er sich Rebecca Winter zu und erklärt: »Also, du arbeitest in der Küche. Flitzt hektisch hin und her und wirkst verängstigt und eingeschüchtert. Rory:

Sie stellen sich da hinten hin, und wenn ich die Hand hebe, betreten Sie die Küche. Denken Sie dran: Sie sind sehr betrunken. Ihre Frau macht Ihnen Vorwürfe und Sie sagen was Gemeines zu ihr. Mehr müssen Sie nicht tun: nur betrunken und gemein sein. Kriegen Sie das hin?«

»Also, ich, ähm …«

»Wunderbar«, sagt Alfred Hassler. »Dann alle auf Position. Ruhe bitte!«

»Tödliche Lasagne, Einstellung eins, die Erste«, ruft ein Assistent und schlägt eine Filmklappe.

»Uuund bitte!«, kommandiert Alfred Hassler, worauf Rebecca Winter beginnt, wie ein aufgescheuchtes Huhn durch die Küche zu rennen und Sachen von hier nach dort zu räumen. Die Angst steht ihr ins Gesicht geschrieben, immer wieder blickt sie unruhig zur Küchentür.

Ich bin völlig fasziniert: Wie auf Knopfdruck hat sich die divenhafte Rebecca Winter in die verängstigte und verhuschte Susi Semmel verwandelt. Als hätte man plötzlich einen anderen Menschen vor sich. Sie bewegt sich völlig anders und schafft es dadurch, dass sie ihre Schultern einzieht, viel kleiner (und furchtvoller) zu wirken, als sie ist. Bisher war für mich klar, dass ich später mal Detektivin mit eigener Agentur werde. Aber Schauspielerin wäre auch eine spannende Alternative, denke ich. Weil man in diesem Beruf nicht immer die Gleiche bleiben muss, sondern sich ständig in andere Menschen verwandeln kann.

Alfred Hassler hebt die Hand. Das Zeichen für Rorys Auftritt. Zögerlich tritt der Detektiv in die Küche. Seine Darstellung von Volltrunkenheit beschränkt sich auf ein kurzes, schüchternes »Hicks«, dann bleibt er wie gelähmt stehen und stiert in die Kamera wie das Kaninchen auf die Schlange.

»Du bist ja schon wieder betrunken, Rocco. Du hast mir doch versprochen, damit aufzuhören«, wispert Rebecca Winter mit ängstlichem Blick.

Rory läuft rot an und stammelt: »Äh, ja. Tut mir sehr leid. Soll ich ... soll ich dir helfen, die Küche aufzuräumen?«

»Stopp!«, ruft Alfred Hassler und guckt vollkommen entgeistert. »Äh, das, ähm, war schon ganz gut, Rory. Aber könnten Sie versuchen, etwas betrunkener zu sein? Und vor allem viel gemeiner. Susi Semmel hat ihren Mann schließlich nicht umgebracht, weil er zu höflich war. Verstehen Sie? Das ist nur eine Fernsehserie. Da dürfen Sie ruhig mal eine richtig fiese Type sein. Betrunken und gemein. Und zwar so richtig.«

»Ich, ähm, ja natürlich. Entschuldigung«, murmelt Rory und begibt sich wieder auf Ausgangsposition.

Diesmal hickst er etwas lauter als beim ersten Mal. Das war es aber auch schon. Und wenn man »*Geht dich überhaupt nichts an, ob ich was getrunken habe, du hohle Nuss*« nur leise murmelt, dabei zu Boden blickt und ein verschämtes »*Entschuldigung*« hinterherschiebt, wirkt das, trotz Tattoo auf der Stirn, weder bedrohlich noch sonderlich gemein.

Es folgen ungefähr zehn weitere Versuche. Alfred Hasslers Miene wird zunehmend verzweifelter, während Rory es einfach nicht hinbekommt, mal nicht höflich zu sein. Er wirkt in etwa so Furcht einflößend wie Fränzis rosa Haarband.

»Wow. Ich hätte nicht gedacht, dass er *so* schlecht ist«, flüstere ich Doktor Herkenrath zu. »Das würde ja ein verängstigter Cockerspaniel besser hinkriegen.«

Alfred Hassler sitzt, in sich zusammengesunken, in seinem Regiestuhl, hat das Gesicht in den Händen vergraben und sagt in resigniertem Ton: »Eine halbe Stunde Kaffeepause. – Ähm, Sie nicht, Rory. Kommen Sie bitte mit mir. Wir beide trinken jetzt mal ein schönes Fläschchen Dinkel-Bier.«

»Öhm, aber eigentlich trinke ich gar kein …«

»Dann machen Sie heute eben mal eine Ausnahme«, sagt der Regisseur freundlich lächelnd, wendet Rory den Rücken zu und murmelt grimmig in sich hinein: »Sonst kriegen wir diese verdammte Szene niemals gedreht.«

~ 7 ~

Üble Nachrede

Während Rory den Regisseur in dessen Garderobe begleitet, gehe ich mit Doktor Herkenrath und dem Filmteam zum Kaffeetrinken. Draußen vor der Halle steht ein Catering-Wagen, an dem ich mir ein Plunderteilchen und einen Cappuccino hole. Neben dem Wagen sind Tische und Bänke aufgebaut.

Rebecca Winter tut mir gegenüber so vertraulich, als würden wir uns seit Jahren kennen, und besteht darauf, dass ich mich neben sie setze. Natürlich nicht, weil sie mich so unglaublich interessant findet, sondern weil sie hofft, von mir Details aus Rorys Privatleben zu erfahren. Sie beginnt, mich über den Detektiv auszuquetschen, noch bevor ich den Schaum vom Cappuccino geschlürft habe.

Rebecca Winter will so ziemlich alles über ihn wissen: unter anderem, ob er Langschläfer oder Frühaufsteher ist (Frühaufsteher), welche seine aktuelle Lieblings-Band ist (First Aid Kit), welche Schuhgröße er hat (48), ob er Nass- oder Trockenrasur bevorzugt (Nassrasur) und ob er lieber Tee oder Kaffee trinkt.

»Kaffee«, gebe ich Auskunft. »Aber nur, wenn er extrem dünn ist.«

»Ich finde Rory ganz unglaublich attraktiv«, schwärmt Rebecca Winter. »Wäre er doch nur nicht so schüchtern. Vielleicht muss er einfach die richtige Frau kennenlernen, die ihm hilft, seine Schüchternheit zu überwinden.« So wie sie dabei guckt, ist klar, dass sie sich bestens geeignet für diese Aufgabe hält.

»Er *hat* eine Freundin«, informiere ich sie. »Eine, die ihn auch schüchtern mag.«

Rebecca Winter verschluckt sich an ihrem Latte und kriegt einen mittelschweren Hustenanfall. »Wirklich?«, keucht sie und schnappt nach Luft. »Wie lernt man eine Freundin kennen, wenn man so schüchtern ist? Waren die beiden eine Woche lang in einem stecken gebliebenen Aufzug eingesperrt, oder –«

»Entschuldige, Rebecca«, unterbricht sie eine Männerstimme. Hinter ihr steht ein Produktionsmitarbeiter und übergibt ihr eine schwarze Kladde. »Das Drehbuch für die Folge, die wir nächste Woche drehen. Alfred hat mich gebeten, es dir zu geben. Eigentlich sollte Marnie ja die mörderische Gattin in dieser Folge spielen, aber …«

»Oh, danke«, sagt Rebecca Winter strahlend, nimmt das Drehbuch entgegen, wirft einen kurzen Blick hinein und kommentiert: »Ein Axtmord. Wie erfreulich! Endlich mal kein Gift.«

»Wie meinen Sie das?«, frage ich.

»Ich spiele ausschließlich Giftmörderinnen. Weil Alfred mein Talent vollkommen unterschätzt und anscheinend glaubt, ich könnte nichts anderes. Giftmorde sind völlig unspektakulär. Den Ehemann mit einem Rolls-Royce zu überfahren oder ihn während einer Luxuskreuzfahrt über Bord zu schubsen, ist weitaus glamouröser. Doch die guten Rollen hat Marnie immer bekommen. Aber die hat sich ja jetzt selbst aus dem Verkehr gezogen …«

»Glauben Sie wirklich, sie hat es getan? Denken Sie, dass sie ihren Mann …«

»Ich will nicht schlecht über Marnie reden«, sagt Rebecca Winter. Diesen Satz sagen Menschen immer, bevor sie schlecht über jemanden reden. Er ist die traditionelle Einleitung für üble Nachrede, so wie *Es war einmal* immer der erste Satz im Märchen ist. Und als Nächstes kommt dann ein *Aber …*

»Aber … Marnie schauspielert nicht nur dann, wenn sie vor der Kamera steht«, ätzt Rebecca. »Und Liebe kann man auch spielen – wenn du verstehst, was ich meine? Jetzt mal im Ernst: Ihr Mann ist fünfundzwanzig Jahre älter als sie. Warum heiratet eine junge Frau so einen alten Mann? Nur aus einem Grund. Weil er reich ist. So stinkreich, dass er Unsummen für moderne Kunst rauswerfen kann. Und vielleicht wollte die gute Marnie all diesen Reichtum für sich und hatte keine Lust mehr zu warten, bis ihr Gatte von einem natürlichen Tod ereilt wird …«

»Denken Sie wirklich?«, sage ich. »Nur weil Marnie eine gute Schauspielerin ist, bedeutet das doch nicht –«

»Da hast du mich offenbar falsch verstanden, Liebes«, erklärt mir Rebecca Winter mit einem gemeinen Lächeln. »Ich habe nur gesagt, dass sie in jeder Lebenslage schauspielert. Nicht, dass sie eine *gute* Schauspielerin ist. Ich würde sie nicht einmal als Schauspielerin bezeichnen. Die Frau hat nie eine Schauspielschule besucht. Sie hat ungefähr so viel Ausdruckskraft wie ein Kleiderständer. Marnie war ein Katalog-Model. Und dann ist sie *entdeckt* worden. Hach, es ist unfassbar, mit was für talentfreien Menschen man zusammenarbeiten muss.« Rebecca Winter guckt ganz selbstverliebt und verkündet: »*Ich* stehe seit fünfzehn Jahren auf der Bühne und vor der Kamera. Ich habe sie alle gespielt: das Gretchen im *Faust*, die Julia, die Lady Macbeth … Ich habe mit den berühmtesten Film- und Theaterregisseuren zusammengearbeitet und hätte Karriere in Hollywood machen können. Wenn ich gewollt hätte.«

»Verstehe«, sage ich. »Doch stattdessen haben Sie sich entschlossen, mörderische Ehefrauen zu spielen.«

Rebecca Winter überhört meine Bemerkung geflissentlich und redet sich weiter in Rage. »Aber statt meine großartigen darstellerischen Leistungen zu honorieren, himmeln die Zuschauer Marnie Küster an. Weil sie alle mit ihrem engelhaften Aussehen und ihrem ach so natürlichen Lächeln um den Finger wickelt. Diese Schmierendarstellerin.«

Gütiger!, denke ich. Diese eingebildete Nudel unternimmt ja nicht mal den Versuch, ihre Abneigung gegen Marnie Küster zu verbergen.

Rebecca Winter setzt ihren Verleumdungsfeldzug derweil fort: »Vordergründig macht Marnie immer auf unschuldig und nett. Mir gegenüber hat sie stets so getan, als wären wir Freundinnen und nicht Konkurrenti…, äh, Kolleginnen. Aber hintenrum … Letzte Woche hatten wir einen Streit – weil sie mich provoziert hat. Aber natürlich hat sie sich als Opfer dargestellt. So geschickt, dass das ganze Team sofort auf ihrer Seite war. Allen voran, Oliver Lorenz, der alte Schleimer. Und nachdem Alfred mich gezwungen hatte, mich bei ihr zu entschuldigen, hat sie mich ganz katzenfreundlich zu diesem Umtrunk eingeladen, den ihr Mann gegeben hat. Gut, dass ich nicht konnte. Wer weiß, was im Kopf dieser Frau vorgeht. Am Ende hätte sie mir auch noch einen Schlag auf den Kopf verpasst.«

»Ach ja?«, entfährt es mir überrascht. »Sie waren auch eingeladen? Und wieso konnten Sie an dem Abend nicht?«

»Weil ich zu der Zeit einen Werbespot für Mauzi-Katzenfutter gedreht habe«, sagt sie kurz angebunden. »Erinnere mich nicht daran. Das blöde Katzenvieh hat nie gemacht, was es machen sollte. Weswegen ich mindestens hundertmal dieses dämliche Katzen-Lied singen musste: *Mauzi-Mauzi für die Miezi. Mauzi-Mauzi mag die Miez.*« Sie verdreht die Augen und stöhnt: »Erst um fünf Uhr morgens war der Spot im Kasten.«

»Tja, man kann es sich nicht immer aussuchen«, befinde ich, während mir klar wird: Rebecca Winter kann nichts mit dem Einbruch zu tun haben. Nicht nur, dass es keine Spuren von ihr am Tatort gibt – sie hat auch noch ein wasserdichtes Alibi.

Schade eigentlich. Wenn man während seiner Ermittlungen auf jemanden trifft, der einem durch und durch unsympathisch ist, wünscht man sich geradezu, dass derjenige der Bösewicht ist. Aus meinen Detektivromanen und dem, was Rory mir über seine Fälle erzählt hat, weiß ich aber auch, dass leider nicht immer die Unsympathischen die Bösen sind. Oft sind es diejenigen, die sich gut verstellen können und auf den ersten Blick sehr einnehmend und sympathisch wirken.

»Kommen wir doch noch mal auf den schüchternen Detektiv zurück«, sagt Rebecca Winter mit einem schlangenhaften Lächeln. »Ist das mit seiner Freundin was Ernstes oder …«

»Bitte alle wieder auf Position«, ertönt eine Lautsprecherdurchsage. »Wir drehen weiter.«

Während Fränzi es sich unter Alfred Hasslers Regiestuhl bequem macht, schleicht Doktor Herkenrath in einem weiten Bogen um sie herum. Gelegentlich fiept die Terrierdame leise, was den Angsthasen jedes Mal dazu bringt, den Sicherheitsabstand zu vergrößern.

»Konntest du was herausfinden?«, fragt mich der Regisseur.

»Nicht viel«, wispere ich. »Nur, dass Rebecca Winter nichts

mit dem Angriff auf Simon Küster zu tun haben kann. Sie hat ein Alibi für die Tatzeit.«

»Und jetzt? Was habt du und Rory weiter vor?«

»Morgen früh werden wir uns am Tatort umsehen. Und mit den Gästen sprechen, die wir bisher noch nicht befragt haben. – Vorausgesetzt, Rory schafft es bis dahin, die Szene ein einziges Mal so zu spielen, dass man die Aufnahme verwenden kann«, sage ich seufzend.

»Ich bin sicher, dass er es dieses Mal hinkriegt«, brummt der Regisseur, schmunzelt in sich hinein und deutet auf Rory, der in der Kulisse auf seinen Auftritt wartet. Leicht schwankend und mit etwas glasigem Blick.

»Was ist mit ihm?«

»Ich konnte ihn zu zwei Fläschchen Dinkel-Bier überreden«, sagt Alfred Hassler.

»Sie meinen ... er ist in echt betrunken?«, frage ich ungläubig.

Der Regisseur nickt. »Tja ... viel verträgt er ja nicht, der schüchterne Detektiv. – Ruhe, wir drehen. Und bitte!«

Die kleinen Kontrolllämpchen der Kameras blinken rot auf, Rebecca Winter läuft (als Susi Semmel) ängstlich hin und her, der Regisseur gibt Rory ein Zeichen – und der Detektiv torkelt unsicheren Schrittes in die Küche. Er stolpert über einen Stuhl, gerät ins Straucheln, versucht, sich am Küchenschrank festzuhalten, schlägt sich dabei die Schranktür gegen den Kopf, taumelt einen Schritt zurück und kracht in ein Regal mit Ziertellern, die allesamt zu Bruch gehen.

»Oh nein. Du bist ja schon wieder betrunken, Rocco. Du hast mir doch versprochen, damit aufzuhören.«

Rory wankt auf Rebecca Winter zu und lallt: »Gehd disch überhaupt nix an, ob isch was gedrunkn hab. Unn was issn das fürn Saustall hier? Räumma auf! Unn schminkn könns du disch auch ma wieder, du Frega… Fregatatte.«

»Und Schnitt! Wunderbar, die nehmen wir. Sehr gut, Rory«, ruft Alfred Hassler, bevor er mir zuflüstert: »Sorg doch bitte dafür, dass er sicher nach Hause kommt.«

Mit einiger Mühe schaffen Amadeus und ich es, den betrunkenen Rory auf die Rückbank der Limousine zu verfrachten. Er trägt noch immer das Rocco-Semmel-Outfit, inklusive Stirn-Tattoo.

Amadeus ächzt und keucht infolge der körperlichen Anstrengung so sehr, dass einem um seine Gesundheit bange werden kann. Schwer atmend verstaut er Rorys Anzug und Schuhe im Kofferraum und steuert den Wagen vom Studiogelände.

Der Detektiv ist so hinüber, dass er sofort einschläft und mit offen stehendem Mund schnarcht. Lauter als eine Hütte voller Holzfäller. Was Doktor Herkenrath dazu veranlasst, mit einem sehnsuchtsvollen Jaulen einzustimmen. Eine Kakofonie des Grauens.

»Ruhe, Doktor Herkenrath. Ich muss telefonieren«, sage ich, wähle Charlottes Festnetznummer und erkläre ihr die Situation. »Könntest du zur Agentur kommen? Amadeus und ich bringen Rory nach Hause. Aber es wäre gut, wenn du heute Nacht ein bisschen auf ihn aufpassen würdest. Du weißt schon: ihm einen feuchten Waschlappen auf die Stirn legen und ihm für den Fall der Fälle einen Eimer neben das Bett stellen.«

»Rory? Betrunken?«, entfährt es Charlotte ungläubig und sie fragt kichernd: »Wie sehr betrunken? Etwas angeheitert oder …?«

Ich werfe einen Seitenblick auf den im Schlaf vor sich hin brabbelnden Detektiv. »Frau Zeigler würde sagen: ›*Der Mann ist hackestramm!*‹«

Wir haben Glück. Ausnahmsweise treiben sich mal keine Rory-Fans vor der Agentur rum. Amadeus hält direkt vor dem Haus, wo Charlotte uns bereits erwartet.

Zu dritt bugsieren wir den Detektiv die Treppe hinauf und laden ihn auf dem Sofa in der Wohnküche ab.

»Morgen früh wollen wir eine Tatortbegehung machen«, sage ich. »Es wäre schön, wenn Rory bis dahin wieder einsatzfähig wäre. Eine dünne Dusche und ein kalter Kaffee könnten helfen. Quatsch! Kalte Dusche und dünner Kaffee, meine ich natürlich. Und eine Kopfschmerztablette wäre sicher auch nicht verkehrt«

»Das ist doch hoffentlich kein echtes Tattoo?«, wispert Charlotte beim Anblick des grinsenden Totenkopfs.

In diesem Moment schlägt der Detektiv die Augen auf, erblickt seine Liebste, grinst freudig und lallt: »Da iss ja meine Schalodde. Schliebedisch.« Und damit haut es ihn wieder hin.

»Ich kann gar nicht erwarten zu sehen, *wie* peinlich ihm das morgen sein wird«, sagt Charlotte und kichert fröhlich – als hinter uns ebenfalls ein Glucksen ertönt.

»Verzeihung«, sagt Amadeus und legt sofort wieder sein neutrales Chauffeur-Gesicht auf. »Ich würde Sie dann jetzt nach Hause fahren, Frau Bond.«

~ 8 ~

Die Rote Libelle

Als ich am folgenden Tag aufwache, ist das Wetter umgeschlagen. Der Himmel ist eine graue Wolkensuppe, aus der fieser Dauer-Nieselregen fällt. Karfreitagswetter. Obwohl heute erst Mittwoch ist.

Bei Frau Zeigler und ihrem Gatten *ist* allerdings schon Karfreitag. Aber so was von. Und zwar bereits am frühen Morgen.

»Herrgott, Raimund! Da wird doch der Hund in der Pfanne verrückt!«, schimpft sie, als er ihr am Telefon beichtet, dass er den Wasserkocher geschrottet hat.

Da wird doch der Hund in der Pfanne verrückt, ist bei Frau Zeigler üblicherweise der Einleitungssatz für eine mindestens halbstündige Schimpftirade. Was mir sehr gelegen kommt. Der Umstand, dass ihre Aufmerksamkeit von Raimund und dem Wasserkocher in Anspruch genommen wird, befreit mich davon, ihr ein falsches Alibi präsentieren zu müssen. Eigentlich wollte ich ihr weismachen, dass die erfundene Caroline und ich heute

Dornenkronen für ein Passionsspiel basteln. Aber das kann ich mir jetzt für morgen aufsparen.

»Das ist doch völliger Humbug! Wie kann einem der Stecker *versehentlich* ins Wasser fallen?«, schreit Frau Zeigler ins Telefon und ist so abgelenkt, dass sie nur abwesend nickt, als ich mich mit einem kurzen »Bis heute Abend« verabschiede und in Begleitung von Doktor Herkenrath eilig das Haus verlasse.

Amadeus wartet mit der Limousine bereits an der Litfaßsäule, an der wir uns auch gestern getroffen haben. Von Rory ist weit und breit nichts zu sehen. Ich steige in den Wagen und wünsche dem Chauffeur »Guten Morgen«, dann nehme ich mein Smartphone, rufe Kommissar Valko an und bestelle ihn zum *Florentina,* einem Café in der Nähe des Polizeipräsidiums. Da kann er uns den Schlüssel für das Haus der Küsters übergeben. Groß drohen muss ich ihm diesmal nicht. Er weiß auch so, was gebacken ist.

»Schon klar. Wenn ich es nicht mache, zwitschert das Vöglein«, knurrt er grimmig und knirscht mit den Zähnen.

Schüchterne sind nicht nur zurückhaltend und zuvorkommend. Sie sind in der Regel auch überpünktlich. Weil sie es als ausgesprochen unhöflich empfinden, jemanden warten zu lassen. Entsprechend peinlich ist es Rory, als er mit beinah zehnminütiger Verspätung am Treffpunkt erscheint. Er lässt sich mit einem schmerzerfüllten Stöhnen auf die Rückbank sinken, hüstelt verlegen und entschuldigt sich ungefähr ein Dutzend Mal.

Unablässig fahren die Scheibenwischer über die Windschutzscheibe der Limousine, während uns Amadeus zum *Florentina* bringt. Das triste Wetter passt zu Rorys Verfassung. Der Detektiv hockt mit käsigem Gesicht neben mir, sieht extrem verkatert aus und leidet unübersehbar unter den Nachwirkungen des gestrigen Tages. »Ich hatte noch nie solche Kopfschmerzen«, murmelt er und massiert sich die Schläfen. »Nie wieder Dinkel-Bier.«

»Zumindest haben Sie die Rocco-Semmel-Szene dank Dinkel-Bier eins a über die Bühne gebracht.«

»Ja? Ich, ähm, ich erinnere mich leider gar nicht …«

»Nicht? Dann werden Sie viel Spaß haben, wenn die Folge ausgestrahlt wird.«

»Du bleibst auch diesmal besser im Wagen. Dauert nur ein paar Minuten«, sage ich zu Doktor Herkenrath, während Amadeus die Limousine in einer Seitenstraße unweit des *Café Florentina* parkt.

»Ich werde ihm ein wenig aus dem Wirtschaftsteil der heutigen Ausgabe vorlesen«, krächzt der Chauffeur und greift nach seiner Zeitung. Wenn das so weitergeht, wird Doktor Herkenrath noch zum Experten für Aktienkurse und Börsengeschäfte.

Rory und ich betreten das *Florentina,* quetschen uns an einen kleinen runden Tisch und bestellen zwei Milchkaffee. Als der Detektiv fragt, ob er seinen extradünn haben kann, sieht ihn die Bedienung an, als hätte er nicht mehr alle Speichen am Rad.

»Hier gibt es keinen dünnen Kaffee«, zischt sie beleidigt und serviert uns kurz darauf zwei Gläser Caffè Latte.

Rory nippt vorsichtig an seinem Heißgetränk – und spuckt es umgehend in das Glas zurück. »Um Gottes willen«, keucht er und guckt, als hätte er versehentlich Salzsäure getrunken. »Dieses Zeug ist so aufdringlich und stark, dass es einem die Schuhe auszieht. Wie kannst du so was nur trinken?«

»Das ist ganz normaler Milchkaffee. Der schmeckt nun mal so«, sage ich kichernd. »Nehmen Sie besser noch einen Schluck. Hilft bestimmt gegen Ihre Kopfschmerzen.«

»So?«, macht der Detektiv mit skeptischem Gesichtsausdruck und schiebt das Glas von sich weg.

Während wir auf den Kommissar warten, informiere ich Rory darüber, was meine Nachforschungen am Set der *Mörderischen Ehefrauen* ergeben haben. »Rebecca Winter können wir endgültig als Täterin ausschließen. Sie ist zwar eine neidzerfressene, missgünstige Krähe, aber sie hat ein bombenfestes Alibi für die Tatzeit.« Anschließend berichte ich, was Oliver Lorenz mir erzählt hat. »Er war bemüht, die Sache mit der *Roten Libelle* runterzuspielen, aber … Grundsätzlich wäre das schon ein Motiv: Er wollte das Bild auch unbedingt haben. Und war ziemlich stinkig auf Simon Küster, weil der es ihm vor der Nase weggeschnappt hat. Er behauptet, mit einem Taxi nach Hause gefahren zu sein. Das sollten wir überprüfen. Aber selbst wenn das zutrifft, könnte er später zurückgekehrt sein. Wobei dann immer noch die Frage im Raum steht, wie er unbemerkt in das Haus eindringen konnte. Oliver Lorenz ist nicht unbedingt mein Verdächtiger Nummer eins, aber ausschließen sollten wir ihn nicht.«

»Du … du hast natürlich vollkommen recht, Matilda«, entgegnet Rory mit matter Stimme. »Aber würde es dir sehr viel ausmachen, nicht ganz so laut zu sprechen?« Er massiert sich die Schläfen, verzieht das Gesicht und stöhnt: »Hören diese Kopfschmerzen denn niemals auf?«

Wenige Minuten darauf erscheint Kommissar Valko und schaut sich misstrauisch nach allen Seiten um, bevor er Platz nimmt und Rory den Schlüssel über den Tisch schiebt. So bemüht unauffällig, dass es superauffällig ist. »Den brauche ich so schnell wie möglich zurück«, sagt er in mürrischem Ton und zieht die Nase hoch. »Und das hier …«, grummelt er und übergibt Rory einen Notizzettel mit einer sechsstelligen Zahlenfolge. »Das ist der Code, mit dem man die Alarmanlage ausschaltet. Wenn Sie reinkommen, finden Sie an der rechten Wand ein Tastaturfeld. Sie haben zehn Sekunden, um den Code einzugeben, bevor der Alarm losgeht. Sehen Sie zu, dass Sie das hinkriegen. Ansonsten werde ich eine Menge unangenehmer Fragen beantworten müssen. Klar?« Der Kommissar guckt missmutig, grapscht nach seiner Sonnenbrille, setzt sie auf die Nase und stapft ohne jedes weitere Wort davon.

Rory nimmt den Schlüssel vom Tisch, legt die Stirn in Falten und murmelt: »Vielleicht, äh, wäre es eine gute Idee, mit Hilko Uschberg zu sprechen, *bevor* wir uns zum Haus begeben. Weil wir, ähm, weil wir immer noch viel zu wenig über das gestohlene Gemälde wissen. Es wäre von Nutzen, ein wenig mehr über *Die Rote Libelle* zu erfahren. Und wer könnte uns besser darüber Auskunft geben, als der Mann, der Simon Küster das Bild verkauft hat?«

Galerie & Kunsthandel Uschberg befindet sich im Erdgeschoss eines modernen Gebäudes mit Glasfassade, mitten in der Innenstadt.

Als wir aus dem Wagen steigen, schielt mich Doktor Herkenrath traurig an und fiept zum Herzerweichen. Seine Art zu sagen: *»Bitte lass mich mitkommen. Ich will keine Börsennachrichten mehr hören.«*

»Na schön«, sage ich. »Aber dadrin gibt es jede Menge teurer Kunstwerke. Ich habe keine Lust darauf, dass du was zerdepperst. Du rührst dich nicht von meiner Seite!« Wobei man ihm das eigentlich nicht einschärfen muss; er ist viel zu ängstlich, um sich mehr als einen Meter von mir wegzubewegen.

An den Wänden der Galerie hängen zahlreiche moderne Gemälde, auf der Ausstellungsfläche verteilen sich Plastiken, Skulpturen und Kunst-Installationen.

Inmitten der ganzen Kunst steht eine große blonde Frau mit Handy am Ohr. »Ich kann frühestens um fünfzehn Uhr Feierabend machen«, höre ich sie sagen. »Früher geht es nicht. Ich muss jetzt Schluss machen. Gerade kommt Kundschaft rein. Ja … ja, ich dich auch. Bis nachher.« Sie steckt das Smartphone weg, begrüßt uns mit einem Lächeln und sagt mit rauchiger Stimme: »Guten Tag. Ich bin Nora Gold, die Assistentin von Herrn Uschberg. Was kann ich für Sie …?« In diesem Moment erkennt sie den schüchternen Detektiv – und eine Sekunde später hat es sich mit rauchiger Stimme. Stattdessen kiekst sie plötzlich so aufgedreht wie eine Achtjährige: »Rory Shy! Der schüchterne Detektiv. Das ist ja nicht zu fassen. Sind Sie es wirklich?«

»Ich, ähm … ich glaube, äh … ja. Und könnten Sie vielleicht etwas leiser …«

»Wenn ich das meinen Freundinnen erzähle … Würden Sie ein Foto mit mir machen?« Sie hält ihr Handy mit ausgestrecktem Arm von sich und knipst ein Selfie mit dem Detektiv.

Rory ist diese Art von überschwänglicher Fan-Begeisterung unheimlich. Er versucht sich in einem höflichen Lächeln, sieht dabei aber aus, als hätte er sich den Magen verdorben.

»Wäre es möglich, dass wir jetzt mit Hilko Uschberg sprechen?«, gehe ich dazwischen, als Nora Gold beginnt, eine ganze Bilderserie zu schießen.

»Natürlich, natürlich«, nuschelt sie und lächelt verlegen. »Ich werde ihm sagen, dass Sie da sind. Bitte sehen Sie sich doch solange etwas um.« Die Frau stöckelt eine Wendeltreppe hinauf, die in den ersten Stock führt.

Interessiert betrachte ich ein großformatiges Ölgemälde, auf dem etwas zu bewundern ist, das aussieht wie eine unentwirrbare Verklumpung bunter Farbwürmer. Keine Ahnung, was es darstellen soll, aber das Bild gefällt mir. Es erinnert ein bisschen an die Bilder, die Charlotte, Rorys Freundin, malt. Ihr bevorzugtes Motiv sind weiße Kaninchen vor knallbunten Farbexplosionen. Eines ihrer Bilder hat sie mir sogar geschenkt. Seit ein paar Monaten hängt das farbenfrohe Werk über meinem Bett.

So gut mir das Farbwürmer-Gemälde gefällt – mit den Skulpturen und Kunstobjekten der Galerie Uschberg kann ich nicht besonders viel anfangen. Rory auch nicht. Mit schwer gerunzelter Stirn steht er vor einem Haufen aus geschmolzenem Plastik, bei dem ich sofort an das denken muss, was Doktor Herkenrath im Garten hinterlässt, wenn er Durchfall hat.

»Und? Gibt es was, das Ihnen gefällt?«, frage ich.

»Ähm, also, vielleicht … also, das grün leuchtende Ding aus Plastik, da oben. Das mit dem weißen Pfeil drauf. Das, ähm, finde ich eigentlich recht hübsch.«

»Das ist das Hinweisschild zum Notausgang«, kläre ich ihn auf.

»Oh«, macht Rory und läuft knallrot an. »Na ja, aber hübsch ist es trotzdem. *Räusper.* Auf eine bestimmte Art und Weise jedenfalls …«

»Der schüchterne Detektiv! In meiner Galerie. Welche Ehre!«, zwitschert in diesem Moment eine helle, singende Stimme hinter uns.

Hilko Uschberg ist ein zierlicher, schwarz gekleideter Mann mit einem Bürstenhaarschnitt. Auf seiner Nase sitzt eine Brille, deren Form an ein Paar Fledermausflügel erinnert. Doktor Herkenrath winselt ängstlich und geht in Deckung.

»Was kann ich für Sie tun?«, fragt der Kunsthändler, trippelt dabei von einem Fuß auf den anderen und ringt unentwegt die Hände. »Suchen Sie etwas Bestimmtes oder …?«

»Ich, äh, nein, äh, ich bin beruflich hier«, entgegnet Rory und erklärt: »Das ist meine Mitarbeiterin, Matilda Bond. Wir ermitteln im Fall Simon Küster.«

Nora Gold, der Assistentin, gelingt es kaum, ihre Neugierde zu verbergen. Während sie kleine Metall-Skulpturen in Knisterfolie packt und in einer Holzkiste verstaut, spitzt sie die Ohren und scheint völlig fasziniert davon zu sein, den schüchternen Detektiv bei der Arbeit beobachten zu können.

»Oh. Oh ja, natürlich. Ich verstehe. Der arme Simon«, wispert Hilko Uschberg und sein Gesicht nimmt einen betrübten

Ausdruck an. »Was für eine Tragödie. Wissen Sie, wie es ihm geht?«

»Er ist noch nicht wieder bei Bewusstsein«, antworte ich, worauf der Kunsthändler aufstöhnt und sich mit den Händen durchs Gesicht fährt.

»Schrecklich, dass ihm das widerfahren ist«, sagt er. »Und wissen Sie: Ich fühle mich mitschuldig. Hätte ich ihm *Die Rote Libelle* nicht verkauft, wäre es nicht zu diesem Einbruch gekommen. Oder denken Sie, dass es so war, wie die Polizei vermutet? Dass seine Frau ihn angegriffen hat? Ich kann es mir einfach nicht vorstellen. Ich habe Marnie Küster zwar erst an diesem Abend persönlich kennengelernt, aber sie wirkte so herzlich und freundlich auf mich. Andererseits: Man kann niemandem hinter die Stirn schauen. Wer weiß schon, warum die *Mona Lisa* so geheimnisvoll lächelt? Vielleicht weil sie an jemanden denkt, dem sie ihr Herz geschenkt hat. Vielleicht, weil sie beim Gemüsehändler ein Schnäppchen gemacht hat. Vielleicht aber auch, weil sie dem steinalten Adligen, mit dem man sie verheiraten wollte, Krötengift in den Wein gekippt hat. Man steckt einfach nicht drin. Dennoch fällt es mir schwer zu glauben, Marnie Küster könnte für diese verachtenswerte Tat verantwortlich sein. Sie schien mir von so sanftem Wesen zu sein. Zumindest bis zu dem Zeitpunkt, als sie und Simon zu streiten begannen. Trotzdem hätte ich nie gedacht, dass …«

Grundgütiger! Bisher habe ich immer geglaubt, *ich* würde

schnell reden. Aber Hilko Uschberg schlägt mich um Längen. Die Worte sprudeln aus ihm heraus wie Sekt aus einer Flasche, die man zu heftig geschüttelt hat.

»Wie kam es dazu, dass Sie Simon Küster das Gemälde verkauft haben?«, unterbreche ich seine Wortkaskade. »Hat er schon häufiger Kunst von Ihnen gekauft?«

»Nein, das war das erste Mal. Ich habe Simon vor ein paar Monaten bei einer Ausstellung kennengelernt. Dort war er gemeinsam mit Oliver Lorenz, dem bekannten Schauspieler. Bei der Gelegenheit haben mir die beiden erzählt, dass sie große Verehrer von Stanislaus Pomerovski sind.«

Rory und ich blicken den Kunsthändler verständnislos an, worauf er erklärt: »Pomerovski ist der Öffentlichkeit kaum bekannt. Kennern der Kunstszene ist er aber durchaus ein Begriff: Stanislaus Pomerovski ist der Maler der *Roten Libelle.* Und als das Gemälde dann plötzlich auf den Markt kam, habe ich nicht gezögert, es erstanden und sowohl Simon als auch Oliver Lorenz zum Kauf angeboten. Simon hat mir eine weitaus höhere Summe geboten als Oliver Lorenz – also ging das Bild an ihn. Ein vorteilhafter Handel für uns beide: Ich habe sehr zufriedenstellend an dem Verkauf verdient und Simon war überglücklich, endlich ein Pomerovski-Gemälde in seiner Sammlung zu haben. Und nun … Was für ein Drama!«

»Ähm, könnten Sie uns vielleicht ein wenig mehr über den Maler und das Bild erzählen?«, bittet Rory.

»Gerne. Wenn ich Sie dadurch bei Ihrer Ermittlung unterstützen kann. – Ähm, Frau Gold, wissen Sie noch, wo ich neulich den Katalog abgelegt habe, nachdem ich ihn diesem übel gelaunten Kommissar gezeigt habe?«

»Da hinten, auf dem Tisch«, antwortet sie und deutet nach links.

»Ah, ja. Natürlich. Bitte folgen Sie mir, Herr Shy.« Hilko Uschberg führt uns zu einem quadratischen Tisch, auf dem ein dicker Kunstkatalog liegt, und schlägt ihn auf. Wieder blicke ich auf eine Fotografie der *Roten Libelle:* schwarzer Untergrund, fünf rote Striche, die den Libellenkörper samt Flügeln, und ein roter Punkt, der den Kopf des Insekts darstellen soll.

»Welche Maße hat das Bild im Original?«, frage ich.

»Es ist ein eher kleines Gemälde«, sagt Hilko Uschberg mit heller Stimme. »25 x 35 Zentimeter.«

Ungefähr das Ausmaß, das ein Notebook hat. So was lässt sich natürlich einfacher klauen als ein riesiger Ölschinken. Der Einbrecher hätte es während der Flucht einfach unter seiner Jacke verbergen können, mache ich mir klar, während der Kunsthändler beginnt, in einem Irrsinnstempo weitere Informationen zu Bild und Maler runterzurasseln.

»Stanislaus Pomerovski lebte von 1920–1996«, erklärt er. »Pomerovski ist, wie bereits erwähnt, nur Kunstkennern ein Begriff. Aber er gilt als Vorbild für eine nachfolgende Generation von Malern und Malerinnen, die auch der breiten Öffentlichkeit bekannt sind: Piet Vermeulen, Lea Hendrix, Alvaro del Torro. Und natürlich Kreyski.«

Die ersten drei Namen sagen mir rein gar nichts, aber Kreyski kenne sogar ich. Weil seine Werke regelmäßig Höchstpreise erzielen und er mit spektakulären Kunst-Aktionen in der Öffentlichkeit für Furore sorgt. Er ist als Künstler mindestens so populär wie Rory als Detektiv.

»Jedenfalls ... *Die Rote Libelle* hat Pomerovski 1964 gemalt«, führt Hilko Uschberg aus. »In seiner Insekten-Phase. Es gibt auch noch den *Gelben Schmetterling* und den *Lila Grashüpfer.* Beide Gemälde hängen in staatlichen Museen. *Die Rote Libelle* galt jahrelang als verschollen – bis sie kürzlich von einem anonymen Verkäufer angeboten wurde. Über einen Mittelsmann. Das alles habe ich diesem schniefenden Kommissar auch schon erzählt. Aber er schien sich nicht besonders für die Geschichte des Gemäldes zu interessieren. Er wollte bloß wissen, wie viel Simon dafür bezahlt hat.« Der Kunsthändler bekommt einen weinerlichen Blick und murmelt: »Und jetzt ist dieses wunderbare Gemälde erneut verschwunden. Vielleicht unwiederbringlich verloren. Was für ein Jammer.« Hilko Uschberg räuspert sich und fummelt nervös an seinem Brillengestell rum. »Aber viel wichtiger ist natürlich, dass Simon wieder hundertprozentig gesund wird.«

»Würden Sie uns den Abend vor der Tat einmal aus Ihrer Sicht schildern?«, frage ich.

»Es war ein netter Abend«, versichert der Kunsthändler hastig. »Es gab eine erstklassige Käseplatte und einen ausgesprochen guten Weißwein.«

»Okay. Käse und Weißwein sind notiert. Können Sie uns auch etwas über die anderen Gäste erzählen? Und über die Stimmung an diesem Abend?«, sage ich. Hilko Uschberg wird verlegen und kratzt sich nervös am Kopf. »Oder war es vielleicht gar nicht *sooo* nett?«, bohre ich nach.

»Nun ja …«, macht er und lächelt gezwungen. »Zu Beginn schon. Es war mein erster privater Besuch bei den Küsters. Marnie Küster empfing mich aber so herzlich wie einen alten Bekannten und hat mich durchs Haus geführt. Sehr beeindruckend. Es war, als ginge man durch eine Ausstellung. Kein Zimmer, in dem Sie kein interessantes Kunstobjekt finden. Und Simon hatte überschäumend gute Laune. Beinah unnatürlich gut. Ich vermute, er hatte schon ein bisschen was getrunken. Immer wieder hat er betont, wie sehr er sich darüber freue, endlich ein Pomerovski-Gemälde zu haben. Und wie dankbar, er mir dafür sei, dass ich *Die Rote Libelle* für ihn aufgetan habe. Er hat mir das Du angeboten und mehrmals gesagt: ›Hilko, du hast nicht die geringste Ahnung, was für ein Geschenk du mir mit diesem Bild gemacht hast.‹ Und dabei hat er unentwegt gekichert. Was ich ehrlich gesagt ein wenig gruselig fand, weil …«

»Weil was?«, hake ich nach.

»Weil Simons gute Laune in so krassem Gegensatz zur Laune

der anderen Gäste stand. Die Situation wirkte auf mich etwas angespannt und gereizt.«

»Was, äh, was meinen Sie mit *angespannt und gereizt?*«, fragt Rory leise.

»Ich möchte wirklich über niemanden etwas Schlechtes sagen«, nuschelt Hilko Uschberg und hüpft dabei nervös von einem Fuß auf den anderen.

»Natürlich nicht«, beruhige ich ihn. »Aber wir sind ja hier ganz unter uns. Keine Sorge.«

»Nun ... diese Sonja von Dorn, Simons Nachbarin, habe ich als ausgesprochen unsympathisch empfunden«, erklärt der Kunsthändler und ringt verlegen die Hände. »Ständig hat sie boshafte Dinge zu Marnie Küster gesagt. Außerdem versuchte sie, sich als große Kunstkennerin in Szene zu setzen – und hat dabei Unmengen Nonsens geredet. Für jemanden, der sich wirklich auskennt, war sofort ersichtlich, dass sie keine Ahnung hat. Was die Sache noch peinlicher machte, war, dass sie ständig betont hat, was für eine Expertin sie doch wäre – während ihr Mann ein elender Kunstbanause sei. Als hätte sie es darauf angelegt, ihn vor allen zu demütigen. Nils von Dorn hat versucht, sich nichts anmerken zu lassen, aber man konnte deutlich sehen, wie wütend er war.« Hilko Uschberg neigt den Kopf zur Seite und scheint intensiv über etwas nachzudenken, bevor er zögerlich sagt: »Merkwürdig ... Ich bin Nils von Dorn an diesem Abend zum ersten Mal begegnet, aber irgendwie ... irgendwie kam er mir bekannt vor. Als hätte ich ihn schon einmal irgendwo gesehen.«

»So?«, mache ich und fahre zusammen, als ein lautes metallisches Scheppern zu hören ist. Nora Gold hat eine der Mini-Skulpturen fallen gelassen.

»Oh, Verzeihung«, wispert sie, hebt die Skulptur auf und sieht mit entschuldigendem Blick zu ihrem Arbeitgeber. »Alles heil. Nichts passiert.«

»Bitte konzentrieren Sie sich doch, Frau Gold«, sagt der Kunsthändler ärgerlich – während ich mit Schrecken bemerke, dass Doktor Herkenrath verschwunden ist. Eben saß er doch noch neben mir. Möglichst unauffällig lasse ich meinen Blick durch die Galerie wandern. Kein Cockerspaniel zu sehen. Wo um alles in der Welt ist er hin?

»Oliver Lorenz schien extrem verstimmt darüber zu sein, dass nicht er, sondern Simon der neue Besitzer der *Roten Libelle* war«, fährt Hilko Uschberg währenddessen fort. »Er hat den ganzen Abend über kaum ein Wort gesagt, unablässig Käse in sich reingestopft und ein Glas Wein nach dem anderen getrunken. Er dürfte am nächsten Morgen einen üblen Kater gehabt haben.«

»So?«, macht Rory, verzieht das Gesicht und reibt seine Schläfen.

»Dann war da noch Paola, Simons Tochter«, führt der Kunsthändler aus. »Was soll ich sagen? Ich habe versucht, mit ihr ins

Gespräch zu kommen, aber sie hat sehr abweisend reagiert. Irgendwann im Lauf des Abends bekam ich mit, wie sie ihren Vater um Geld gebeten hat – weswegen es kurz darauf zu dem Streit zwischen Simon und Marnie kam.«

In diesem Moment glaube ich, ein leises, ängstliches Fiepen zu hören, kann aber dummerweise nicht einordnen, aus welcher Richtung es kommt. Außer mir scheint nur Nora Gold das Geräusch wahrgenommen zu haben. Sie hebt den Kopf und guckt irritiert, wendet sich dann aber wieder ihrer Arbeit zu.

»Erzählen Sie uns doch noch ein wenig über diese Auseinandersetzung«, bittet Rory den Kunsthändler in schüchternem Ton, während ich weiter nach dem Ursprung des Fiepens Ausschau halte.

Hilko Uschberg holt tief Luft, dann schießt es in Affentempo aus ihm heraus: »Als Marnie Küster mitbekam, dass Paola ihren Vater nach Geld fragte, hat sie Simon um ein Gespräch unter vier Augen gebeten. Wohl, weil sie das Thema nicht mit ihm vor allen Gästen diskutieren wollte. Die beiden verschwanden in die Küche. Und dann ging es zur Sache! Nicht dass Sie mich falsch verstehen: Die beiden haben nicht mit Geschirr geschmissen. Sie haben sich auch nicht beleidigt oder beschimpft. Es war eigentlich eine ganz sachliche Diskussion zwischen zwei Menschen mit verschiedener Meinung. Aber schon recht lautstark. So laut, dass wir im Wohnzimmer jedes einzelne Wort verstehen konnten. Sonja von Dorn hat auf eine ganz fiese Weise gelächelt und schien die Situation zu genießen, alle anderen waren peinlich berührt. Besonders Paola Küster. Sie ist puterrot angelaufen, dann ist sie einfach aus dem Wohnzimmer gestürmt, hat die Haustür hinter sich zugeschlagen – und war weg. Und ich fand die Situation ebenfalls so bedrückend, dass ich ... Wenn man zum ersten Mal bei jemandem eingeladen ist, und die Gastgeber streiten sich, dann ... Es war mir so unangenehm, Zeuge dieser privaten Auseinandersetzung zu sein, dass ich ein Unwohlsein vorgeschoben habe und gleichfalls aufgebrochen bin. Weil ich nicht in den Streit zwischen Simon und Marnie platzen wollte, habe ich Oliver Lorenz gebeten, ihnen in meinem Namen für die Einladung zu danken – und bin gegangen. Daher kann ich Ihnen über den weiteren Verlauf des Abends nichts sagen.«

»Und dann?«, frage ich, während meine Augen nach Doktor Herkenrath suchen. »Wie haben Sie den Rest des Abends verbracht?«

»Ich bin mit der Straßenbahn nach Hause gefahren, habe noch eine Stunde ferngesehen und bin dann schlafen gegangen.«

»Haben Sie das Straßenbahn-Ticket noch?«, frage ich.

»Nein. Das ... habe ich anschließend weggeworfen. Ich konnte ja nicht ahnen, dass ...«

»Bitte nehmen Sie es nicht persönlich«, meldet sich Rory zu Wort und läuft vor Verlegenheit rot an. »Es ist mir unangenehm, Sie danach fragen zu müssen, aber, ähm, gibt es jemanden, der Ihre Angaben bestätigen kann?«

»Nein.« Hilko Uschberg ruckt aufgeregt mit dem Kopf und erinnert dabei an ein Spätzchen an der Vogeltränke. »Ich bin Single. Ich lebe alleine. Hier. In einer Wohnung über der Galerie. Bin ich … bin ich deswegen etwa verdächtig?«, fragt er in ängstlichem Ton – als ein durchdringendes Jaulen durch die Galerie tönt.

»Was war das?« Der Kunsthändler blickt sich verdattert um.

»Ich befürchte, das war mein Cockerspaniel«, sage ich zerknirscht und mache mich umgehend auf die Suche nach Doktor Herkenrath. Rory, Hilko Uschberg und seine Mitarbeiterin folgen mir mit eiligen Schritten.

Diesmal kann ich das Jaulen verorten, es kommt vom anderen Ende der Galerie. Ich laufe an ein paar unförmigen Bronze-Statuen und einer mit roter Leuchtfarbe angemalten Gips-Skulptur vorbei – und halte wie vom Donner gerührt inne: Vor mir befindet sich ein Kunstwerk, das aus einer aufrecht stehenden, zwei Meter hohen und mit Filz beklebten Metallplatte gefertigt ist, in die kreisrunde Löcher gebohrt sind. Ein kleines Schild informiert den Kunstinteressierten, dass der Titel des Werkes *Ein Blick Ausblick* lautet und man es für schlappe 80 000 Euro erstehen kann.

Doktor Herkenrath hat es irgendwie geschafft, den Kopf durch eines der Löcher zu stecken – und bekommt ihn nicht mehr heraus. Er fiept verzweifelt und sieht aus, als würde er jeden Moment Durchfall kriegen. Was tatsächlich passieren kann, wenn ihn eine Panik ereilt.

»Um Himmels willen!«, kreischt Hilko Uschberg. Wobei mir nicht klar ist, ob er wegen Doktor Herkenrath oder wegen des Kunstwerks besorgt ist.

Ich gehe einmal um das Metallobjekt herum, sehe mir das Cockerspaniel-Elend von beiden Seiten an und befinde: »Um ihn da rauszubekommen, müssen wir seinen Kopf irgendwie ... *glitschig* machen.«

Alle betrachten Doktor Herkenrath ratlos, bis Nora Gold vorschlägt: »Vielleicht hätten Sie oben in Ihrer Küche ein wenig Salatöl, Herr Uschberg. Oder Butter.«

~ 9 ~

Von Fersen und Ballen

Das letzte Mal, dass sich Doktor Herkenrath eine so bitterböse Gardinenpredigt anhören musste, war an Weihnachten, als er (aus Langeweile oder Übermut oder purer Verfressenheit) den ersten Band meiner Sherlock-Holmes-Gesamtausgabe angeknabbert hat. Aber das war nichts gegen das Donnerwetter, das dieses Mal auf ihn niedergeht.

Er sitzt zwischen Rory und mir auf der Rückbank der Limousine, gibt keinen Mucks von sich und schielt schuldbewusst.

»Bist du jetzt eigentlich völlig Banane?«, schimpfe ich. »Ansonsten machst du keinen Schritt von meiner Seite, aber wenn die Möglichkeit besteht, eine teure Skulptur zu beschädigen, entdeckst du plötzlich dein Interesse für moderne Kunst? Wenn Hilko Uschberg gewollt hätte, hätte er uns auf Schadensersatz verklagen können. Und dann: Gute Nacht, Johanna! Dieses Filz-Metallding hat einen Wert von 80 000 Euro. Kannst du mir mal erklären, wie du auf die völlig hirnverbrannte Idee gekommen bist, deinen Kopf durch das Loch zu stecken?«

Doktor Herkenrath kann nicht. Er sieht aus, als würde er sich ganz weit weg wünschen. Wahrscheinlich zu seiner geliebten Charlotte.

Zum Glück hatte Hilko Uschberg tatsächlich Butterschmalz in seinem Kühlschrank. Nachdem ich Doktor Herkenrath damit eingerieben hatte, ist es Rory und mir mit vereinten Kräften gelungen, ihn aus seiner misslichen Lage zu befreien. Doktor Herkenrath hat dabei ein Riesentheater veranstaltet und so panisch gejault, als wäre Welt-Eichhörnchen-Tag. Sein Kopf und sein Fell glänzen fettig und verströmen das Aroma ranziger Butter. Weswegen Rory schon mehrmals würgen musste. Der Detektiv hat das Seitenfenster heruntergelassen, um frische Luft in den Wagen strömen zu lassen.

»Wenn so was noch mal vorkommt, war es das mit unseren gemeinsamen Ausflügen!«, drohe ich Doktor Herkenrath. »Dann lasse ich dich bei Frau Zeigler und du kannst dir den ganzen Tag lang anhören, wie sie über ihren Raimund schimpft, während sie dich mit Fleischwurst abfüttert, bis du nicht nur der ängstlichste, sondern auch der fetteste Cockerspaniel der Welt bist!«

Doktor Herkenrath reckt den Kopf und hechelt freudig. Von schlechtem Gewissen keine Spur mehr. Wahrscheinlich war *Fleischwurst* das einzige Wort, das er verstanden hat.

»Und wenn du noch einmal –«, hebe ich zu einer weiteren Schimpfkanonade an, als Rory, der Streitigkeiten schlecht aushalten kann, in versöhnlichem Ton sagt: »Ich, ähm, ich glaube, er hat es verstanden, Matilda. Und ich bin sicher, öhm, sagen wir mal fast sicher, dass er so etwas nicht noch einmal tun wird.«

»Das hoffe ich sehr für ihn«, knurre ich und werfe Doktor Herkenrath einen warnenden Blick zu.

Was hat uns der Besuch bei Hilko Uschberg gebracht – außer einem ranzig riechenden Cockerspaniel? Wir haben zumindest ein paar Dinge über *Die Rote Libelle* und ihren Maler, diesen Pomerovski, erfahren.

»Hilko Uschberg hat zwar auch kein Alibi für die Zeit des Einbruchs, aber bei ihm kann ich kein Motiv erkennen«, lasse ich Rory wissen. »Was hätte er davon gehabt, Simon anzugreifen? Aber Oliver Lorenz schien, wenn man der Schilderung des Kunsthändlers glauben darf, doch neidischer auf Simon gewesen zu sein, als er selbst eingeräumt hat. – Wussten Sie, dass, abgesehen von Geldgier, Neid eines der häufigsten Motive für Gewalttaten ist?«

»Ja«, bestätigt Rory mit einem Kopfnicken. »Und ehrlich gesagt, kann ich persönlich weder das eine noch das andere nachvollziehen.«

Ich betrachte den Detektiv prüfend. »Und welches Motiv könnten Sie nachvollziehen? Was ist zum Beispiel mit Eifersucht? Waren Sie noch nie eifersüchtig?«

»Ähm, äh, nein«, versichert Rory ernsthaft. »Niemals. Natürlich ist Eifersucht ständig ein Thema in Büchern und Filmen, daher kann ich mir ungefähr vorstellen, was das für ein Gefühl sein muss, aber …«

»Ach, kommen Sie schon«, sage ich. »Wollen Sie mir wirklich erzählen, dass Sie keine Eifersucht kennen? Und was ist mit Charlotte? Wird die nie eifersüchtig, wenn Ihnen mal wieder irgendwelche weiblichen Fans auf die Pelle rücken?«

»Öhm, nein«, entgegnet der Detektiv nach kurzem Nachdenken. »Ich glaube, dass … Ich glaube, wir, äh, sind zu schüchtern, um eifersüchtig zu werden.«

»So?«, mache ich zweifelnd. Und während ich noch darüber grübele, ob Schüchternheit wirklich vor Eifersucht schützt, erreichen wir auch schon Rosenhag, das Viertel in dem die Küsters wohnen.

»Ach, ähm, Amadeus … Könnten Sie, äh, würden Sie vielleicht nicht direkt vor dem Grundstück halten?«, bittet Rory unseren Fahrer, als dieser in den Maria-Kron-Weg einbiegt. »Der Wagen ist ja doch sehr auffällig. Ich … ich möchte kein Aufsehen erregen.«

»Selbstverständlich. Wie Sie wünschen, Herr Shy.«

»Und du benimmst dich diesmal«, schärfe ich Doktor Herkenrath ein, nachdem Amadeus die Limousine etwas abseits in einer schmalen Sackgasse geparkt hat.

Frau von Hakkefress, unsere Nachbarin, die früher mal in Rosenhag gelebt hat und sich stets etwas überkandidelt ausdrückt, hat das Viertel mal als *Paradies der Ruhe* beschrieben. Wobei mir als Erstes die Frage durch den Kopf schoss, wie Frau von Hakkefress mit ihrem schrillen Organ da reingepasst hat. Bei ihrer Stimme denkt man eher an die *Hölle des Kreischens* als an das *Paradies der Ruhe.* Aber im Prinzip hatte sie schon recht: Rosenhag wirkt reichlich verschlafen. Und außer Vogelgezwitscher und dem leisen, entfernten Rumpeln einer Straßenbahn ist kaum ein Geräusch zu hören. Wohin man auch blickt: akkurat gestutzte Hecken, gepflegte Rasenflächen und schmucke Villen im Landhaus-Stil.

Mal abgesehen von dem Haus der Küsters, das so gar nichts mit Landhaus zu tun hat: Es erinnert eher an ein massives graues Bollwerk und sieht aus, als hätte ein Riese ein paar würfelförmige Betonklötze auf nachlässige Weise aufeinandergestapelt und sie mit großen rechteckigen Fenstern versehen. Es gibt nichts Verspieltes an dem Gebäude, alles an ihm wirkt eckig, schwer und klobig.

»Kuschelig sieht anders aus«, bemerke ich. Doktor Herkenrath scheint der gleichen Meinung zu sein. Beim Anblick des Betonungetüms zieht er den Kopf ein.

»Das ist, ähm, Brutalismus«, sagt Rory mit leiser Stimme, während wir auf das Haus zugehen.

»Was?«, mache ich und glaube, ich hätte mich verhört.

»Brutalismus«, wiederholt der Detektiv und fügt erklärend hinzu: »So bezeichnet man diesen Architektur-Stil.«

»Passt irgendwie.«

»Das hat nichts mit, äh, Brutalität zu tun«, führt Rory aus. »Die Bezeichnung leitet sich aus dem französischen *béton brut* ab, was so viel wie roher Beton bedeutet. Diese Architektur war vor ein paar Jahrzehnten sehr modern.«

»So?«, mache ich und werfe dem Detektiv einen fragenden Blick zu. »Und – wie gefällt Ihnen so was?«

»Nun, äh …« Rory bleibt stehen und sieht mit traurigem Blick an dem grauen klotzartigen Gebäude empor. »Auf einen schüchternen Menschen wirkt diese Architektur ziemlich, ähm … einschüchternd.«

Er nimmt den Schlüssel aus seiner Jacke, öffnet die Tür und wir treten ein. Rechts von uns findet sich das in die Wand eingebaute Tastaturfeld, von dem Kommissar Valko gesprochen hat. Über der Tastatur blinkt ein rotes Lämpchen. Der Detektiv gibt hastig den sechsstelligen Code ein – und das Lämpchen erlischt. Der Alarm ist deaktiviert.

Wie immer, wenn wir an einen Tatort kommen, nimmt Rorys Gesicht einen hoch konzentrierten Ausdruck an. Zum einen, weil er, wie jeder gute Detektiv, versucht, sich sämtliche Details seiner Umgebung einzuprägen. Zum anderen, weil nun seine geheime Methode zum Einsatz kommt. Seine Fähigkeit, Gegenstände aufzuspüren, die in Zusammenhang mit dem Verbrechen stehen. Wobei es genau genommen nicht so ist, dass er die Gegenstände aufspürt, sondern dass die Gegenstände eine Art stummes Signal aussenden, das er (und nur er) empfangen kann. Das klingt ziemlich abgedreht. Aber es funktioniert. Ich habe es während unseres ersten gemeinsamen Falls mehrfach erlebt.

Rory glaubt, dass nicht nur Menschen, sondern auch Gegenstände und Orte ein Gedächtnis haben und dass sich nach dem Schlag auf den Kopf, den er während seines ersten Falls abbekommen hat, irgendetwas in seinem Gehirn so verändert hat, dass er auf diese Erinnerungen zugreifen kann. Er behauptet, dass es sich so anfühlt, als würden die Gegenstände ihn *rufen,* um ihm wichtige Informationen zukommen zu lassen. Wobei es wohl so ist, dass manche Gegenstände sehr starke Signale aussenden, während andere nur schwache Signale von sich geben, die Rory erst nach geraumer Zeit wahrnimmt.

Der schüchterne Detektiv lässt seine Augen durch die Diele wandern und bewegt sich auf Zehenspitzen in Richtung Wohnzimmer.

Ich habe gelernt, dass es zwei grundverschiedene Arten gibt, sich zu Fuß fortzubewegen. Entweder als Ballengänger – das heißt, man setzt beim Gehen zuerst den Fußballen auf – oder als Fersengänger, was bedeutet, dass man die Ferse zuerst aufsetzt. Etwas verallgemeinernd könnte man sagen: Ballengänger sind Schleicher, Fersengänger sind Trampler. Schüchterne sind ohne Ausnahme Ballengänger. Rory hätte keinen Grund zu schleichen: Das Haus steht leer, es gibt niemanden, den er stören oder aufschrecken könnte. Darum geht es aber nicht. Der Detektiv hat mir einmal erklärt: »Es gibt Menschen, die trampeln einfach irgendwo rein und verhalten sich, als wären sie überall zu Hause – selbst wenn sie zum ersten Mal dort sind. Als würden sie den Ort in Besitz nehmen. Ich empfinde das als ausgesprochen unhöflich und respektlos. Und wer sich unhöflich gegenüber Orten verhält, der verhält sich Menschen gegenüber genauso unhöflich. Außerdem entgeht einem dann vieles. Jeder Ort hat eine Geschichte zu erzählen. Jeder Ort hat eine bestimmte Atmosphäre, er erzeugt eine ganz eigene Stimmung. Wer laut durch die Gegend trampelt, hört nur sein Getrampel. Der hört die Geschichten nicht, die ein Ort zu erzählen hat.«

Ich muss zugeben, dass ich eigentlich auch eine Fersengängerin bin. Weswegen sich Frau Zeigler, jedes Mal wenn ich die Treppe hoch- oder runterlaufe, beschwert: »Herrgott, Kind! Geht das auch mal ohne Trampelei?« Aber nun bemühe ich mich zumindest darum, etwas leiser zu sein – und setze die Fußballen zuerst auf, während ich dem Detektiv durch die Diele folge. Doktor Herkenrath muss sich über so was keine Gedanken machen. Hunde sind von Natur aus Ballengänger.

Als Rory an der Tür zu einem hohen, schmalen Wandschrank vorbeikommt, stutzt er und bleibt stehen. So als hätte er ein schwaches Signal erspürt. Vorsichtig fährt er mit den Händen über das Holz, dann öffnet er die Tür, und ich blicke in eine schmale Rumpelkammer, in der ein Staubsauger, Schrubber, Besen, Eimer und Reinigungsmittel deponiert sind. Der Detektiv beugt sich vor und betastet sämtliche Gegenstände. Beinah drei Minuten lang. Offenbar ohne Ergebnis.

»Nein, da ist nichts. Keiner der Gegenstände hat etwas mit dem Verbrechen zu tun«, sagt er leise und schüttelt den Kopf. »Merkwürdig. Dabei hat es sich ganz kurz so angefühlt, als ob … Nun denn, sehen wir uns weiter um.«

Als Nächstes nehmen wir uns die Küche vor (auch hier gibt es keine brauchbaren Erkenntnisse), bevor wir uns zum eigentlichen Tatort, dem Wohnzimmer, begeben. Das ist ungefähr viermal so groß wie unser Wohnzimmer zu Hause. Allerdings nicht halb so gemütlich, finde ich. Überall gerade, klare Formen; eine riesige Fensterfront mit einer Glastür, die auf die Terrasse und in den Garten führt. Es gibt zwei große Sitzgruppen, einen langen Esstisch mit unbequem aussehenden Stühlen und Steh- und Hängelampen in modernem Design.

Mein Blick bleibt an zwei mannshohen, schwarz lackierten Holzskulpturen hängen, deren Form an überdimensionale Kegel erinnert. Die Wände des Wohnzimmers sind nicht tapeziert, sondern nur grob verputzt und geschmückt von modernen Gemälden. Eines, ein Bild, das über einer der Sitzgruppen hängt und auf dem so etwas wie ein zerlaufendes Gesicht dargestellt ist, ist bestimmt 2x2 Meter groß. Das kleinste Gemälde, das eine grüne Wellenlinie zeigt, hat gerade mal die Größe einer

Postkarte. Aber es sind weder die Skulpturen noch die Gemälde, die meine Aufmerksamkeit fesseln – sondern die Lache aus getrocknetem Blut zu meinen Füßen, die überdeutlich daran erinnert, dass wir uns am Schauplatz eines Verbrechens befinden. Ein Schaudern durchläuft mich. Genau hier, wo ich stehe, hat Simon Küster gestanden, als er niedergeschlagen wurde.

Aus der Wand vor mir ragen zwei metallene Rahmenhalter. Dort muss sich *Die Rote Libelle* befunden haben.

Rory wird mit einem Mal ganz still und scheint ein Signal zu empfangen. Der Detektiv steigt mit einem großen Schritt über die Blutlache hinweg, presst seine Handflächen gegen die Wand und schließt die Augen. In diesen Momenten wirkt er immer wie in Trance. So als wäre sein Geist ganz woanders. Normalerweise dauert dieser Zustand zwischen einer und drei Minuten, bevor er die Lider öffnet und mir erzählt, was er vor seinem inneren Auge gesehen hat.

Aber diesmal geschieht etwas, das mich in helle Panik versetzt: Der Detektiv beginnt, am ganzen Körper zu zittern, stößt mit einem Mal einen erstickten Schrei aus, kracht auf den Boden, als hätte ihm ein Schwergewichtsboxer einen K.-o.-Schlag versetzt – und rührt sich nicht mehr!

»Rory!«, kreische ich entsetzt, springe vor und rüttele ihn an der Schulter, aber er reagiert nicht. Worauf ich vollends panisch werde und ihm eine Ohrfeige verpasse. Auch die weckt ihn nicht auf. Ich springe völlig aufgelöst um den Detektiv herum und habe keine Idee, was ich noch tun kann, um ihn wach zu kriegen – als Doktor Herkenrath auf ihn zutrottet, leise fiept und ihm übers Gesicht leckt.

Mir fällt ein ganzer Steinbruch vom Herzen, als ich sehe, dass Rorys Lider zu flattern beginnen.

»Charlotte?«, murmelt der Detektiv, öffnet die Augen, richtet den Oberkörper auf und schaut sich mit verwirrtem Blick um.

»Äh, nein. Nicht Charlotte. Doktor Herkenrath«, sage ich.

»Oh …« Rory guckt bedröppelt und wischt sich mit der Hand durchs Gesicht, derweil Doktor Herkenrath ihn frohgemut anschielt.

»Alles in Ordnung mit Ihnen?«, frage ich besorgt, während ich dem Detektiv auf die Beine helfe.

»Ähm, äh, ja. Ich … ich denke schon. Nur etwas weiche Knie«, nuschelt er.

»Was war das?«, sage ich aufgeregt. »Ist Ihnen so was schon mal passiert? Was haben Sie gesehen, als Sie die Wand berührt haben?«

»So etwas ist noch nie geschehen«, stammelt Rory. »Das war die, ähm, die intensivste Erfahrung, die ich bisher gemacht habe.« Er atmet tief durch und wispert: »Als ich die Hände gegen die Wand gepresst habe, gegen die Stelle, an der *Die Rote Libelle* gehangen haben muss, da war es, als … als wäre ich Simon Küster. In jener Nacht. Ich habe alles, was geschehen ist, mit seinen Augen gesehen: Ich ging die Treppe hinunter und habe Geräusche aus dem Erdgeschoss gehört. Dann habe ich das Wohnzimmer betreten. Es war dunkel, aber der Mond schien durch die großen Fenster und ich konnte eine Person sehen, die *Die Rote Libelle* von der Wand nahm. In diesem Moment drehte sich die Person um, erblickte mich und griff nach einer Bronze-Statuette, die dort stand.« Der Detektiv deutet auf einen kleinen Beistelltisch. »Dann habe ich einen gewaltigen Schlag gespürt – und um mich herum wurde alles schwarz.«

»Der Einbrecher hat Ihnen das Gesicht zugewandt? Konnten Sie ihn erkennen?«

»Nein«, sagt Rory und seine Miene nimmt einen betrübten Ausdruck an. »Alles, was ich gesehen habe, war undeutlich und verschwommen. So als würde man durch eine Kameralinse blicken, auf die jemand Fett geschmiert hat.«

»Mist!«, entfährt es mir und ich lasse enttäuscht den Kopf hängen, bevor mir klar wird: »Wenn Simon Küster das Gleiche erlebt hat … Vielleicht ist seine Erinnerung klarer. Vielleicht hat er den Angreifer erkannt.«

»Vielleicht«, sagt der schüchterne Detektiv. »Aber das werden wir erst wissen, wenn er aus seiner Bewusstlosigkeit erwacht. Und da niemand sagen kann, wann genau das sein wird … Zumindest wissen wir jetzt definitiv, dass Marnie Küster nicht gelogen hat. Es gab einen Eindringling! Suchen wir nach weiteren Hinweisen«, schlägt Rory vor. »Wir, ähm, wir sollten uns oben einmal umsehen.«

Hilko Uschberg hatte recht: In diesem Haus gibt es keinen Raum und keinen Gang, in dem sich nicht irgendwelche Kunstobjekte finden. Was schön ist – uns aber nicht unbedingt weiterhilft. Schließlich sind wir nicht wegen der Kunst hier.

Der Detektiv empfängt weder im Bad noch in den beiden Gästezimmern im ersten Stock irgendwelche Signale. Auch nicht im Schlafzimmer der Küsters. Aber als wir das Arbeitszimmer von Simon Küster betreten, bleibt er plötzlich stehen, legt den Kopf in den Nacken und flüstert: »Hier, ähm, hier ist irgendetwas, das ein Signal aussendet. Aber es ist so schwach, dass ich es nicht orten kann.«

Ich lasse meine Augen durch das Zimmer wandern: ein Schreibtisch, zwei in Blautönen gehaltene moderne Gemälde und mehrere deckenhohe Bücherregale, in denen vor allem Kunstbände stehen.

Rory geht zu einem der Regale und fährt auf der Suche nach dem Signal mit den Fingern über die Buchrücken. Währenddessen nehme ich den Schreibtisch in Augenschein: ein Laptop, ein Telefon, mehrere Kunstzeitschriften, eine Lupe – und ein kleiner Bücherstapel.

»Sehen Sie mal. Vielleicht ist es das hier«, sage ich aufgekratzt, greife nach einem Buch mit schwarzem Schutzumschlag und halte es in die Höhe: *Stanislaus Pomerovski – Leben und Werk.* Eine Biografie über den Maler der *Roten Libelle.*

Der schüchterne Detektiv eilt zu mir herüber, nimmt das

Buch in die Hand – und schüttelt den Kopf. »Nein. Das, äh, das ist es nicht. Aber …« Er stutzt, zieht ein anderes Buch aus dem Stapel, drückt es gegen seine Stirn und schließt die Augen. »Das ist es!«

Ich bin verblüfft und mache wahrscheinlich ein ziemlich dummes Gesicht. Bei dem Buch handelt es sich ebenfalls um die Biografie eines Malers. Und zwar um die von Kreyski, dem berühmten Künstler, der laut Hilko Uschberg so etwas wie ein Schüler von Stanislaus Pomerovski gewesen ist. Aber wenn ein Verbrechen stattgefunden hat, bei dem ein Gemälde von Pomerovski eine Rolle spielt, wäre es nicht viel logischer, wenn von dem ersten Buch ein Signal ausginge? Was hat diese Kreyski-Biografie damit zu schaffen?

»Sind Sie sicher, dass das Signal von diesem Buch kommt?«, frage ich zweifelnd.

Der Detektiv nickt, presst das Druckwerk noch fester gegen seine Stirn und stößt plötzlich hervor: »Du musst etwas notieren. Schnell!«

Ich reiße eine Schreibtischschublade auf und durchwühle sie auf der Suche nach Stift und Zettel. »Alles klar«, lasse ich Rory drei Sekunden später wissen. »Legen Sie los!«

Der Detektiv steht stocksteif da, wirkt aufs Äußerste konzentriert und sagt mit leiernder Stimme: »Null-Null-Vier-X-Vier-Vier-Zwei-Fünf-Drei-X-Acht-X. Hast du das?«

»Ja. Was kann das sein? Ein Code?«

»Ich, ähm … Keine Ahnung«, beteuert Rory. »Es ist eine Zahlenfolge, die vor meinem inneren Auge erschienen ist. Aber sie ist lückenhaft. Da wo ein X steht, konnte ich die Ziffer nicht erkennen.«

»Sie meinen, da wo sie X gesagt haben, müsste normalerweise auch eine Zahl stehen? Dann könnte es eine Telefonnummer sein. Mit internationaler Vorwahl. Die Vorwahlen mehrerer europäischer Länder beginnen mit 004. Das weiß ich, weil ich oft mit meinen Eltern telefoniere, wenn sie im Ausland sind.«

»Du, ähm, du hast völlig recht«, sagt Rory und wirft mir einen anerkennenden Blick zu. »Aber solange wir die vierte Ziffer nicht kennen, können wir nur raten, um welches Land es sich handelt. Und selbst wenn wir es wüssten, fehlten noch immer zwei Ziffern um die Nummer exakt zu bestimmen.«

»Ja. Aber vielleicht gibt es ja noch einen anderen Weg, sie rauszubekommen.« Ich ziehe Simon Küsters Telefon aus der Ladestation und werfe einen Blick auf die Anrufliste. Fehlanzeige. Weder unter den eingehenden noch unter den ausgehenden Anrufen taucht eine internationale Nummer auf. »Vielleicht hatte er mit der Nummer über sein Handy Kontakt«, bemerke ich und ergänze seufzend: »Aber auch das werden wir nicht erfahren, ehe Simon Küster nicht wieder bei Bewusstsein ist.«

Was hat eine unvollständige ausländische Telefonnummer mit dem Diebstahl der *Roten Libelle* zu tun? Und wieso kommt dieser Hinweis von dem Buch über Kreyski und nicht von dem über Stanislaus Pomerovski?, frage ich mich noch immer. Das wäre doch viel naheliegender.

»Öhm, meinst du, Marnie Küster hätte etwas dagegen, wenn ich mir das Buch ausleihe?«, fragt der Detektiv mit scheuem Blick. »Vielleicht gelingt es mir ja, noch mehr Ziffern zu erkennen, wenn ich etwas Ruhe habe.«

»Ich denke, sie hätte auch nichts dagegen, wenn Sie die gesamte Bibliothek einpacken würden. Solange es hilft, ihre Unschuld zu beweisen.«

Rory verstaut das Buch umständlich in der Innentasche seines Jacketts, kratzt sich am Kinn und murmelt: »Bevor wir gehen, würde ich gerne, ähm, würde ich gerne noch etwas ausprobieren. Ich, *räusper,* würde gerne wissen, wie weit der Einbrecher von Marnie Küster entfernt war, als sie ihn gesehen hat. Dazu müssten wir die Situation einmal nachstellen. Wenn es dir nichts ausmacht, dann, äh, geh doch bitte nach unten ins Wohnzimmer, Matilda. Ich bleibe hier oben. Du wartest kurz, dann rufst du laut nach mir, und im gleichen Moment laufen wir beide los. Ich die Treppe runter, du rennst durch den Flur aus dem Haus.«

»Alles klar«, entgegne ich, begebe mich, gefolgt von Doktor Herkenrath, nach unten und beziehe im Wohnzimmer Position. Gerade als ich den Mund öffne, um nach Rory zu rufen, höre ich ein Geräusch und erstarre: Ein Schlüssel dreht sich im Haustürschloss, schnelle Schritte im Flur – und im nächsten Moment steht mir eine finster blickende Frau in einem weißen Hosenanzug gegenüber! Ich erkenne sie sofort wieder – von dem Foto, das uns Kommissar Valko gezeigt hat: Sonja von Dorn, die Nachbarin der Küsters. Und als wäre ihr gruseliges Gesicht nicht schon horrormäßig genug, blitzt in ihrer rechten Hand ein großes Fleischermesser!

»Rory! Hilfe!«, brülle ich panisch.

Doktor Herkenrath flippt beim Anblick des Messers völlig aus, schießt laut jaulend an Sonja von Dorn vorbei in den Flur und die Treppe hoch – und gerät dabei dem Detektiv zwischen die Beine. Rory verliert das Gleichgewicht, stößt einen kieksigen Kleinmädchenschrei aus, stürzt die Treppe runter, überschlägt sich mehrfach und landet kopfüber im Hausflur.

»Rory Shy? Der schüchterne Detektiv?«, entfährt es Sonja von Dorn überrascht. »*Sie* sind das? Was tun Sie hier?«

»Was tun *Sie* hier?«, brülle ich. »Und warum fuchteln Sie mit einem Messer vor mir rum?«

Woraufhin Sonja von Dorn die Stichwaffe zur Seite legt und beleidigt zischt: »Ist ja schon gut. Krieg dich mal wieder ein, Darling.«

Rory hat sich derweil aufgerappelt und tastet sich nach Verletzungen ab. Zum Glück scheint bei ihm alles heil geblieben zu sein. »Meine ähm, meine Assistentin Matilda und ich ermitteln im Fall Simon Küster«, sagt er mit leiser Stimme.

»Noch mal: Warum bedrohen Sie mich mit einem Messer?«, fahre ich Sonja von Dorn an. In Kriminalfilmen sieht man ständig, wie Menschen mit einem Messer eingeschüchtert werden. Aber wie Angst einflößend sich das wirklich anfühlt, weiß man erst, wenn man selbst in so eine Situation gerät. Ich zittere am ganzen Körper und bin völlig aufgewühlt. Ein Gefühlszustand zwischen Schock, Erleichterung darüber, dass die Situation glimpflich verlaufen ist, und einer Stinkwut auf die Frau.

»Bedroht? Das ist doch völlig absurd. Das Messer hatte ich nur zum Selbstschutz dabei. Wie auch immer: Es tut mir leid, wenn ich dich erschreckt haben sollte, Darling«, sagt sie und bemüht sich um einen reuigen Ton. Ob es ihr wirklich leidtut, ist schwer zu sagen. Von ihrer Miene kann man es ihr jedenfalls nicht ablesen. Die Frau hat so viele kosmetische Korrekturen an ihrem Gesicht durchführen lassen, dass es vollkommen künstlich aussieht. Wie eine Maske. Ohne jede Mimik. Mit nur einem unveränderlichen Ausdruck: leicht angeekelt.

Sonja von Dorn verzieht ihre aufgespritzten Lippen mit einiger Mühe zu einem künstlichen Lächeln, wendet sich Rory zu und erklärt: »Ich wohne im Haus nebenan. Und da habe ich … Also, nicht dass Sie denken, ich würde den ganzen Tag am Fenster hängen und die Nachbarschaft ausspionieren – ich habe nur gerade zufällig rausgeblickt, als Sie ins Haus *eingedrungen* sind. Ich habe Sie in diesem Moment nicht erkannt, Rory, und Sie für einen Einbrecher gehalten. Und nach dem, was dem armen Simon zugestoßen ist, kann man ja nicht wachsam genug sein.«

»Ja, klar«, sage ich. »Und statt die Polizei zu rufen, haben Sie sich einfach das nächstbeste Messer aus der Küchenschublade gegriffen?«

»Ich pflege meine Angelegenheiten selbst in die Hand zu nehmen, Darling«, lässt sie mich mit einem falschen Lächeln wissen.

Erst in diesem Moment fällt mir ein interessantes Detail auf: der Schlüssel! »Wieso haben Sie einen Schlüssel zum Haus?«, frage ich und nehme Sonja von Dorn ins Visier.

Sie tut so, als wäre das keine große Sache. »Den Schlüssel habe ich schon seit Ewigkeiten«, sagt sie in gelangweiltem Tonfall. »Ich war die beste Freundin von Simons erster Frau. Sie hat ihn mir irgendwann anvertraut. Für den Fall, dass sie sich mal ausschließt oder ihren Schlüssel verliert. Und nachdem sie gestorben war, habe ich … habe ich nicht mehr daran gedacht. Ich habe den Schlüssel völlig vergessen.«

»Na, so ein Glück, dass er Ihnen heute, genau im richtigen Moment, wieder eingefallen ist«, merke ich in säuerlichem Ton an, strecke ihr meine geöffnete Hand entgegen und behaupte: »Den müssen Sie uns aushändigen. Aus ermittlungstechnischen Gründen.«

Was völliger Blödsinn ist. Aber versuchen kann man es ja mal. Unseren Schlüssel wird Kommissar Valko alsbald zurückfordern. Und sollten wir aus irgendeinem Grund noch einmal zum

Tatort müssen, verschafft Sonja von Dorns Schlüssel uns die Möglichkeit dazu. Ich rechne damit, dass sie sich weigern und lautstark protestieren wird – doch sie ist von meinem dreisten Auftreten so überrumpelt, dass sie mir den Schlüssel tatsächlich aushändigt. Wenn auch höchst widerwillig und mit einem Blick, als würde sie mir das Ding am liebsten ins Auge stechen.

Im Anschluss richtet sie ihre Aufmerksamkeit auf Rory, klimpert mit ihren falschen Wimpern und fragt naseweis: »Und? Haben Sie denn etwas herausgefunden?«

»Das ist, äh, dazu kann ich Ihnen leider nichts ... Aber vielleicht könnten Sie uns ein paar Fragen ... Also, nur, wenn es Ihnen nichts, öhm ...«

»Ich habe zwar diesem schniefenden Kommissar schon alles erzählt, aber von Ihnen lasse ich mich gerne noch einmal verhören, Darling«, haucht sie. »Doch bitte nicht hier, wo ich die ganze Zeit auf Simons Blut starren muss und einen alles an dieses schreckliche Verbrechen erinnert. Gehen wir doch zu mir hinüber.« Dann rümpft sie die Nase und sagt mit einem Blick auf Doktor Herkenrath: »Der Hund riecht. Nach ranziger Butter.« Dabei guckt sie angewidert. Aber das tut sie ja sowieso die ganze Zeit über. »Ist er wenigstens stubenrein?«, fragt sie mich.

»Natürlich«, antworte ich lächelnd, bevor ich in Gedanken ein boshaftes *Meistens jedenfalls* hinzufüge.

Sonja von Dorn habe ich echt gefressen.

~ 10 ~

Ixpressionismus und Empressionismus

Vor Verlassen des Hauses schaltet Rory die Alarmanlage scharf. Sonja von Dorn mustert mich derweil von oben bis unten und urteilt: »Eigentlich bist du ein ganz hübsches Mädchen, Darling. Aber natürlich müsstest du dir ganz dringend deine abstehenden Ohren anlegen lassen. Und hast du mal über eine Nasenverkleinerung nachgedacht?«

Was soll man auf so was antworten? Am besten gar nichts. Erstens wirkt es reichlich seltsam, wenn einem jemand sagt, dass man hübsch ist, und dabei angeekelt guckt. Zweitens finde ich nicht, dass ich Segelohren habe. Drittens: Selbst wenn ich welche hätte, würde ich deswegen niemanden an mir rumschnippeln lassen. Man sieht so aus, wie man aussieht. Wenn jemand ein Problem mit meinem Aussehen hat, dann ist das sein Problem und nicht meins. Und viertens: Lieber Ohren wie Dumbo, der Elefant, als ein Gesicht, an dem nichts mehr echt ist.

Nachdem Rory die Haustür abgeschlossen hat, gehen wir zum Nachbargrundstück hinüber. Die Villa der von Dorns hat hohe bogenförmige Fenster, weiß gestrichene Fensterläden und sieht von außen recht anheimelnd aus. Dieser Eindruck verflüchtigt sich aber, als wir das Haus betreten und Sonja von Dorn ins Wohnzimmer folgen. Offenbar hat sie eine Vorliebe für Weiß: weiße Wände, weiße Türen, weiße Bodenfliesen, weiße Möbel, weiße Regale, in denen jede Menge Sportpokale stehen. Alles wirkt völlig steril.

»Hier sieht es ja aus wie in einer Arztpraxis«, flüstert mir Rory zu und wird blass.

»Bitte machen Sie es sich doch gemütlich«, sagt Sonja von Dorn und deutet auf zwei hohe moderne Schwingstühle mit weißen schalenförmigen Sitzen.

Von gemütlich kann keine Rede sein. Sobald man in dem Stuhl Platz nimmt, kippt er nach hinten, man befindet sich in einer Position irgendwo zwischen Sitzen und Liegen, fühlt sich wie ein Käfer auf dem Rücken und gibt eine ausgesprochen dämliche Figur ab.

In einem der Regale steht ein gerahmtes Hochzeitsfoto der von Dorns. Wobei die aktuelle Sonja von Dorn so gut wie keine Ähnlichkeit mehr mit der glücklich lächelnden Braut auf dem Foto hat.

Doktor Herkenrath macht es sich unter dem Wohnzimmertisch bequem, streckt alle viere von sich und döst ein wenig. Die

Hausherrin wirft einen angeekelten Blick auf ihn und öffnet die Tür zur Terrasse, an die ein weitläufiger Garten mit einem Fischteich anschließt.

»Nicht dass sich dieser ranzige Gestank hier festsetzt«, näselt sie. »Neulich, als mich dieser Kommissar befragt hat, hat er mir mit seiner muffigen Lederjacke das ganze Wohnzimmer vollgestunken. Ich musste stundenlang lüften.« Sie geht zu einer ganz in Weiß gehaltenen Hausbar hinüber, schenkt sich ein Glas Sekt ein und fragt mich: »Auch einen Drink, Darling?«

»Ich bin zwölf. Haben Sie Zitronenlimonade? Oder Waldmeisterbrause?«

Sie lacht, als hätte ich einen Witz gemacht, wendet sich Rory zu und sagt: »Was kann ich *Ihnen* anbieten? Was trinken schüchterne Detektive denn so? Einen Whisky? Einen Cognac? Oder vielleicht ein kühles Fläschchen Dinkel-Bier?«

»Ähm, äh, nein, nein. Das ist nett, aber … nein, danke«, wehrt der Detektiv ab und versucht dabei, nicht aus dem Schwingstuhl zu rutschen. »Wenn es Ihnen nichts ausmacht, würden wir dann auch gerne mit ein paar Fragen …«

»Sicher, Darling«, sagt Sonja von Dorn mit rauchiger Stimme, klimpert mit den Wimpern und lässt sich auf der weißen Couch nieder, als wäre die ein Thron und sie eine königliche Herrscherin.

»Die, ähm, Befragung wird meine Assistentin übernehmen«,

wispert Rory schüchtern, worauf sie ein enttäuschtes »Ach, wie bedauerlich« von sich gibt.

»Aber dabei stehe ich lieber«, sage ich und befreie mich mit einiger Mühe aus dem wackligen Schalensitz. »Ist Ihr Mann auch zu Hause? Mit ihm würden wir ebenfalls gerne sprechen.«

»Nein. Nils ist noch in der Firma«, entgegnet sie gelangweilt, blickt auf ihre Armbanduhr und seufzt: »Aber wahrscheinlich wird er bald zurück sein.«

»Die Firma gehört Ihnen beiden?«, fahre ich fort.

»Genau genommen gehört sie meiner Familie. Nachdem Nils und ich geheiratet hatten, hat mein Vater ihn zum Teilhaber gemacht. Die Firma produziert hauptsächlich Tennis- und Golfkleidung. – Aber was hat das damit zu tun, was dem armen Simon zugestoßen ist?«, fragt sie und wirkt dabei hochgradig genervt.

»Seit wann kennen Sie Simon Küster?«

»Seit zwanzig Jahren. Seit er mit Vanessa, seiner ersten Frau, in das Haus nebenan gezogen ist. Es ist übrigens nach Simons eigenen Plänen gebaut worden. Paola war damals noch ein kleines Mädchen, drei oder vier Jahre alt. Vanessa und ich haben uns angefreundet. Sie war eine elegante, weltgewandte Frau. Eine Frau mit Stil. – Ganz im Gegensatz zu Marnie.« Sonja von Dorn fährt sich mit einer affektierten Geste durchs Haar und führt aus: »Simon ist ein kultivierter und gebildeter Mann mit einem großen Interesse an Kunst. Ich bin ebenfalls an Kunst interessiert. Und ich genieße es, mit ihm darüber diskutieren zu können. *Mein* Mann interessiert sich nur für Tennis.« Sie wirft einen kurzen abschätzigen Blick auf die Sportpokale im Regal und schnaubt verächtlich durch die Nase. »Nils kann sämtliche Wimbledon-Sieger der letzten hundert Jahre auswendig aufsagen, aber er kennt nicht einmal den Unterschied zwischen Ixpressionismus und Empressionismus.«

»Sie meinen: **Ex**pressionismus und **Im**pressionismus«, korrigiere ich sie. Herrgott, so was weiß man ja sogar als Zwölfjährige.

»Nein. Es heißt Ixpressionismus und Empressionismus«, beharrt Sonja von Dorn. »Du hast offenbar auch keine Ahnung.« Sie bedenkt mich mit einem herablassenden Lächeln, bevor sie sich Rory zuwendet und erklärt: »Mit Simon kann ich stundenlang über Kunst sprechen. Über von Geck, zum Beispiel. Sie wissen schon. Diesen Maler, der sich ein Ohr abgeschnitten hat. Oder über diesen Kerl mit dem merkwürdigen Schnurrbart, der die zerlaufenden Uhren gemalt hat: Salvini Dalo.«

»Ähm, ich, äh, glaube, Sie meinen, äh, Vincent van Gogh und, äh, Salvador Dalí«, wendet der Detektiv schüchtern ein, worauf Sonja von Dorn wütend faucht: »Sind jetzt hier plötzlich alle Kunstexperten geworden?«

»Ich bin sicher, Simon Küster weiß die Unterhaltungen mit Ihnen zu schätzen. Aber ich habe den Eindruck, als könnten Sie

Marnie Küster weniger gut leiden?«, bohre ich nach – und lande einen Volltreffer.

»Es ist mir ein Rätsel, was Simon an ihr findet«, presst sie zwischen ihren aufgespritzten Lippen hervor. »Eine *Schauspielerin.*« Das letzte Wort spricht sie so angewidert aus, als würde sie von ekligem Schleim reden. »Die schauspielern immer und überall. Wenn man mich fragt: Dieser Kommissar Valko hat einen guten Riecher. Ohne Grund wird er Marnie ja nicht eingebuchtet haben. Mir erscheint es auch nicht abwegig, dass der Einbruch vorgetäuscht war. Dass Marnie alles nur inszeniert hat. Die Frau ist nicht echt.« Sonja von Dorn guckt noch eine Nummer angeekelter als gewöhnlich. »Ich bevorzuge *echte* Menschen!«

So echt wie dein Gesicht?, denke ich, sage es aber natürlich nicht, sondern hebe zu meiner nächsten Frage an, als sie mir unwirsch in die Parade fährt: »Ich weigere mich, noch mehr solch unverschämter persönlicher Fragen zu beantworten. Das hat doch alles nichts mit dem zu tun, was dem armen Simon zugestoßen ist.« Sie blickt zu Rory, der wie ein Schluck Wasser in seinem Schwingstuhl hängt, und murrt: »Entweder Sie stellen mir Fragen, die in Zusammenhang mit der Tat stehen, oder ich betrachte dieses Gespräch als beendet.«

»Ähm, äh, aha«, stammelt der Detektiv. »Nun dann, äh … Können Sie uns … können Sie uns sagen, ob Ihnen an dem Abend des Umtrunks etwas aufgefallen ist? Etwas, äh, Außergewöhnliches, das Ihnen im Gedächtnis geblieben ist?«

»Natürlich, Darling. Das entsetzliche Kleid, das Marnie getragen hat. Diese Frau hat einfach keinen Geschmack.«

»Ah, ja. Und, äh, ansonsten?«

Auch Sonja von Dorn erinnert sich an die ausgesprochen gute Stimmung, in der sich Simon Küster befand. »Das erschien mir schon etwas übertrieben«, erklärt sie. »So aufgekratzt habe ich ihn noch nie erlebt. Dabei hat er schon weitaus wertvollere und qualitativ hochwertigere Werke erstanden. Natürlich ist auch *Die Rote Libelle* ein ansprechendes Gemälde, aber … Ich persönlich finde Pomerovski eher mittelmäßig. Wäre es das Werk eines bedeutenden und hoch gehandelten Künstlers wie Vermeulen oder Kreyski gewesen, hätte ich Simons überschwängliche Begeisterung nachvollziehen können, aber so …«

Das ist tatsächlich ein interessanter Gesichtspunkt, denke ich. Wenn Simon Küster viel wertvollere Werke in seiner Sammlung hat, warum hat der Einbrecher dann ausgerechnet *Die Rote Libelle* gestohlen?

Ging es vielleicht doch nicht um das Gemälde? Lag Rory mit seiner Vermutung richtig? Sollte der Diebstahl nur über das eigentliche Motiv des Täters hinwegtäuschen? Ein Blick in das Gesicht des schüchternen Detektivs reicht, um zu sehen, dass seine Gedanken in eine ähnliche Richtung gehen.

»Na ja, wie auch immer«, fährt Sonja von Dorn fort. »Marnie hat es an diesem Abend mal wieder geschafft, Simon die Laune zu verderben. Was geht es sie an, ob er seiner Tochter Geld gibt oder nicht? Andererseits: So haben wenigstens alle einmal mitbekommen, wie sie versucht, ihn zu bevormunden. Was für ein bedauernswerter Mann. Und Paola konnte einem natürlich leidtun. Das arme kleine Ding. Für sie war das Ganze extrem peinlich. Sie ist regelrecht geflüchtet und hat die Haustür so wütend zugeknallt, dass das Haus gewackelt hat.«

»Ja, das, äh, das hat uns Hilko Uschberg ebenfalls geschildert«, nuschelt Rory.

»Ach, mit dem haben Sie bereits gesprochen?« Sonja von Dorn stößt ein unnatürliches, hyänenartiges Lachen aus. »Was für ein ulkiges, zappeliges Männchen, nicht wahr? Und dann noch diese Brille … Und geredet hat er ohne Punkt und Komma. Bis Marnie mit Simon zu streiten begann. Man konnte sehen, wie unangenehm ihm die Situation war. Er hat behauptet, ihm wäre nicht gut, und hatte es plötzlich eilig aufzubrechen. Hat sich nicht groß verabschiedet. Ich habe nur mitbekommen, wie er Oliver Lorenz gebeten hat, Simon und Marnie für die Einladung zu danken. Anschließend hat er sich verzogen.«

»Das bedeutet, äh, dass nur noch Sie, Ihr Mann und Oliver Lorenz dablieben?«

»So ist es, Darling. Kurz nachdem dieser Kunsthändler weg war, kamen Simon und Marnie aus der Küche. Sie hatten ihren Streit angeblich beigelegt und machten einen auf Friede, Freude, Eierkuchen. Aber die Stimmung war natürlich ruiniert. Bald darauf hat Oliver Lorenz sich ein Taxi gerufen und ist gefahren.« Sonja von Dorn lächelt fies und sagt mit angewidertem Gesichtsausdruck: »Den sollten Sie mal genauer unter die Lupe nehmen. Er ist ja ganz dicke mit Marnie. Würde mich nicht wundern, wenn zwischen den beiden heimlich was laufen würde – wenn Sie verstehen, was ich meine, Darling. Vielleicht steckt er mit Marnie unter einer Decke und sie haben gemeinsam diesen Anschlag auf Simon geplant. Ich finde, Oliver Lorenz hat sich ziemlich verdächtig verhalten. Hat den ganzen Abend über kaum einen Ton gesagt und finster vor sich hin gebrütet. Außerdem hat er fast die gesamte Käseplatte alleine verputzt. Unverschämt so was!«

»Oh ja. Schon dafür sollte es lebenslänglich geben«, merke ich in sarkastischem Ton an – und stelle daraufhin fest, dass Sonja von Dorn doch noch über einen zweiten Gesichtsausdruck verfügt: extrem giftig!

»Und wie, ähm, wie lange sind Sie und Ihr Mann noch geblieben?«, versucht Rory das Gespräch zu versachlichen.

»Noch etwa eine Viertelstunde«, erklärt sie knapp. »Bis kurz vor halb zwölf. Die Küsters haben uns an der Tür verabschiedet und wir sind hier herübergekommen.«

»Und dann? Was haben sie danach gemacht?«, will ich wissen.

»Was für eine dumme Frage«, ätzt sie. »Wir sind zu Bett gegangen. Was sonst?«

»Ihr Mann kann also bestätigen, dass Sie das Haus in dieser Nacht nicht mehr verlassen haben? Und umgekehrt?«

Sonja von Dorn wird nervös und windet sich ein wenig. »Nicht, äh, nicht direkt. Wir haben getrennte Schlafzimmer. Weil mein Mann schnarcht. Aber was heißt denn hier *das Haus verlassen*? Willst du etwa andeuten, *ich* hätte etwas mit der Sache zu tun?« Sie sieht mich an, als würde sie mir gerne den Kehlkopf eindrücken.

»Der Einbrecher ist ins Haus gelangt, ohne Einbruchsspuren zu hinterlassen. Und *Sie* hatten einen Schlüssel«, erkläre ich unbeeindruckt.

»Ja und?«, fährt sie mich an. »Außerdem hätte ich dann auch noch den Code der Alarmanlage kennen müssen. Und den kenne ich *nicht*!« Mit vor Empörung bebender Stimme wendet sie sich dem Detektiv zu und motzt: »Was für unverschämte Unterstellungen. So etwas muss ich mir in meinem eigenen Haus nicht anhören. Weisen Sie dieses altkluge Mädchen gefälligst in seine Schranken, Rory!«

Der schüchterne Detektiv wirkt von der Situation hochgradig überfordert und sieht aus, als würde er an akuter Atemnot leiden. »Ich, ähm …«

»Um es ein für alle Mal klarzustellen«, faucht Sonja von Dorn. »Ich habe nichts mit dem Angriff auf Simon zu tun! Mein Mann und ich haben erst am nächsten Morgen davon erfahren.«

»Aha?«, macht Rory verdutzt. »Ähm, das ist allerdings schon ein wenig … Also, nehmen Sie es mir bitte nicht übel, wenn ich da doch noch einmal nachfragen muss, aber das, äh … Nun, nicht, dass Sie mich falsch verstehen, aber …«

»Herrgott, kommen Sie doch mal zum Punkt. Dieses Gestammel ist ja nicht auszuhalten«, mault Sonja von Dorn. Nichts mehr von wegen *Darling.*

»Ähm, ja. Nun, das, was Sie da sagen, finde ich schon etwas merkwürdig«, wispert der Detektiv eingeschüchtert. »Schließlich, *räusper, räusper,* wohnen Sie direkt nebenan. Und da haben Sie weder die Alarmanlage noch Polizei und Rettungsdienst gehört? Das muss doch alles einen gehörigen Lärm gemacht haben.«

»Ich schlafe mit Schlafmaske und Ohrstöpseln«, erklärt Sonja von Dorn unfreundlich. »Und was meinen Mann angeht – da müssen Sie ihn schon selbst fragen. Wie gesagt: Wir schlafen in verschiedenen Zimmern. Aber ich denke nicht, dass er irgendwas mitbekommen hat. Wenn Nils schläft, dann schläft er. Er würde nicht mal wach, wenn direkt neben ihm eine Bombe hochginge. – War es das jetzt? Alle Fragen zu Ihrer Zufriedenheit beantwortet? Dann können Sie ja …«

In diesem Moment ist zu hören, wie ein Wagen vorfährt, dann das Geräusch einer zuschlagenden Autotür, die Haustür wird geöffnet und ein paar Sekunden später steht Nils von Dorn im Wohnzimmer und blickt uns verblüfft an. Er ist eine braun gebrannte, sportliche Erscheinung mit dunklem Haar und blendend weißen Zähnen.

»Oh, Sie sind der schüchterne Detektiv«, geht es ihm auf. »Ich kenne Sie aus den Fernsehnachrichten. Von dem Fall mit der *Blauen Auster*. Und von dieser Sache mit der *Kichernden Madonna*. Was führt Sie zu uns?«

»Was schon? Er ist wegen Simon hier«, sagt seine Frau unwirsch. »Und das ist seine vorlaute Mitarbeiterin Matilde.«

»Vorlaute Mitarbeiterin Matild**a**«, berichtige ich sie, deute unter den Wohnzimmertisch und erkläre: »Das ist Doktor Herkenrath. Unser detektivischer Spürhund. – Wären Sie so nett, uns ein paar Fragen zu beantworten?«

»Natürlich«, entgegnet er freundlich lächelnd. »Wenn es, äh, wenn es nicht so lange dauert. Ich bin gleich noch zu einem Match im Tennisklub verabredet.«

»Keine Sorge. Ich fasse mich kurz«, versichere ich und lege umgehend los. »An dem Abend, als Sie bei den Küsters waren, um den Kauf der *Roten Libelle* zu feiern, haben Sie da –«

»Den Kauf der was?«, fragt Nils von Dorn und blickt mich reichlich ratlos an.

»Der *Ro-ten Li-bel-le*. Das Bild, das gestohlen wurde. Du hast dir noch nicht mal den Titel des Gemäldes gemerkt. Wie kann man nur so ein Banause sein«, meckert seine Frau und verdreht genervt die Augen. »Ich habe es Ihnen ja gesagt: Nils hat keinen blassen Schimmer von Kunst.«

Ich ignoriere ihre fiese Bemerkung. »Ist Ihnen an diesem Abend etwas aufgefallen, das –«

»Meinem Mann fällt gar nichts auf«, unterbricht mich Sonja von Dorn. »Es sei denn, es hat mit Tennis zu tun. Das ist alles, was ihn interessiert.«

Kann diese Frau nicht einfach mal die Klappe halten und ihren Mann zu Wort kommen lassen?

»Ähm, wäre es, wäre es möglich, dass wir kurz mit Ihrem Gatten alleine sprechen?«, wispert Rory verlegen und läuft tiefrot an. »Es ist bei Befragungen von Vorteil, wenn der Befragte, ähm, unbeeinflusst –«

»Ich glaube es nicht! Sie wollen mich aus meinem eigenen Wohnzimmer werfen?«, herrscht Sonja von Dorn ihn an.

»Herr Shy und seine Mitarbeiterin machen doch nur ihre Arbeit«, sagt ihr Gatte begütigend. »Und wenn es hilft, den Einbruch aufzuklären …«

Seine Frau guckt einen Moment lang, als würde sie sämtlichen Anwesenden gerne eine schmieren, dann springt sie mit beleidigtem Blick vom Sofa auf und stürmt aus dem Zimmer. In der Tür dreht sie sich noch einmal um und bemerkt in gehässigem Ton: »Ein kleiner Tipp, junges Fräulein: Wenn du nicht einsam und ungeliebt sterben willst, solltest du dringend was gegen deine hohe Stirn unternehmen. Ich kann dir gerne die Nummer meines Schönheitschirurgen geben.«

Doktor Frankenstein?, denke ich, verkneife mir aber jede Bemerkung, damit wir endlich mit unserer Befragung vorankommen.

»Entschuldigen Sie bitte«, sagt Nils von Dorn, nachdem seine Gattin das Zimmer verlassen hat. »Meine Frau ist manchmal ein wenig … barsch.«

Etwas wirklich Neues ergibt sich aus dem, was er uns zu erzählen hat, leider nicht. Abgesehen davon, dass er die schlechte Meinung seiner Frau über Marnie Küster nicht teilt, sondern sie als sehr einnehmende Persönlichkeit beschreibt. Und den Streit zwischen den Küsters schildert er weitaus weniger dramatisch, als seine Ehefrau es getan hat. »So was passiert eben. Manchmal sind Ehepartner verschiedener Meinung«, sagt er schulterzuckend.

Auch ihm ist Simon Küsters bemerkenswert gute Laune aufgefallen. »Meine Frau hat schon recht. Gespräche über Kunst interessieren mich nicht sonderlich«, gesteht er etwas verschämt. »Da schalte ich innerlich ab. Aber ich erinnere mich, wie begeistert Simon diesem Hilko Uschberg davon erzählt hat, dass sich ein berühmter Kunstexperte seine Sammlung ansehen wolle. Wieder und wieder hat er es erwähnt und gar nicht mehr damit aufgehört. Selbst der Kunsthändler wirkte davon genervt.«

Nils von Dorn ist eine wesentlich sympathischere Erscheinung als seine Frau. Ich habe den Eindruck, dass er meine Fragen so wahrheitsgemäß wie möglich beantwortet. Nur einmal bemerke ich, dass er mit seiner Antwort zögert und nervös wird: als ich wissen will, ob er nichts von dem Alarm und den Polizeisirenen mitbekommen hat.

»Ähm, nein. Ich habe tief und fest geschlafen«, antwortet er, weicht dabei aber meinem Blick aus. »Sind wir jetzt mit der Befragung durch?«

»Fast«, sage ich. Nach einer Sache habe ich ihn noch nicht gefragt. Weil es sogar mir etwas peinlich ist. Aber wenn man einen Fall lösen will, kann alles wichtig sein. Auch das Privateste. Also los, Matilda, sage ich mir – und packe den Stier bei den Hörnern. »Wir haben gehört, dass Ihre Frau an diesem Abend … dass sie Sie vor den anderen Gästen ziemlich runtergemacht hat. Und dass Sie darüber wohl wütend waren, aber versucht haben, es sich nicht anmerken zu lassen.«

Nils von Dorn schweigt einen Moment lang betreten, dann blickt er Rory an und erklärt: »Nicht nur Marnie und Simon hatten an diesem Abend Streit. Auch Sonja und ich haben uns gestritten. Kurz bevor wir zu den Küsters hinübergegangen sind. Meine Frau hat mir offenbart, dass sie eine weitere Schönheitsoperation plant: eine Fettabsaugung an ihrem … Ist ja auch egal. Jedenfalls habe ich ihr klargemacht, dass ich das für keine gute Idee halte. Daraufhin wurde sie wütend, und um es mir heimzuzahlen, hat sie mich vor den anderen wie einen Idioten aussehen lassen.« Er blickt mit traurigem Gesichtsausdruck zu dem Hochzeitsfoto im Regal und klingt plötzlich, als hätte er einen dicken Kloß im Hals. »Zu Beginn unserer Ehe waren Sonja und ich sehr glücklich. Bis … bis sie vor ein paar Jahren auf die Idee kam, sich die Gesichtshaut straffen zu lassen. Ich hielt das für völlig überflüssig. Wir werden alle älter und dazu gehört eben auch, dass man ein paar Falten bekommt. Aber ich dachte: Na schön, wenn ihr so viel daran liegt. Doch das war erst der Anfang. Danach hat sie sich die Nase operieren lassen, dann das Kinn, die Wangenknochen, die Augenlider, die Lippen ... Es ist zu so etwas wie einer Sucht bei ihr geworden. Und seither ist unsere Ehe ...« Er verstummt, sitzt da wie ein Häuflein Elend und sieht aus, als könnte er jeden Moment in Tränen ausbrechen.

Rory hüstelt verlegen und stottert: »Das ist, äh, das ist äußerst ... das tut mir sehr ... Aber dennoch muss ich ... also, auch wenn es mir sehr unangenehm ist, müsste ich Ihnen dennoch eine weitere Frage ...«

»Natürlich«, sagt Nils von Dorn und bemüht sich, die Fassung wiederzuerlangen. »Fragen Sie nur.«

»Wussten Sie, dass Ihre Frau einen, öhm, Schlüssel zum Haus der Küsters hatte?«

»Nein.« Er blickt überrascht auf. »Das höre ich zum ersten Mal.«

»Das, ähm, das war es dann auch schon. Vielen Dank. Wobei ... eine kleine Sache wäre da doch noch. Nur eine Nebensächlichkeit. Wahrscheinlich ganz unbedeutend, aber ... Als Matilda und ich uns mit Hilko Uschberg unterhalten haben, erwähnte er, dass er Ihnen am Abend des Umtrunks zum ersten Mal begegnet sei, dass er aber ... dass er den Eindruck hatte, Sie vorher bereits einmal gesehen zu haben. Haben Sie eine Idee, wie er darauf gekommen sein könnte?«

»Ich, ähm, nein, ich …« Erstaunt beobachte ich, dass Nils von Dorn Schweißperlen auf die Stirn treten, dann wirft er unvermittelt den Kopf herum, blickt zur Terrassentür und sagt mit lauter Stimme: »Boris, du alter Streuner. Wo hast du dich denn wieder rumgetrieben?«

In nächsten Moment stolziert ein finster blickender Kater mit rötlichem Fell ins Zimmer.

»Sie haben eine Katze?«, kann ich gerade noch stammeln – da nimmt das Unheil schon seinen Lauf: Der Kater macht einen Satz unter den Tisch und stößt ein fieses Fauchen aus. Doktor Herkenrath schreckt aus seinem Nickerchen auf, sieht sich Auge in Auge mit dem Haustiger, fährt panisch herum, stößt sich den Kopf an der Tischkante, jault wie ein waidwunder Wolf und schießt zur Terrassentür hinaus, als wäre ein Höllen-Eichhörnchen hinter ihm her. Der Kater heftet sich mit einem weiten Sprung an seine Fersen – und hetzt ihn quer durch den Garten. Die wilde Jagd geht über Blumenrabatten und Gemüsepflanzen hinweg, an einer Hollywood-Schaukel und einer Grillstelle vorbei, quer durch ein Tulpenbeet und dann ein ums andere Mal um den Fischteich herum.

»Boris!«, schreit Nils von Dorn von der Terrasse, während ich brülle: »Doktor Herkenrath! Bei Fuß!« Natürlich ohne jeden Erfolg. Doktor Herkenrath ist außer sich vor Panik. Katzen kommen auf seiner Liste Angst einflößender Kreaturen direkt nach Eichhörnchen.

Aufgeschreckt durch den Lärm erscheint Sonja von Dorn auf der Terrasse und kreischt: »Was ist denn hier los?«

Bei Runde vier um den Fischteich legt sich Doktor Herkenrath zu sehr in die Kurve, kommt ins Rutschen, kann nicht mehr bremsen, stößt ein furchterfülltes hohes Winseln aus – und landet mit einem satten Bauchplatscher im Wasser.

Der Kater lässt sich für einen Moment am Rand des Teichs nieder, maunzt zufrieden, sieht aus, als würde er den pitschnassen Cockerspaniel auslachen – und schleicht auf leisen Pfoten von dannen. Doktor Herkenrath steht in dem höchstens dreißig Zentimeter tiefen Wasser, fiept elendig und wartet darauf, dass ihn jemand rettet.

»Ganz toll. Super Leistung, Doktor Herkenrath«, murre ich und hieve ihn ans Ufer – als mein Blick auf den Grund des Teichs fällt und ich einen bräunlichen, etwa zwanzig Zentimeter großen Gegenstand erspähe.

Einen Moment bin ich wie in Schockstarre, bevor ich wild zu gestikulieren beginne und in Richtung Terrasse brülle: »Rory! Kommen Sie! Schnell! Ich habe die Tatwaffe gefunden!«

~ 11 ~

Geheimnisse und Beifang

Ich krempele meine Jackenärmel hoch, werfe mich ins Gras und bin im Begriff, die Statuette aus dem Teich zu angeln, als vor meinem inneren Auge ein rotes **STOPP!**-Signal aufleuchtet und ich den Arm reflexartig zurückziehe: Nicht anfassen! Ich könnte DNA- oder Fingerabdruckspuren zerstören.

Der Detektiv und die von Dorns kommen über den Rasen zu mir herübergerannt. Sonja von Dorn beugt sich neugierig vor, blickt auf den Grund des Teichs und kreischt: »Ich habe keine Ahnung, wie dieses Ding da reingekommen ist!«

»Ich … ich auch nicht«, stottert ihr Mann, schaut dabei auf den Rasen und kaut nervös auf seiner Unterlippe rum.

»Es, öhm, es verdächtigt Sie ja auch niemand«, sagt Rory. »Aber möglicherweise finden sich auch Spuren am Rand des Teichs. Deshalb, *räusper, räusper*, deshalb wäre es gut, wenn hier möglichst wenig Personen herumlaufen. Bitte, äh, gehen Sie doch ins Haus zurück und verständigen die Polizei. So können Sie die Ermittlungen am besten unterstützen.«

Der Detektiv wirft mir einen verschwörerischen Blick zu, und ich verstehe, dass es ihm darum geht, die beiden loszuwerden.

»Ich lasse mir doch auf meinem eigenen Grundstück nicht sagen, was ich zu tun habe!«, krakeelt Sonja von Dorn mit angeekeltem Gesichtsausdruck.

»Bitte, Sonja«, sagt ihr Gatte in beruhigendem Ton. »Herr Shy ist ein erfahrener Ermittler. Er weiß, was er tut. Wir sollten seinen Anweisungen folgen. Schließlich möchten wir doch auch, dass Simons Angreifer dingfest gemacht wird.«

Seine Frau funkelt Rory und mich wütend an, hat den Argumenten ihres Mannes aber nichts entgegenzusetzen und folgt ihm, böse vor sich hin grummelnd, ins Haus.

»Was machen wir?«, wispere ich dem Detektiv zu, sobald das Paar außer Hörweite ist.

Rory scheint innerlich mit sich zu ringen. »Wenn wir die Statuette aus dem Teich nehmen, vernichten wir möglicherweise entscheidende Spuren«, sagt er. »Aber wenn die Polizei die Tatwaffe erst mal beschlagnahmt, habe ich keine Möglichkeit mehr herauszufinden, ob sie ein Signal aussendet. Das ist ein echtes, öhm, Dilemma. Hmmh …« Er kratzt sich am Kinn und verfällt in ein nachdenkliches Schweigen.

Es hat so seine Vor- und seine Nachteile, schüchtern zu sein. Unschüchterne haben zu allem eine Meinung. Und zwar genau eine. Dementsprechend handeln sie auch. Wer nur eine Meinung hat, weiß immer genau, was zu tun ist. Unschüchternen fällt es leicht, eine Entscheidung zu treffen. Da sie die Dinge aber nicht von allen Seiten bedenken, treffen sie häufig sehr dumme Entscheidungen. Schüchterne betrachten die Dinge von mehreren Seiten und wissen, dass man zu jeder Sache mindestens zwei Meinungen haben kann. Was sehr viel klüger ist – einen aber dummerweise daran hindert, eine Entscheidung zu treffen. Doch es gibt nun leider mal Situationen, in denen man sich entscheiden *muss.* Und zwar ziemlich fix.

»Wenn wir noch lange hier rumstehen, nimmt uns die Polizei die Entscheidung ab«, sage ich. »Ich glaube nicht, dass an der Statuette noch verwertbare DNA-Spuren oder Fingerabdrücke zu finden sind, nachdem sie drei Tage im Wasser gelegen hat. Ich hole das Ding jetzt da raus!«

»Gut, ähm, also … gut. In Ordnung, Matilda.«

Ich fische die Statuette aus dem Teich und übergebe sie dem Detektiv. Sie ist zwar klein, wiegt aber so einiges. Was vor allem an dem schweren Sockel liegt. Ich will mir gar nicht vorstellen, wie es sich anfühlen muss, so ein Teil über den Kopf gezogen zu bekommen.

»Und?«, frage ich, während Rory das bronzene Kunstwerk mit geschlossenen Augen und konzentrierter Miene betastet. »Können Sie ein Signal wahrnehmen?«

»Ähm, leider … leider nein«, murmelt er. »Wenn Gegenstände im Wasser gelegen haben, vernichtet das nicht nur DNA-

Spuren. Es führt häufig auch dazu, dass die Signale, die sie aussenden, schwächer werden. Im Fall des *Grünen Turbans* hat der Täter sein Messer während der Flucht in ein Aquarium geworfen. Wodurch es für mich praktisch wertlos wurde. Ich musste auf andere Gegenstände zurückgreifen, um ihn zu überführen. Aber vielleicht hilft es, wenn ich …«

Ich ahne schon, was kommt, und verziehe das Gesicht. Wenn das Signal so schwach ist, dass der Detektiv es nicht durch Betasten des Gegenstandes wahrnehmen kann, hilft es manchmal, wenn er daran leckt. Was nicht besonders appetitlich aussieht.

Rory fährt mit der Zunge über die Statuette, als würde er an einer Eistüte schlecken, und nuschelt: »Ja, da … da ist etwas.« Er wiederholt die eklige Prozedur, geht für einen Moment in sich und sagt leise: »Ein Kofferraum.«

»Was?«, entfährt es mir irritiert.

»Ein Kofferraum«, wiederholt er. »Ich habe vor meinem inneren Auge den Kofferraum eines Autos gesehen. Und Hände, die etwas aus dem Kofferraum herausgenommen haben. Etwas, das in eine Decke gehüllt war. Und dann ein anderes Paar Hände, das diesen Gegenstand entgegengenommen hat.«

Ein in eine Decke gehüllter Gegenstand? Hat Rory vielleicht gesehen, wie das gestohlene Gemälde vom Dieb an einen Käufer übergeben wurde?, frage ich mich.

Währenddessen zieht der Detektiv ein Fläschchen Mundwasser aus seiner Jackentasche. Für den Fall, dass er an einem Gegenstand lecken muss, hat er stets Mundwasser dabei. Er spült kurz um und spuckt die blaue Flüssigkeit in den Teich, als ich einen Wagen vor dem Haus vorfahren höre. »Die Polizei!«, sage ich, nehme Rory die Bronze-Statuette aus der Hand und versenke sie im Wasser.

Wenige Augenblicke später kommen Kommissar Valko und zwei Beamte der Spurensicherung, in Begleitung der von Dorns, in den Garten gestapft.

Die beiden mit Schutzkleidung und Handschuhen ausgestatteten Beamten bergen die Statuette aus dem Teich und packen sie vorsichtig in einen Beutel für Beweismittel.

»Da dürften kaum noch Spuren zu finden sein«, sagt einer der Männer, bevor er sich an uns wendet und fragt: »Sie haben das Ding doch hoffentlich nicht berührt?«

»Natürlich nicht. Wo denken Sie hin?«, beteuere ich mit unschuldigem Blick.

Kommissar Valko befragt derweil das Ehepaar von Dorn. Beide versichern, keine Ahnung zu haben, wie die Statuette in ihren Gartenteich gelangt ist. Sonja von Dorn macht sehr deutlich klar, dass sie die Anwesenheit der Polizei als Zumutung empfindet, zischt mehrmals »Unverschämtheit!« und fährt die Männer der Spurensicherung an: »Passen Sie gefälligst auf, wo Sie mit Ihren großen Füßen hinlatschen, Sie Trampel. Sie stehen in meinem Begonien-Beet!«

Rory und ich halten uns derweil abseits.

»Herrgott, dieser sprechende Gesichtsunfall ist ja kaum auszuhalten«, stöhnt Kommissar Valko, nachdem er seine Befragung beendet hat und zu uns herüberkommt.

Statt sich darüber zu freuen, dass wir ihm die Tatwaffe auf dem Silbertablett präsentiert haben, knurrt er übel gelaunt: »Ist ja interessant, Shy. Ein Haufen gut ausgebildeter Polizisten konnte die Tatwaffe nicht finden. Und dann tauchen Sie auf – und schwupps, kommt das Ding ans Tageslicht.«

»Vielleicht haben Ihre Leute einfach am falschen Ort gesucht«, sage ich keck – worauf der Kommissar die Nase hochzieht und mir einen genervten Blick zuwirft.

Rory deutet auf Doktor Herkenrath, der neben dem Teich sitzt, vor sich hin tropft und ein belämmertes Gesicht macht. »Genau genommen haben ja auch nicht wir die Statuette gefunden«, wirft er schüchtern ein. »Sondern Matildas Hund. Als er vor Boris geflüchtet ist.«

»Boris?«, wiederholt Kommissar Valko verwirrt. »Von einem Boris haben die von Dorns gar nichts erzählt. Wo ist der Kerl? Ich muss ihn vernehmen.«

»Eben hockte er noch da vorne unter dem Strauch und hat einer Amsel aufgelauert«, erkläre ich.

»Was?« Der Polizist blickt mich an, als wäre ich nicht ganz knusper.

Wie kann man so dermaßen langsam im Kopf sein?

»Boris ist ein Kater!«, lasse ich ihn wissen.

»Ah. Ah ja. Verstehe«, murmelt der Kommissar und wird ein wenig rot, bevor er lauthals verkündet: »Ich denke nicht, dass die von Dorns was mit der Sache zu tun haben. Dieses Lifting-Opfer nervt zwar wie nichts Gutes, und ihr Mann ist mir eine Nummer zu glatt und gelackt, aber … Wer wäre so dämlich, die Tatwaffe in seinem eigenen Gartenteich zu versenken und sie dann auch noch da liegen zu lassen, statt sie sonst wo zu entsorgen?«

Vielleicht jemand, der möchte, dass Sie genau das denken, lieber Herr Kommissar, geht es mir durch den Kopf. Ganz so unverdächtig finde ich das Ehepaar nicht. Sonja von Dorn hatte einen Schlüssel zum Haus der Küsters. Wer sagt uns, dass sie den Code der Alarmanlage wirklich nicht kennt? Außerdem kann sie Marnie nicht ausstehen. Möglicherweise wollte sie der eins über den Kopf geben und hat nur aus Versehen Simon erwischt. Und Nils von Dorns traurige Geschichte über seine unglückliche Ehe – vielleicht hat er uns die nur aufgetischt, um uns einzuwickeln. Als er behauptet hat, nichts von dem Alarm und den Polizeisirenen mitbekommen zu haben, ist er jedenfalls ziemlich nervös geworden.

Aber Kommissar Valko, der zu den Menschen ohne Zweifel und mit eindeutiger Meinung gehört, hackt mit den Backenzähnen auf seinem Kaugummi rum und verkündet: »Wenn Sie mich fragen, Shy: Passt doch wie die Faust aufs Auge, dass die

Tatwaffe hier, nur ein paar Meter vom Haus der Küsters entfernt liegt. Falls wir noch Spuren daran finden, dann stammen sie von Marnie Küster. Wenn nicht, fresse ich einen Besen.«

»Dann schon mal: Guten Appetit«, platzt es reflexhaft aus mir heraus.

»Würden Sie uns über das Ergebnis der kriminaltechnischen Untersuchung informieren?«, fragt Rory zaghaft an.

Sein Gegenüber grinst hämisch und will wahrscheinlich etwas wie *Eher friert die Hölle zu* sagen, aber ich spitze die Lippen und stoße ein helles Vogel-Tirilieren aus.

Augenblicklich verschwindet das Grinsen aus Kommissar Valkos Gesicht und macht einem müden, resignierten Ausdruck Platz. »Ja, ja, schon gut. Ich gebe Ihnen Bescheid, sobald wir was wissen.«

»Ach, und Sie denken doch auch daran, uns zu informieren, wenn Simon Küster aus seiner Bewusstlosigkeit erwacht?«, frage ich freundlich lächelnd und gebe dem Kommissar den Haustürschlüssel zurück, den er uns ausgehändigt hat (wir haben ja jetzt einen eigenen). »Und vielleicht wären Sie so nett, einen Tatort-Reiniger zu beauftragen, das Wohnzimmer der Küsters zu säubern? Damit der arme Herr Küster nicht auf sein eigenes Blut blicken muss, wenn er aus dem Krankenhaus entlassen wird.«

»Ja, natürlich«, stöhnt der Kommissar, steckt den Schlüssel ein, grummelt leise »Ich habe ja sonst nichts zu tun«, und befiehlt den Beamten der Spurensicherung: »Wir sind hier durch. Aufbruch! Und zwar zackig!«

Wir verabschieden uns von den von Dorns und verlassen gemeinsam mit den Polizisten das Grundstück. Sonja von Dorn wirkt sichtlich erfreut, uns loszuwerden. Sie ist aber nicht die Einzige, die dieses Gefühl verspürt: Doktor Herkenrath hechelt erleichtert, als er den Herrschaftsbereich von Boris, dem Kater, endlich verlassen darf.

Die grauen Regenwolken von heute Morgen haben sich verzogen, der Himmel ist blau mit ein paar weißen Tupfen, ein laues Lüftchen weht und es ist frühlingshaft warm geworden.

Kommissar Valko und seine Mitarbeiter steigen in ihren Wagen und brausen davon. Während wir zu der Stichgasse hinübergehen, in der Amadeus auf uns wartet, denke ich unentwegt über das nach, was Rory gesehen hat, als er an der Statuette geleckt hat.

Was haben ein Kofferraum und zwei Paar Hände mit unserem Fall zu schaffen? Und was hat das wiederum mit der mysteriösen unvollständigen Telefonnummer zu tun, die der Detektiv beim Berühren des Buches in Simon Küsters Arbeitszimmer wahrgenommen hat?

Doktor Herkenrath schüttelt sich die letzten Wassertropfen aus dem Fell (wenigstens riecht er nach seinem unfreiwilligen Bad nicht mehr nach ranziger Butter) und wir steigen in die Limousine – als ich sehe, wie Nils von Dorn das Haus verlässt und zu seinem Wagen eilt.

»Der hat ja Nerven«, kommentiere ich. »Hätte man in meinem Garten eine Tatwaffe gefunden, wäre mir die Lust auf Tennis gründlich vergangen.«

Rory kneift die Augen zusammen. »Und ist es nicht merkwürdig, dass er keine Sporttasche bei sich trägt? Und auch keinen Tennisschläger?«

Nils von Dorn steuert den Sportwagen aus der Einfahrt, gibt Gas und schießt an uns vorbei die Straße runter.

»Ich weiß natürlich nicht, ob es für Ihre Ermittlungen von Bedeutung ist, Herr Shy«, meldet sich Amadeus mit seiner krächzenden Stimme zu Wort. »Aber wenn ich mir eine Bemerkung erlauben dürfte: Ich denke nicht, dass der Herr zum Tennis fährt. Das Gelände des *Tennisklub Rosenhag* liegt genau in der entgegengesetzten Richtung.«

Rory und ich tauschen einen kurzen überraschten Blick, dann platzt es aus mir raus: »Hängen Sie sich an ihn dran, Amadeus. So unauffällig wie möglich.«

»Selbstverständlich. Es ist mir eine Freude, Frau Bond.«

Ich frage mich, ob Amadeus mal einen Verfolgungsjagd-Crashkurs für Senioren-Chauffeure gemacht hat. Jedenfalls hat er es voll drauf. Und zwar auf eine völlig unaufgeregte und ruhige Art. Ohne jedes Reifengequietsche, hektisches Geschalte oder wilde Lenkrad-Kurbelei. Nicht so, dass man als Insasse das Gefühl hat, sich unaufhörlich übergeben zu müssen. Nur Doktor Herkenrath wirkt, als könnte er eine Spucktüte brauchen. Aber der sieht während Autofahrten immer so aus.

Amadeus wahrt ausreichend Abstand, damit Nils von Dorn nicht auffällt, dass er verfolgt wird, schafft es dabei aber, den Sportwagen für keinen Moment aus den Augen zu verlieren.

Schon nach kurzer Zeit wird mir klar, dass die Fahrt in Richtung Innenstadt geht. Zwanzig Minuten später drosselt Nils von Dorn plötzlich das Tempo und parkt vorwärts in eine Parkbucht ein – direkt gegenüber der *Galerie Uschberg!* Mir klappt vor Erstaunen die Kinnlade runter. Was haben Hilko Uschberg und Nils von Dorn miteinander zu tun? Die beiden kennen sich doch angeblich kaum.

Rory wirkt genauso ratlos und verwundert wie ich.

Ich erwarte, dass Nils von Dorn aussteigt und in die Galerie hinübergeht, was aber nicht geschieht. Er bleibt im Auto sitzen und scheint auf irgendetwas zu warten.

Ein paar Minuten später treten Hilko Uschberg und Nora Gold in die Tür des Kunsthauses, sie verabschiedet sich von ihrem Arbeitgeber, er schließt hinter ihr ab und verschwindet im Inneren der Galerie. Nora Gold wartet einen Moment, blickt sich nach allen Seiten um, dann überquert sie die Straße – und steigt zu Nils von Dorn in den Wagen.

»Jetzt kapiere ich gar nichts mehr«, stammele ich, während der Sportwagen aus der Parkbucht schießt.

Sofort nimmt Amadeus die Verfolgung auf. Die Fahrt geht in südlicher Richtung. Der Sportwagen verlässt die Stadt und folgt einer schmalen, kurvenreichen Straße. Die Gegend wird zunehmend ländlicher, und wir erreichen Tugendingen, ein kleines Dörfchen mit idyllischen Fachwerkbauten. Nils von Dorn setzt den Blinker, biegt links ab und fährt auf den Schotterparkplatz eines Ausfluglokals: *Rauhbachs Mühle.*

Ich kenne *Rauhbachs Mühle,* weil Papa hier letztes Jahr seinen vierzigsten Geburtstag gefeiert hat. Die alte zu einem Restaurant umgebaute Mühle zieht besonders im Frühjahr und Sommer viele Gäste an, weil man dann draußen auf einer hölzernen Terrasse direkt über dem Rauhbach sitzen und den Blick auf die umliegenden Hügel, Felder und Wälder genießen kann.

Wir bleiben im Wagen sitzen und beobachten, wie Nils von Dorn und Nora Gold an einem Tisch auf der Terrasse Platz nehmen. Die beiden lächeln sich an, dann fährt sie ihm zärtlich mit der Hand durchs Haar und sie küssen sich.

»Heiliger Sherlock«, entfährt es mir. »Die beiden haben eine heimliche Liebesaffäre!« Entgegen dem, was seine kratzbürstige Gattin vermutet, scheint Nils von Dorn doch noch andere Interessen außer Tennis zu haben. »Jetzt wird mir so einiges klar. Erinnern Sie sich? Als wir heute Morgen in die Galerie kamen, da hat Nora Gold doch gerade mit jemandem telefoniert: ›*Ich kann frühestens um fünfzehn Uhr Feierabend machen. Ja … ich dich auch.*‹ Da hat sie mit ihm gesprochen. Mit Nils von Dorn.« Ich öffne die Wagentür und fordere Rory auf: »Kommen Sie! Wir müssen die beiden zur Rede stellen.«

»Zur Rede? Ich … also, ähm, ich weiß nicht«, protestiert Rory. »Natürlich ist es nicht schön, wenn Nils von Dorn seine Frau hintergeht. Aber ein Verbrechen ist es nicht. Ich denke, dass ist seine, öhm, Privatsache. Und es wäre mir mehr als unangenehm, wenn wir, ähm …«

»Und wenn die beiden nicht nur ein Liebespaar sind?«, frage ich. »Was wenn sie auch *Komplizen* sind? Finden Sie das nicht verdächtig: Simons Nachbar, in dessen Gartenteich die Tatwaffe gefunden wird, hat ausgerechnet eine Affäre mit der Frau, die für den Galeristen arbeitet, der Simon *Die Rote Libelle* verkauft hat? Sehr merkwürdiger Zufall, oder? Ich bin mir sicher, dass es einen Zusammenhang gibt. Kommen Sie schon. Wir werden es nicht herausfinden, wenn wir hier hocken bleiben. Wir müssen ran an den Speck!«

»Ran? An den, äh, Speck?«, wispert Rory und hüstelt verlegen. »Ich weiß wirklich nicht. Und wenn es doch nichts mit dem Einbruch … Das wäre mir äußerst …«

»Keine Sorge«, erkläre ich selbstbewusst. »Ich regle das schon. Mit allem nötigen Feingefühl. Da können Sie sich ganz auf mich verlassen.«

Mit dem schwanzwedelnden Doktor Herkenrath im Schlepptau schlendern wir zu der hölzernen Terrasse hinüber. Nora Gold und Nils von Dorn sind so sehr damit beschäftigt, sich verliebt in die Augen zu blicken, dass sie uns nicht kommen sehen.

Als wir direkt hinter den beiden stehen und ich freundlich frage: »Haben Sie was dagegen, wenn wir uns zu Ihnen setzen?«, fahren sie zusammen wie von der Tarantel gestochen und blicken uns mit schreckhaft aufgerissenen Augen an.

»Mir … mir ist schon klar, was Sie vermuten. Aber das hier hat nichts mit dem zu tun, was Simon zugestoßen ist«, stammelt Nils von Dorn. »Ich kann das alles erklären.«

»Nur zu«, entgegne ich, während wir Platz nehmen. »Ich bin ganz Ohr.«

Rory ist die Situation so peinlich, dass er nichts sagt, sondern mit hochrotem Kopf dasitzt und verlegen lächelt.

»Nils und ich haben uns im Tennisklub kennengelernt«, ergreift Nora Gold das Wort. »Wir sind beide begeisterte Tennisspieler.«

»Wir haben uns angefreundet«, fährt Nils von Dorn fort. »Und irgendwann habe ich Nora von der Sache mit den Schönheitsoperationen meiner Frau erzählt. Und davon, wie herablassend sie mich immer behandelt. Nora war so verständnisvoll, und wir … wir haben uns ineinander verliebt. Und begonnen … uns heimlich zu treffen. Sonja habe ich erzählt, ich würde zum Tennistraining fahren. Ein paarmal habe ich im Wagen vor der

Galerie Uschberg auf Nora gewartet, wenn ich sie von der Arbeit abgeholt habe. Dabei muss mich ihr Chef mal gesehen haben. Ich hatte keine Ahnung, dass Simon ihn auch kennt.« Nils von Dorn wirft uns einen flehenden Blick zu. »Glauben Sie mir, es gibt keine Verbindung zwischen Hilko Uschberg und mir – außer dass er zufälligerweise Noras Arbeitgeber ist. Als er an jenem Abend bei den Küsters aufgetaucht ist, dachte ich, mich trifft der Schlag. Die anderen Gäste haben vermutet, ich wäre wütend, weil Sonja mich so geringschätzig behandelt hat. So war es aber nicht. Ich war nicht wütend. Ich hatte Angst! Ich habe Blut und Wasser geschwitzt, weil Hilko Uschberg mich immer wieder betrachtete, weil ich ihm offenbar bekannt vorkam, er aber nicht einordnen konnte, woher er mich kannte. Ich hatte den ganzen Abend über Angst, dass es ihm einfallen würde. Ich war regelrecht dankbar dafür, dass es zu dem Streit zwischen Marnie und Simon kam und dass Hilko Uschberg daraufhin gegangen ist. Hätte er irgendeine Bemerkung gemacht und Sonja wäre misstrauisch geworden, dann …« Nora Gold greift tröstend nach seiner Hand, während Nils von Dorn den Kopf senkt und mit weinerlicher Stimme sagt: »Die Firma für Sportbekleidung gehört Sonjas Familie. Ihr Vater hat mich nach der Heirat zum Teilhaber gemacht, aber wenn er erführe, dass ich … Ich hatte Angst, dass er mich sofort rauswerfen würde. Und deshalb konnte ich der Polizei auch nicht …« Nils von Dorn verstummt und blickt betreten unter sich.

Sieh mal an. Jetzt wird es interessant. »Konnten Sie der Polizei was nicht?«, bohre ich nach.

»Erzähl es ihnen«, ermutigt ihn Nora Gold mit sanfter Stimme und drückt seine Hand.

Nils von Dorn atmet tief durch, hebt den Kopf und sagt: »Meine Frau und ich schlafen in getrennten Zimmern. Manchmal warte ich, bis ich sicher bin, dass sie schläft, stehle mich aus dem Haus und fahre zu Nora. Das hatte ich auch am vergangenen Sonntag vor, nachdem wir von dem Umtrunk bei den Küsters zurückgekehrt waren. Aber als ich mich aus dem Haus schlich, da … da ging plötzlich nebenan die Alarmanlage los. Und im nächsten Moment stürmte eine Person aus der Tür und rannte über unser Grundstück davon. Ich war völlig verdattert. Dann hörte ich Sirenen und wenige Augenblicke später fuhren Polizei und ein Rettungswagen vor. Daraufhin bin ich sofort zurück ins Haus. Und als mich dieser Kommissar Valko am nächsten Tag befragt hat, habe ich gelogen und behauptet, ich hätte geschlafen und nichts mitbekommen. Hätte ich die Wahrheit gesagt, wäre die Sache mit Nora und mir aufgeflogen. Seither plagt mich mein schlechtes Gewissen. Marnie ist so eine nette Frau. Hätte ich ehrlich ausgesagt und von der flüchtenden Person berichtet, hätte sie das entlastet. Stattdessen sitzt sie jetzt im Gefängnis.«

»Kleine, aber entscheidende Zwischenfrage«, unterbreche ich seine Beichte. »Konnten Sie die Person erkennen?«

Nils von Dorn schüttelt den Kopf. »Dazu war es zu dunkel und … alles ging blitzschnell. Ich habe auch nicht mitbekommen, dass der- oder diejenige die Tatwaffe in unseren Teich geworfen hat. Das ist mir erst heute klar geworden, als du sie dort gefunden hast.« Er fährt sich mit den Händen durchs Gesicht und sagt mit leiser Stimme: »Nora und ich haben über all das gesprochen und ich habe mich entschlossen, zur Polizei zu gehen und die Wahrheit zu sagen. Und meiner Frau werde ich auch reinen Wein einschenken. Ich werde mich von ihr trennen. Ich bin dieses ganze Versteckspiel leid. Ich liebe Nora und will mit ihr zusammen sein. Soll mein Schwiegervater mich doch aus der Firma werfen. Dann arbeite ich eben als Tennistrainer.« Nils von Dorn ringt nervös die Hände. »Ich muss vorher nur noch ein paar Dinge regeln. Bitte geben Sie mir noch zwei Tage Zeit. Ich verspreche Ihnen: Am Samstagmorgen gehe ich zur Polizei und werde alles sagen.«

»Wie konnten Sie seinem Vorschlag, bis Samstag zu warten, bloß zustimmen?«, sage ich reichlich erbost, als wir zurück zur Limousine gehen. »Die Suppe hat er sich schließlich selbst eingebrockt. Und Marnie Küster muss darunter leiden. Jeder Tag, den jemand unschuldig im Gefängnis sitzt, ist ein Tag zu viel.«

»Du hast vollkommen recht, Matilda«, erklärt der Detektiv mit leiser Stimme. »Aber ich denke, wenn man Marnie Küster fragen würde, würde sie zwei weitere Tage Haft gerne in Kauf nehmen, wenn es uns hilft, den Angreifer ihres Mannes zu fassen. Noch zwei Tage zu warten, könnte in diesem Fall vorteilhaft für unsere Ermittlungen sein.«

»Vorteilhaft?«, frage ich verdattert.

»Solange der wahre Täter oder die wahre Täterin denkt, der Verdacht der Polizei richte sich ausschließlich gegen Marnie, fühlt er oder sie sich sicher. Und wer sich zu sicher fühlt, macht Fehler«, sagt Rory, derweil Amadeus ächzend aus dem Wagen krabbelt, die hintere Tür öffnet und eine dezente Verbeugung andeutet.

Während der Chauffeur uns zurück in die Stadt fährt, blicke ich schweigend aus dem Seitenfenster und lasse die abendliche Landschaft an mir vorbeigleiten. Ehrlich gesagt, fühle ich mich ein bisschen deprimiert. Und das liegt an dem Beifang, den uns unsere Ermittlungen beschert haben. Als Beifang bezeichnet man in der Fischerei die kleinen Fische und Krustentiere, auf die man es gar nicht abgesehen hat, die einem aber neben den großen Fischen, hinter denen man eigentlich her ist, zusätzlich ins Netz gehen. Bei einer kriminalistischen Ermittlung ist es ähnlich: Während man einem großen Geheimnis auf der Spur ist, kommen auch jede Menge kleiner Geheimisse ans Tageslicht, die nichts mit der eigentlichen Tat zu tun haben – und von denen man sich oftmals wünscht, man hätte sie niemals gelüftet.

So auch diesmal: Wir wissen, dass Sonja von Dorn ihren

Mann gerne vor anderen demütigt. Und seit gerade eben wissen wir auch, dass Nils von Dorn seine Frau betrügt. Dabei sehen sie auf dem Hochzeitsfoto, das in ihrem Wohnzimmer steht, so glücklich aus. Aber irgendwie muss ihnen das Glück im Lauf der Jahre abhandengekommen sein … Wenn man das so mitbekommt, kann einem vor der Erwachsenenwelt angst und bange werden. Beziehungen zwischen Erwachsenen scheinen ausgesprochen kompliziert und stressig zu sein, denke ich und wünsche mir in diesem Moment inniglich, noch möglichst lange zwölf zu bleiben. Da ist der einzige Beziehungsstress, den man hat, der mit seinem Cockerspaniel – wenn er Bücher anknabbert oder in modernen Kunstwerken feststeckt.

Rory hingegen ist mit seinen Gedanken ganz bei unserem Fall.

»Das, was Nils von Dorn uns gebeichtet hat, entlastet zwar Marnie Küster«, befindet er. »Aber was die Identität des Täters oder der Täterin angeht, tappen wir weiter im Dunkeln.«

»Na ja …«, entgegne ich nachdenklich. »Immerhin wissen wir jetzt, dass Nils von Dorn es auch nicht war.«

»Tja …«, macht der schüchterne Detektiv zweifelnd. »Das, was er uns erzählt hat, klang auch in meinen Ohren plausibel, aber … Mit der Behauptung, er hätte einen Einbrecher aus dem Nachbarhaus kommen sehen, hat er ja nicht nur Marnie Küster, sondern so ganz nebenbei auch noch sich selbst entlastet. Und vielleicht war gerade das seine Absicht.«

Amadeus hält auf der Kastanienallee – vorsichtshalber ein kleines Stück unterhalb unseres Grundstücks. Sähe Frau Zeigler mich aus einer Luxuslimousine klettern, könnte das viele schwer zu beantwortende Fragen zur Folge haben. Gerade als ich aussteigen will, klingelt mein Handy. Es ist Alfred Hassler, der sich nach dem Stand der Ermittlungen erkundigt. Erleichtert nimmt er zur Kenntnis, dass es einen Zeugen gibt, der Marnie Küster entlastet, verspricht mir aber, dieses Wissen bis Samstag für sich zu behalten, um unsere Ermittlung nicht zu gefährden.

»Ach, und sag dem schüchternen Detektiv doch bitte, er möchte am Samstag um neun Uhr zum Studio kommen«, sagt der Regisseur, bevor er das Gespräch beendet. »Dann drehen wir die Rocco-Semmel-Sterbeszene.«

~ 12 ~

0041

Frau Zeigler verfügt offenbar über ein weitaus sensibleres Riechorgan als ich. Nach Doktor Herkenraths Bad im Teich habe ich keinen Buttergeruch mehr an ihm wahrnehmen können. Aber kaum haben wir die Küche betreten, reckt Frau Zeigler die Nase in die Luft, schnuppert, betrachtet ihn argwöhnisch und fragt: »Kannst du mir mal erklären, warum der Hund so ranzig müffelt?«

Ich bin so perplex, dass ich ein paar Sekunden brauche, um mir eine passende Erklärung zurechtzubasteln.

»Ähm … Caroline und ich haben ödes Ostergebäck für ihre Sekte gebacken. Und dabei ist Doktor Herkenrath … ins Butterfass gefallen.«

»Ins Butterfass?«, wiederholt sie und guckt skeptisch, bevor sie ihre Aufmerksamkeit von Doktor Herkenrath abwendet und *mich* mit einem besorgten Blick taxiert. Offenbar kann man mir meine niedergedrückte Stimmung vom Gesicht ablesen.

»Ich weiß wirklich nicht, ob diese Caroline und ihre freudlose Sekte der richtige Umgang für dich sind, Kind. Du machst einen ganz niedergeschlagenen Eindruck.« Glücklicherweise kennt Frau Zeigler ein Allheilmittel gegen Niedergeschlagenheit. »Komm, setz dich«, sagt sie. »Ich mach dir einen Zimtpfannkuchen!«

Das Irre ist: Frau Zeiglers Zimtpfannkuchen sind so megalecker, dass sie tatsächlich als Stimmungs-Aufheller funktionieren.

»Und?«, fragt sie, nachdem ich das Teil verputzt habe.

»Schon viel besser«, sage ich lächelnd und halte ihr den leeren Teller hin. »Und wissen Sie was: Ich glaube, ein weiterer Pfannkuchen könnte meine gute Stimmung ins Unermessliche steigern.«

Pfannkuchen Nummer zwei verspeise ich vor dem Fernseher – während der arme Doktor Herkenrath von Frau Zeigler in die Badewanne gesteckt und abgeduscht wird. Darauf hat er natürlich überhaupt keine Lust, veranstaltet dementsprechend Theater und jault, als ginge es um sein Leben.

Ich zappe derweil durch die Programme und bleibe bei **SKANDAL!!!** hängen, einem Boulevard-Magazin, das sich darauf spezialisiert hat, den echten oder angeblichen Fehltritten Prominenter nachzuspüren. Normalerweise interessieren mich diese Klatschgeschichten nicht die Bohne, aber gerade als ich in das Programm reinschalte, verkündet eine Moderatorin mit falschem Lächeln: »*Engel oder eiskalte Verbrecherin? Das fragen sich viele, seit Marnie Küster, die Schauspielerin mit dem Engelsgesicht, wegen Mordversuchs an ihrem Mann verhaftet wurde. Nun gibt es neue Erkenntnisse in diesem Fall. Sehen Sie ein Interview, das unsere Außenreporterin Kati Keuken mit Kommissar Valko, dem leitenden Ermittler, führen konnte.*«

Ich seufze tief. Kati Keuken kenne ich. Die forsche blonde Fernsehjournalistin gehört zu den Reportern, die andauernd vor Rorys Agentur rumlungern. Sie ist regelrecht besessen von ihm, rückt dem schüchternen Detektiv bei jeder Gelegenheit auf die Pelle, und ist so penetrant und unverschämt, dass es kaum zu fassen ist. Rory nimmt schon Reißaus, wenn er sie von Weitem erblickt. Weswegen sie nur sehr selten ein Interview mit ihm bekommt und sich stattdessen mit Verlautbarungen der Polizei zufriedengeben muss.

Das Interview mit Kommissar Valko findet im Innenhof des Polizeipräsidiums statt. Er hat sich fürs Fernsehen in Schale geworfen, trägt statt der üblichen Lederjacke ein kariertes Stoff-Jackett und versucht krampfhaft, seinen Bauch einzuziehen.

»*Herr Kommissar, Sie können mit sensationellen Neuigkeiten im Fall Marnie Küster aufwarten*«, leitet Kati Keuken das Interview ein und hält dem Polizisten ihr Mikrofon vors Gesicht.

»*So ist es*«, bestätigt Kommissar Valko stolz, zieht die Nase hoch und verkündet in triumphierendem Tonfall: *»Dank hochprofessioneller polizeilicher Ermittlungsarbeit ist es uns heute gelungen, die Tatwaffe sicherzustellen, mit der Simon Küster niedergeschlagen wurde.«*

Hochprofessionelle Ermittlungsarbeit? Das Ding habt ihr doch nur, weil ein ängstlicher Cockerspaniel in einen Teich geplumpst ist, denke ich.

»Konnten Sie dadurch neue Erkenntnisse gewinnen?«, will die Journalistin wissen.

»Die kriminaltechnische Untersuchung dauert noch an. Der Umstand, dass wir die Tatwaffe auf dem Nachbargrundstück der Küsters gefunden haben, erhärtet meiner Meinung nach aber den Verdacht gegen Marnie Küster. Ich denke, es ist nur noch eine Frage der Zeit, bis wir sie endgültig überführen können«, erklärt Kommissar Valko mit hochzufriedenem Grinsen.

Es ist beinah lustig mit anzusehen, wie er sich mit Anlauf in eine Riesen-Blamage reitet. Wüsste er, was Rory und ich wissen, würde er nicht so einen haltlosen Blödsinn von sich geben.

»Aus gewöhnlich zuverlässiger Quelle habe ich gehört, dass auch Rory Shy, der schüchterne Detektiv, in diesem Fall ermittelt. Können Sie das bestätigen?«, fragt Kati Keuken – woraufhin Kommissar Valko alles aus dem Gesicht fällt.

»Kein Kommentar«, knurrt er schlecht gelaunt, bedenkt die Journalistin mit einem finsteren Blick und vergisst vor lauter Ärger, den Bauch einzuziehen.

Ich falle todmüde ins Bett, werde aber schon um drei Uhr nachts wieder wach – und kann nicht mehr einschlafen. Was daran liegt, dass mir alle möglichen Gedanken zu unserem Fall durch den Kopf spuken, ohne dass es mir gelingt, eine Ordnung in diesen Gedanken-Wirrwarr zu bringen. Könnte jemand ein Foto von meinen Gedanken machen, dann sähen sie momentan so aus wie das Farbwürmer-Geklumpe in der *Galerie Uschberg*.

Eine halbe Stunde lang werfe ich mich von einer Seite auf die andere und versuche verzweifelt, wieder in den Schlaf zu finden – dann gebe ich es auf, schwinge mich aus dem Bett und husche barfuß und im Pyjama zu meinem Schreibtisch hinüber.

Doktor Herkenrath hat keine Schlafprobleme. Er liegt frisch geduscht am Fußende meiner Matratze und schnarcht selig.

Wenn man Ordnung in seine Gedanken bringen will, hilft es, sie auszusprechen – oder sie aufzuschreiben. Ich klappe meinen Laptop auf und öffne das Schreibprogramm.

Aber womit fange ich an? Nach kurzem Überlegen setze ich ein fett gedrucktes »**Offene Fragen**« an den Beginn des Dokuments.

1. Wie konnte der Eindringling ins Haus gelangen, ohne den Alarm auszulösen?
2. Was war sein Motiv? Der Diebstahl der *Roten Libelle*? Oder wollte er Simon Küster ermorden und mit dem Diebstahl nur

von seinem Motiv ablenken? Und wenn ja – welches Motiv war das?

3. Was hat es mit der unvollständigen internationalen Telefonnummer (004X44253X8X) auf sich, die Rory vor seinem inneren Auge gesehen hat, als er das Buch über Kreyski berührt hat?
4. Warum kam dieser Hinweis von dem Buch über Kreyski und nicht von dem Buch über Stanislaus Pomerovski, dem Maler der *Roten Libelle* – was doch viel logischer gewesen wäre?
5. Was bedeuten die Bilder, die durch das Berühren der Tatwaffe bei Rory ausgelöst wurden: der Kofferraum und der Gegenstand, der von einem Paar Hände einem anderen Paar Hände übergeben wurde? Hat der Detektiv die Übergabe des Diebesguts gesehen?

Als ich die Liste meiner Fragen noch einmal durchgehe, wird mir klar, dass die Antwort auf Frage eins eigentlich nur lauten kann: Der Eindringling hatte einen Schlüssel und kannte den Code der Alarmanlage. Und was die Telefonnummer angeht: Solange wir die vierte Ziffer nicht kennen, wissen wir nicht einmal, um welches Land es sich handelt. Es könnte die 004**3** für Österreich, aber beispielsweise auch die 004**6** für Schweden sein. Müßig, darüber zu spekulieren.

Sinnvoller wäre es zunächst mal, eine Liste der Verdächtigen zu erstellen. Sucht man in einem Kreis von Verdächtigen nach dem Übeltäter, sollte man sich immer drei entscheidende Fragen stellen: Wer hatte ein Motiv, die Tat zu begehen? Wer hatte die Gelegenheit dazu? Wer hatte die Mittel?

Über die letzte Frage muss ich mir in diesem Fall keine Gedanken machen: Der Täter (oder die Täterin) hat kein Mittel (sprich: keine Tatwaffe) mitbringen müssen, sondern eine von Simons Bronze-Statuetten benutzt.

Was zweierlei bedeuten kann: Entweder der Schlag auf den Kopf war nicht geplant und der Täter hat einfach nach dem nächstbesten Gegenstand gegriffen, als Simon ihn überrascht hat. Oder – der Täter hat sich während des abendlichen Umtrunks schon danach umgesehen, ob es einen Gegenstand im Haus gibt, den er als Tatwaffe nutzen könnte. Wer keine Tatwaffe mitbringen muss, vermeidet es, eine Spur zu sich zu legen. Aber um es mal auf den Punkt zu bringen: Jeder der Gäste hätte mit der Bronze-Statuette ein Mittel zur Tat gehabt.

Also sollte ich mich bei der Liste der Verdächtigen auf die Fragen nach Motiv und Gelegenheit konzentrieren. Und außerdem darauf, wie es mit ihren Alibis für die Tatzeit aussieht. Dann mal los!

1. Paola Küster

Mögliches Motiv: braucht dringend Geld und hätte geerbt, wenn ihr Vater bei dem Angriff ums Leben gekommen wäre.

Gelegenheit: hat Schlüssel fürs Haus und kennt den Code der Alarmanlage.

Alibi: will alleine durch die Stadt gelaufen sein und später zu Hause an Graphic Novel gearbeitet haben: nicht nachprüfbar.

2. **Oliver Lorenz**

   Mögliches Motiv: wollte *Die Rote Libelle* in seinen Besitz bringen. War wütend auf Simon, weil der ihm das Gemälde vor der Nase weggeschnappt hatte.

   Gelegenheit:?

   Alibi: behauptet, mit Taxi nach Hause gefahren zu sein (Angabe muss noch überprüft werden)

3. **Hilko Uschberg**

   Mögliches Motiv:?

   Gelegenheit:?

   Alibi: behauptet, mit Bahn nach Hause gefahren zu sein (nicht nachprüfbar)

4. **Sonja von Dorn**

   Mögliches Motiv:?

   Gelegenheit: hat Schlüssel zum Haus, behauptet aber, den Code der Alarmanlage nicht zu kennen

   Alibi: schlief alleine in ihrem Zimmer (nicht nachprüfbar)

5. **Nils von Dorn**

   Mögliches Motiv:?

   Gelegenheit:?

Alibi: behauptet, zur Zeit des Einbruchs draußen vor seinem Haus gewesen zu sein und den flüchtenden Einbrecher gesehen zu haben (nicht nachprüfbar)

Anschließend notiere ich die zeitliche Abfolge, in der die Gäste das Haus der Küsters verlassen haben: Als Erste ging Paola Küster, dann Hilko Uschberg, dann Oliver Lorenz und schließlich die von Dorns.

Gibt es Unterschiede in ihren Aussagen über den Verlauf des Abends? Kaum. Nur darüber, wie sie die Ereignisse bewerten. So haben Hilko Uschberg, Nils von Dorn und Oliver Lorenz den Streit zwischen den Küsters weitaus weniger dramatisch erlebt als Sonja von Dorn. Oliver Lorenz hat behauptet, wegen des Gemäldes nur ein wenig verstimmt gewesen zu sein, auf die anderen hat er aber extrem verärgert gewirkt. Worin sich alle einig waren, war der Umstand, dass Simon Küster ganz ungewöhnlich gute Laune hatte. Was wohl nicht nur an seiner Freude über den Erwerb des Gemäldes lag. Fast alle Gäste haben auch erzählt, dass Simon voller Stolz darüber gesprochen hat, dass sich ein Kunstexperte seine Sammlung ansehen wollte …

In diesem Moment ist es, als würde ich irgendwo in meinem Hinterkopf ein leises Glöckchen klingeln hören: Als wir Marnie Küster im Gefängnis befragt haben, hat sie auch von diesem Kunstexperten gesprochen. Aber nicht nur von einem Kunstexperten, sondern … *»Simon war ausgesprochen glücklich über* *den Erwerb der Roten Libelle. Und sehr stolz darauf, dass ein bekannter Kunstexperte aus der Schweiz Kontakt mit ihm aufgenommen und darum gebeten hatte, sich seine Sammlung einmal ansehen zu dürfen.«*

»Aus der **Schweiz!** Kunstexperte aus der **Schweiz**«, wispere ich aufgeregt – und sehe mir die geheimnisvolle Telefonnummer noch einmal an: 004X44253X8X.

Hastig gebe ich *internationale Vorwahl Schweiz* in die Suchmaschine ein. Ergebnis: 0041. Jede Wette, dass die fehlende vierte Ziffer eine 1 ist. Und 004144 ist die internationale Vorwahl von Zürich, wie ich nach einer weiteren schnellen Recherche herausfinde. Das kann kein Zufall sein. Die unvollständige Telefonnummer, die Rory gesehen hat, ist die Nummer dieses Kunstexperten aus Zürich, der Kontakt mit Simon aufgenommen hatte. Und der könnte eine viel größere Rolle bei dem Rätsel um die *Rote Libelle* spielen, als uns bisher bewusst war!

Ich schlafe nur wenige Stunden. Schon um halb sieben bin ich wieder auf den Beinen. Am liebsten würde ich mich sofort auf den Weg zu Rory machen, um ihm von meiner Entdeckung mit dem Schweizer Kunstexperten zu berichten. Das könnte eine vielversprechende Spur sein. Ich würde einiges dafür geben zu hören, was der Mann uns zu erzählen hat. Wofür wir natürlich zuerst mal die zwei noch immer fehlenden Ziffern der Telefonnummer herausbekommen müssen. Vielleicht sollte der Detektiv auch in diesem Fall einfach mal an dem Buch lecken – selbst wenn mir bei der Vorstellung daran die Lust auf meinen Morgen-Kakao vergeht.

Aber noch ist es definitiv zu früh. Ich bin mit Rory erst um neun verabredet. Schüchterne finden Menschen, die sich verspäten, unhöflich. Menschen, die viel zu früh zu einer Verabredung erscheinen, aber auch. Wohl oder übel muss ich mich noch ein wenig gedulden. Warum nutze ich also die Zeit nicht, um etwas zu tun, das sowieso erledigt werden muss: die Angaben von Oliver Lorenz bezüglich seiner Taxifahrt überprüfen. Und ich weiß auch schon wie!

Lässt man Fisch einen Tag lang liegen, beginnt er gammelig zu riechen. Was für Ausreden glücklicherweise nicht gilt. Da tut es auch ein Schwindel aus der Konserve. Hauptsache, man ist auf Nachfragen vorbereitet.

Als ich Frau Zeigler die Geschichte auftische, die ich eigentlich schon gestern anbringen wollte, guckt sie skeptisch.

»Dornenkronen basteln? Für ein Passionsspiel?«, fragt sie zweifelnd. »Wieso denn Krone**n**? In der Mehrzahl? Da braucht es doch nur eine Dornenkrone, oder?«

»Wir basteln zwei. Für den Fall, dass eine bei den Proben kaputtgeht«, schwindle ich routiniert.

»Und deine Freundin Caroline spielt bei diesem Passionsspiel mit, oder was?«

»Nein. Da gibt es ja nicht besonders viele Frauenrollen. Aber ihr Vater ist Judas.«

»So?«, macht Frau Zeigler. »Na dann ... pass auf, dass du dich beim Basteln nicht verletzt. Und halte den Hund von den Dornen fern.«

»Um Dornen musst du dir keine Gedanken machen. Aber fernhalten wirst du dich heute trotzdem. Und zwar von allem! Besonders von teuren Kunstwerken, Butterschmalz und Fischteichen«, ermahne ich Doktor Herkenrath, während wir die Kastanienallee entlang in Richtung Boringer Platz spazieren. Er schielt beschämt und gibt ein reuiges Fiepen von sich – was wohl seine Art ist, Besserung zu geloben.

Direkt am Boringer Platz findet man das *Café Puderzucker*, in dem es die leckersten Waffeln und Windbeutel der Stadt gibt. Doro Puderzucker, die Besitzerin des Cafés, hat knallrot gefärbte Dreadlocks, spielt hobbymäßig Bass in einer Punk-Rock-Band und ist außerdem die beste Freundin von Mama. Zu dieser frühen Stunde ist das *Puderzucker* eigentlich noch geschlossen, aber als ich an die Tür klopfe, öffnet Doro und begrüßt mich lächelnd.

»Hallo, Matilda. Was treibt dich denn so zeitig am Tag hierher? Heißhunger auf einen Windbeutel?«

»Danke. Für einen Windbeutel ist es noch ein bisschen früh. Aber ich hätte da ein Anliegen.«

»So?«, macht Doro und zieht die Augenbrauen hoch. »Das da wäre?«

»Arbeitet dein jüngerer Bruder nicht in der Taxi-Zentrale?«, frage ich in unschuldigem Ton.

»Ja. Wieso?«

»Meinst du, er könnte eventuell herausfinden, ob am Sonntagabend eine Taxe einen Fahrgast am Maria-Kron-Weg 42 abgeholt hat? Und wohin sie ihn gebracht hat? Und ob es von dort aus später noch mal eine Fahrt zurück zum Maria-Kron-Weg gab? Der Fahrgast war ein Promi. Oliver Lorenz.«

»Oliver Lorenz? Von den *Mörderischen Ehefrauen*? Ähm, was geht denn hier gerade ab, Matilda? Spielst du etwa mal wieder Amateurdetektivin?«, fragt Doro argwöhnisch.

Sie weiß, dass ich mich gerne als Hobby-Ermittlerin in der Nachbarschaft betätige, hat aber natürlich keine Ahnung, dass ich mit dem schüchternen Detektiv echte Verbrecher jage. Doro hat Rory und mich sogar mal zusammen gesehen, denkt aber, das wäre ein Treffen zwischen einem Fan und seinem großen Detektiv-Idol gewesen. Sie hat keinen Schimmer davon, dass ich gemeinsam mit ihm ermittle. Und das soll auch schön so bleiben. Wenn Doro es erst mal weiß, weiß Mama es auch bald. Und dann hat es sich mit der Detektivarbeit.

»Ja«, mache ich in einem *Du hast mich ertappt*-Tonfall. »Ich ermittle mal wieder. Wegen, äh, Rhabarber-Diebstahl. Im Garten von Frau von Hakkefress.«

»Du glaubst, Oliver Lorenz klaut Rhabarber?«

»Äh, nein. Er ist nicht verdächtig. Aber er ist vielleicht ein Zeuge. Deswegen muss ich das mit dem Taxi wissen. Denkst du, dein Bruder kann mir weiterhelfen?«

»Ich weiß nicht, Matilda. Es gibt so was wie Datenschutz. Und zwar aus gutem Grund.«

»Stimmt völlig«, pflichte ich ihr bei. »Aber in dem Fall bleibt es ja unser kleines Geheimnis.«

»Na gut. Ich sehe mal, was sich machen lässt.«

Sie greift nach ihrem Handy, spricht mit ihrem Bruder – und keine fünf Minuten später bekomme ich alle Informationen, die ich brauche.

»Ich musste meinem Bruder drei Gratis-Waffeln mit Puderzucker dafür versprechen«, seufzt sie. »Also – es gab am Sonntagabend tatsächlich eine Taxifahrt vom Maria-Kron-Weg. Die Fahrerin konnte sich gut daran erinnern. Weil sie ein Fan der *Mörderischen Ehefrauen* ist und es toll fand, Oliver Lorenz als Fahrgast zu haben. Sie hat ihn bei sich zu Hause abgesetzt. Eine spätere Fahrt von dort aus gab es laut den Aufzeichnungen der Taxi-Zentrale nicht. – Und das hilft dir jetzt wirklich dabei, den Diebstahl von Rhabarber aufzuklären?«

»Ja. Ganz ungemein sogar«, versichere ich ihr. »Vielen Dank, Doro.«

»Nicht der Rede wert. Vielleicht doch einen Gratis-Windbeutel zum Mitnehmen?«

»Danke, nein. Aber wenn du vielleicht ein paar Rosinenmürbchen übrig hättest?«

Es ist gerade mal halb acht. Noch immer viel zu früh, um bei Rory aufzutauchen.

Ach, was soll's, sage ich mir, marschiere mit Doktor Herkenrath zur Straßenbahnhaltestelle und steige in die nächste Bahn. Wenn man auf eine Spur gestoßen ist, die einen Fall völlig umkrempeln könnte, kann man auch schon mal früher als verabredet auftauchen.

Das mit der Pünktlichkeit der Schüchternen ist für mich sowieso ein Buch mit sieben Siegeln. Auch wenn Rory schon mehrfach versucht hat, es mir zu erläutern. Das Ganze ist schwieriger zu durchschauen als die Etikette an irgendeinem Königshof: Zu spät zu kommen, ist für Schüchterne eine Unhöflichkeit ersten Grades. Viel zu früh zu erscheinen, ist nicht ganz so schlimm, aber immer noch schlimm genug, um eine Unhöflichkeit zweiten Grades zu sein. Genau zur verabredeten Zeit in der Tür zu stehen, ist im schüchternen Pünktlichkeits-System zwar akzeptabel – aber wirklich höflich und respektvoll ist es, *ein ganz klein wenig zu früh* einzutreffen. Wobei ein *ganz klein wenig* alles zwischen einer und fünfzehn Minuten sein kann. Ab hier wird es richtig kompliziert. Wann welche *Ver-*

frühung angemessen ist, hängt laut Rory nämlich vom Anlass und den näheren Umständen ab. »Bei einer Opernaufführung sollte man fünfzehn Minuten vor Beginn erscheinen«, hat er mir allen Ernstes erklärt. »Zur Beerdigung eines Verwandten findet man sich zehn Minuten zu früh ein. Bei einem entfernten Verwandten reichen auch acht Minuten. Für einen privaten Freundschaftsbesuch sind fünf Minuten höflicher Verfrühung angemessen. Und bei einem Arzttermin reicht es, wenn man eine Minute vorher da ist.« An dieser Stelle seiner Ausführungen ist er blass geworden (nach unserem Erlebnis im Krankenhaus weiß ich auch wieso) und hat schüchtern hinzugefügt: »Oder man, ähm, sagt den Termin einfach ab. Natürlich früh genug.«

~ 13 ~

Schüchterne Eifersucht

Aufmerksame Leser von Detektivgeschichten wissen, dass Miss Marple im beschaulichen Dörfchen St. Mary Mead lebt, und jeder Rory-Fan kennt die Adresse des schüchternen Detektivs: Sailenzer Straße 11.

Zu dieser morgendlichen Stunde hängen erfreulicherweise noch keine Fans in der Nähe von Rorys Grundstück rum, aber vor dem Haus mit der grünen Eingangstür hat sich ein Kamerateam positioniert. Angeführt wird das Team von der unvermeidlichen Kati Keuken, die sich wahrscheinlich Informationen darüber erhofft, ob Rory tatsächlich im Fall Simon Küster ermittelt.

Ich biege kurzerhand in eine schmale Seitengasse, nehme die üblichen Schleichwege, betrete das Haus durch den Hintereingang, steige die Stufen zum ersten Stock hoch und klopfe an die Wohnungstür.

»Rory? Wir sind es: Matilda und Doktor Herkenrath.«

In der Wohnung rührt sich nichts. Ich frage mich, ob der

Detektiv vor Schreck über mein zu frühes Erscheinen in eine Schüchternheits-Schockstarre gefallen ist.

»Rory? Machen Sie auf. Ich habe was rausgefunden.«

Ich höre zögerliche Schritte (natürlich in schleichendem Ballen-Gang), dann öffnet sich die Tür einen Spaltbreit. Und in diesem Spalt erscheint das Gesicht des Detektivs. Er sieht noch reichlich verschlafen aus, die Haare stehen ihm in allen Richtungen vom Kopf.

»Ähm, Matilda? Waren wir nicht erst um neun verabredet? Ich möchte natürlich nicht, *räusper,* unhöflich sein, aber es ist gerade einmal, öhm, acht. Und ich bin auch noch gar nicht …«

»Es gibt Neuigkeiten. Und Neuigkeiten erfährt man besser zu früh als zu spät«, erkläre ich, schiebe die Tür einfach auf und spaziere an dem Detektiv vorbei in den Flur.

»Tja, dann, äh, komm doch bitte herein«, nuschelt er überrumpelt.

»Bin ich ja schon«, sage ich und betrachte Rory grinsend. Wenn man jemanden nur mit akkurat gezogenem Scheitel, Hemd, Krawatte und blank polierten Schuhen kennt, und der steht plötzlich barfuß, mit durcheinandergewuselten Haaren und in einem Pyjama vor einem, kann man schon mal ins Grinsen geraten. Vor allem wenn der Pyjama himmelblau und mit weißen Kaninchen bedruckt ist. Wo weiße Kaninchen auftauchen, hat Charlotte Sprudel die Hand im Spiel. Ich wette, den Schlafanzug hat sie ihm geschenkt.

Doktor Herkenrath wird unvermittelt von einem Energieschub erfasst, rast in die Küche und bellt freudig. Natürlich weil er Charlotte gewittert hat.

Sie sitzt am Küchentisch, schlürft an einer Tasse dünnen Kaffee und trägt ebenfalls einen Pyjama mit Kaninchenmuster. Nur dass ihrer rot ist. »Hallo, Matilda«, begrüßt sie mich verlegen.

»Ich habe uns Rosinenmürbchen mitgebracht«, verkünde ich, lege die Brötchentüte auf den Tisch und nehme Marmelade und Margarine aus dem Kühlschrank.

Schon seltsam, denke ich, während ich mein Mürbchen aufschneide. Da besitzt Charlotte eine geerbte Villa, die so viele Zimmer hat, dass man sich verlaufen kann, aber statt dass der Detektiv und sie ihre Freizeit dort verbringen, halten sie sich viel lieber in Rorys winziger Dreizimmerwohnung auf. Merke: Schüchterne mögen es eine Nummer kleiner.

»Und, äh, welche Neuigkeit ist nun so dringend?«, fragt der Detektiv, während er Marmelade auf sein Rosinenmürbchen schmiert.

»Zunächst mal«, antworte ich mit vollem Mund. »Ich habe die Aussage von Oliver Lorenz überprüft. Er sagt die Wahrheit: Er ist mit einem Taxi von den Küsters nach Hause gefahren.«

»Tja, äh … Vielen Dank, Matilda. Aber denkst du nicht, das hätte bis neun Uhr …?«

»Der echte Knüller kommt erst noch«, verkünde ich. »Sie wissen doch sicher noch, dass alle über Simons unnatürlich gute

Laune gesprochen haben? Weil ein Kunstexperte sich seine Sammlung ansehen wollte?«

»Äh … ja.«

Ich erzähle Rory und Charlotte, wie ich mich daran erinnert habe, dass Marnie Küster von einem *Schweizer Kunstexperten* gesprochen hat, und wie ich daraufhin eine Verbindung zu der lückenhaften Telefonnummer gezogen habe.

»Die Nummer ist vor Ihrem inneren Auge erschienen, als Sie das Kreyski-Buch betastet haben. Das bedeutet, sie muss irgendetwas mit dem Angriff auf Simon Küster zu tun haben. Und dieser Kunstexperte aus Zürich kann uns womöglich mehr dazu erzählen. Sie müssen nur noch die fehlenden zwei Ziffern herausbekommen. Haben Sie nicht gesagt, dass Ihnen das gelingen könnte, wenn Sie etwas mehr Ruhe haben?«

Rory wirkt einen Moment lang völlig baff, dann murmelt er beeindruckt: »Das ist … das ist wirklich ausgesprochen gute Arbeit, Matilda.« Er springt wie elektrisiert auf, läuft in sein Büro hinüber und kommt kurz darauf mit dem Buch zurück, das er aus Simon Küsters Arbeitszimmer mitgenommen hat.

K. Toenz – Das Phänomen Kreyski prangen Autorenname und Titel in dicken Lettern auf dem Cover.

Der Detektiv legt das Buch vor sich auf den Tisch, schließt die Augen und konzentriert sich. Ich hatte ja bereits erwähnt, dass nur zwei Menschen auf der Welt seine geheime Methode kennen. Der eine Mensch bin ich, der andere ist Charlotte. Als sie und Rory zusammenkamen, hat er ihr natürlich auch von seiner besonderen Fähigkeit erzählt.

Vorsichtig fährt der schüchterne Detektiv mit seinen Fingern über den Buchdeckel. In diesen Momenten darf er unter keinen Umständen abgelenkt werden. Charlotte und ich wagen es kaum zu atmen, sogar Doktor Herkenrath hechelt nur ganz leise.

Aber nach drei Minuten öffnet Rory die Augen und schüttelt resigniert den Kopf. »Ich sehe die Nummer vor mir«, erklärt er. »Aber die zehnte und die zwölfte Ziffer kann ich nach wie vor nicht erkennen.«

»Vielleicht sollten Sie mal … Sie wissen schon.«

»Ähm, ja. Mir bleibt wahrscheinlich nichts anderes übrig«, seufzt er mit betrübtem Blick – nimmt das Buch in beide Hände, hält es sich vors Gesicht und fährt bedächtig mit der Zunge über das Cover. Charlotte und ich tauschen einen kurzen Blick und verziehen die Gesichter.

Man hat es nicht einfach als schüchterner Detektiv. Um an Informationen zu kommen, war Rory schon häufig gezwungen, an Gegenständen zu lecken. Und nicht bloß an Bronze-Statuetten und Büchern. Sondern auch schon an Treppengeländern, Türrahmen, einer Bade-Ente, einer Hundehütte, einer Bowling-Kugel, einer Fahrradkette und noch so einigem mehr. Schön sieht das nur selten aus.

Nachdem der Detektiv mehrmals mit der Zunge über Cover

und Buchrücken gefahren ist, verharrt er plötzlich stocksteif und sagt mit zitternder Stimme: »Drei! Die fehlende zehnte Ziffer ist die Drei. Aber die letzte Ziffer kann ich noch immer nicht erkennen. Vielleicht ... sollte ich es später noch einmal versuchen. Wenn das Buch ein wenig, ähm, getrocknet ist.«

»Sie müssen Ihre Zunge nicht noch mal bemühen. Die fehlende Ziffer rauszukriegen, ist doch jetzt kein Problem mehr«, entgegne ich freudig und lese die Telefonnummer – soweit wir sie entschlüsseln konnten – laut vor: »0041 44 25 338X. Die letzte fehlende Zahl kann ja nur irgendeine Ziffer zwischen 0 und 9 sein. Es gibt also höchstens zehn Möglichkeiten. – Die telefoniere ich jetzt einfach mal durch.«

Ich laufe ins Büro hinüber, schnappe mir Rorys Telefon (einen uralten Apparat mit Wählscheibe und einem ewig langen Kabel), sprinte damit zurück in die Küche und starte meine Telefon-Ermittlung. Rory und Charlotte beobachten mich mit gespannten Gesichtern. Doktor Herkenrath interessiert die Ermittlung nur am Rande. Er hat es sich auf Charlottes Schoß bequem gemacht und schielt sie hingebungsvoll an.

Bei den ersten beiden Versuchen gerate ich an Anrufbeantworter. Als ich eine 2 am Ende der Nummer wähle, meldet sich ein Herr Zwingli, der sehr nett und höflich ist, aber in seinem ganzen Leben noch nie von Simon Küster gehört hat. Er ist auch kein Kunstexperte, sondern stellvertretender Direktor der Züricher Stadtreinigung – wofür er sich gleich mehrfach entschuldigt. *»Ich bedauere es außerordentlich, Ihnen nicht weiterhelfen zu können, junge Frau.«*

Beim nächsten und übernächsten Versuch mache ich die telefonische Bekanntschaft von Herrn Rietmüller und Frau Suter. Herr Rietmüller ist Buchhalter, Frau Suter besitzt eine Confiserie in der Züricher Innenstadt. Mit Kunst haben beide nichts am Hut, sind aber auch bemerkenswert zuvorkommend und bemüht.

»Züricher scheinen ein höflicher Menschenschlag zu sein. Klingt nach einem interessanten Reiseziel für Schüchterne«, befinde ich und schlage Rory und Charlotte vor: »Schon mal über einen Urlaub in der Schweiz nachgedacht?«

»Hi, hi«, macht Rory pflichtschuldig. »Ähm, könntest du vielleicht ...?«

»Ja, ja. Schon gut.« Ich wähle die Nummer mit einer 5 am Ende und habe eine ältere Dame an der Strippe, die auch sehr höflich zu sein scheint. Mit Sicherheit kann ich das nicht sagen, weil ich ihr ausgeprägtes Schwyzerdütsch leider kaum verstehe.

Und ... nächster Versuch. Diesmal mit einer 6 am Ende.

»Toenz«, meldet sich eine Männerstimme.

Mir stockt der Atem und ich blicke zu der (etwas feucht glänzenden) Kreyski-Biografie auf dem Küchentisch. *Toenz* ist auch der Name des Buchautors.

»Sind Sie Kunstexperte? Und haben Sie ein Buch über Kreyski geschrieben?«, platzt es aus mir raus, während Rory und Charlotte aufhorchen und die Ohren spitzen.

»Ja, das ist korrekt. Aber darf ich fragen, mit wem ich spreche? Und worum es geht?«

»Oh, entschuldigen Sie«, haspele ich. »Jetzt habe ich vor lauter Aufregung vergessen, mich vorzustellen. Mein Name ist Matilda Bond. Ich bin eine Mitarbeiterin von Rory Shy. Er ist in Deutschland ein sehr berühmter Detektiv. Wir hoffen, dass Sie uns bei einer Ermittlung behilflich sein können.«

»Rory Shy? Der schüchterne Detektiv?«, schallt es mir freudig aus dem Hörer entgegen. »Er ist nicht nur in Deutschland berühmt, junge Frau. Auch in der Schweiz ist er wohlbekannt. Und wegen seiner legendären Höflichkeit sehr beliebt. Ich verfolge – wenn ich das an dieser Stelle einmal gestehen darf – seine ungemein spannenden Fälle mit höchstem Interesse. Hier bei uns ist es ja doch sehr beschaulich, es gibt kaum Verbrechen. Abgesehen von Bankenkriminalität, natürlich. – Und jetzt soll ich dem schüchternen Detektiv behilflich sein, einen Spitzbuben zu erhaschen? Es ist mir eine Ehre. Was kann ich denn für Sie tun?«

»Kennen Sie einen Simon Küster?«, frage ich.

»Den Kunstsammler? Nun … *kennen* wäre etwas zu viel gesagt«, antwortet Herr Toenz. »Wir haben einmal miteinander telefoniert. Am vergangenen Sonntag. Es muss gegen vier am Nachmittag gewesen sein.«

»Sie haben ihn angerufen und gefragt, ob Sie sich seine Sammlung ansehen könnten, nicht wahr?«

»Äh, nein. Das ist so nicht korrekt«, sagt der Kunstexperte und wirkt ein wenig irritiert. »Nicht ich habe Herrn Küster kontaktiert. *Er* hat *mich* angerufen. Weil ihn etwas sehr beschäftigt hat und er dazu meine professionelle Meinung hören wollte.«

»Was?« Einen Moment lang bin ich völlig verwirrt und blicke fragend zu Rory – der genauso verdutzt dreinsieht wie ich. Hat Simon Küster nicht allen erzählt, der Kunstexperte hätte ihn angerufen? So oft, bis es seinen Gästen beinah zu den Ohren rauskam? Aus welchem Grund sollte er gelogen haben?

»Und was war das für eine Sache, die ihn so beschäftigt hat?«, frage ich mit vor Neugier bebender Stimme.

»Das kann ich Ihnen leider nicht sagen«, entgegnet Herr Toenz in bedauerndem Tonfall. »Herr Küster tat diesbezüglich sehr geheimnisvoll. Er sagte, es sei notwendig, dass ich mir die Sammlung vor Ort ansähe. Die Geschichte machte zugegebenermaßen einen etwas merkwürdigen Eindruck auf mich. Aber ich hatte tatsächlich schon von Herrn Küsters Sammlung gehört und war neugierig darauf, sie zu sehen. Also habe ich zugestimmt. Herr Küster hat versprochen, sich um meine Reisebuchung und die Hotelunterkunft zu kümmern, und wir haben vereinbart, dass er sich am folgenden Montagmorgen noch einmal meldet, um Einzelheiten mit mir zu besprechen. Das hat er aber bedauerlicherweise nicht getan. – Ihm ist doch hoffentlich nichts zugestoßen?«

»Leider doch. Aus seiner Sammlung wurde ein Gemälde gestohlen und dabei …« Ich schildere ihm den Fall in groben Zügen.

»Das ist ja entsetzlich«, murmelt der Kunstexperte. »Aber leider weiß ich nicht, wie ich Ihnen da helfen …«

»Als Sie mit Simon Küster telefoniert haben, in welcher Stimmung war er?«

»In welcher Stimmung? Merkwürdig, dass Sie danach fragen, denn mir fiel auf, dass er sehr sonniger Laune war. Beinah überschwänglich. Aber ich dachte mir: Vielleicht ist das in Deutschland ganz normal. Hier in der Schweiz neigen wir nicht zum Überschwang.«

Überrascht sehe ich, dass Rory mir Zeichen macht, ihm den Hörer zu geben. »Ich … ich reiche Sie mal weiter, Herr Toenz.«

»Grüezi, Herr, äh, Toenz. Hier ist Rory, öhm, Shy.«

»Grüezi. Der schüchterne Detektiv persönlich. Was für eine Freude!«, entfährt es dem Schweizer Experten – und zwar äußerst überschwänglich. »Ich hoffe sehr, dass Sie eines Tages einmal ein Fall zu uns ins schöne Zürich führt.«

»Ja, das wäre … Äh, ja …«, stammelt Rory. »Es tut mir sehr leid, dass wir Ihre wertvolle Zeit beanspruchen müssen, aber ich hätte da noch eine kleine … Also nur, wenn Sie es nicht eilig …«

»Fragen Sie nur, Herr Shy. Frischauf und wohlgemut.«

»Können Sie sich erklären, warum sich Simon Küster gerade an Sie gewandt hat, Herr Toenz?«

»Nun, ich will nicht unbescheiden erscheinen, aber ich habe einen gewissen Ruf als Experte für moderne Kunst. Außerdem erwähnte Herr Küster in unserem Gespräch, dass er mein Buch über Kreyski gelesen hätte.«

»Bei dem Gemälde, das gestohlen wurde, handelt es sich um, äh, um *Die Rote Libelle* von Stanislaus Pomerovski«, erklärt Rory. »Simon Küster hatte es erst kurz vor dem Diebstahl erworben. Wäre es möglich, dass er sich von Ihnen, öhm, Informationen zu diesem Bild erhofft hat?«

»Nun ja, Herr Küster kannte wie gesagt mein Buch über Kreyski. Und einige Abschnitte darin setzen sich auch mit dem Schaffen von Pomerovski auseinander. Weil er eines der künstlerischen Vorbilder für Kreyski war. Wer sich mit Kreyski beschäftigt, der kommt an Pomerovski nicht vorbei. Vielleicht hat sich Herr Küster erhofft, von mir noch mehr über ihn und seine Maltechnik zu erfahren. Oder über das Konzept, das hinter seiner Kunst stand. Aber mit Bestimmtheit kann ich es leider nicht sagen. Das ist alles nur Spekulation.«

Nachdem Rory sich unter zahlreichen Dankesbekundungen und mannigfachen Räusperern von dem Experten verabschiedet hat, legt er den Hörer auf und starrt nachdenklich vor sich hin.

»Warum hat Simon Küster Herrn Toenz angerufen? Aus welchem Grund sollte sich dieser die Sammlung ansehen?«, murmelt er. »Und warum hat Simon Küster allen anderen – einschließlich seiner Frau – erzählt, dass der Experte *ihn* kontaktiert hätte?«

»Also, wenn Sie mich fragen: Einen Experten braucht man vor allem dann, wenn man wissen will, ob ein Bild echt oder falsch ist«, verkünde ich nach kurzem Nachdenken. »Vielleicht hatte Simon Küster den Verdacht, dass Hilko Uschberg ihm – wissentlich oder unwissentlich – eine Fälschung verkauft hatte.«

»Das war auch mein erster Gedanke«, sagt Rory nickend. »Aber dazu passt alles andere nicht: Würde ich vermuten, jemand hätte mir für vierzigtausend Euro eine Fälschung verkauft, dann wäre ich doch wütend. Oder wenigstens ärgerlich. Aber Simon Küster hatte nach Aussage aller Beteiligten auffallend gute Laune. *Aufgekratzt und überschwänglich.* Sowohl während des Telefonats mit Herrn Toenz als auch abends bei dem Umtrunk mit seinen Gästen. Und hätte er Hilko Uschberg verdächtigt, ihm eine Fälschung verkauft zu haben, hätte er ihn ganz bestimmt nicht zu dem Umtrunk eingeladen. Wenn, äh, wenn ich argwöhne, jemand hätte mir eine Fälschung angedreht, dann gehe ich zur Polizei und zeige ihn an. Oder stelle ihn wenigstens zur Rede. Also … vielleicht nicht ich persönlich. Aber jemand, der weniger schüchtern ist als ich. Und ganz bestimmt lade ich ihn nicht auf Käse und Wein ein.«

Das, was Rory da ins Feld führt, ist leider erschreckend schlüssig – und entzaubert meine superschlaue Theorie von der Fälschung im Handumdrehen. Wäre ja auch zu schön gewesen.

»Aber wenn es nicht um echt oder falsch ging, was wollte Simon Küster dann von dem Experten?«, frage ich.

»Marmelade«, sagt Charlotte leise.

»Was?«, entfährt es Rory und mir gleichzeitig.

»Ähm, Marmelade. Du hast ... Marmelade am Kinn, Rory. Und auf deiner ... Stirn. Wollte ich dir nur sagen.«

»Oh, ähm, äh ... danke, Charlotte«, stammelte der Detektiv, läuft rot an und wischt hektisch an seinem Kinn rum. »Ich müsste dann auch mal ... ins Bad.«

Während Rory unter der Dusche steht, grübele ich weiter darüber nach, was sich Simon Küster vom Besuch des Kunstexperten erhofft haben könnte.

Was macht ein Dieb mit einem Gemälde wie der *Roten Libelle*, nachdem er es gestohlen hat?, frage ich mich. Bei einer Auktion oder im seriösen Kunsthandel kann man ein Werk, von dem jeder weiß, dass es gestohlen wurde, nicht verkaufen. Der Einbrecher könnte es sich also nur zu Hause an die Wand hängen und bestaunen. Doch wer macht so was schon? Höchstens jemand, der auch Kunstliebhaber ist – was einen natürlich sofort an Oliver Lorenz denken lässt. Möglicherweise versucht der Dieb aber auch, das Kunstwerk unter der Hand zu verkaufen. Wie geht so was vonstatten? Vielleicht kann Hilko Uschberg mir dazu etwas erzählen. Ich nehme mein Smartphone und wähle seine Nummer – nach dem dritten Klingeln geht er ran.

»Oh, guten Tag, Frau Bond«, meldet er sich. »Gibt es … gibt es Neuigkeiten in dem Fall?«

»Nein, leider nicht«, entgegne ich. »Aber ich hätte da mal eine Frage: Wenn die *Rote Libelle* zum Kauf angeboten würde – würden Sie als Kunsthändler davon etwas mitbekommen?«

»Natürlich halte ich diesbezüglich Augen und Ohren auf«, erklärt er. »Aber es ist eher unwahrscheinlich, dass ich davon erfahre. So etwas läuft am offiziellen Kunsthandel vorbei.« Im Anschluss hält er mir einen längeren Vortrag über den Handel mit gestohlenen Kunstwerken. Natürlich wieder in rasantem Sprechtempo. »Es gibt einen riesigen Schwarzmarkt für den Handel mit gestohlener Kunst. Einige Kunstsammler sind so verrückt nach bestimmten Bildern, dass sie diese auch kaufen, wenn sie wissen, dass sie gestohlen sind. Die Gemälde verschwinden dann für immer in irgendeiner Privatsammlung und niemand bekommt sie mehr zu Gesicht. Vor einiger Zeit gab es sogar den Fall, dass ein Sammler einen Profi-Einbrecher engagiert hatte, der ganz gezielt bestimmte Kunstwerke für ihn stehlen sollte.«

Interessant, denke ich. Aber ein Profi-Einbrecher war in unserem Fall nicht am Werk. Wir wissen, dass es einer der Gäste gewesen sein muss …

»Zudem ist auch nicht damit zu rechnen, dass der Dieb das Gemälde in naher Zukunft versucht an den Mann zu bringen«, fährt Hilko Uschberg fort. »In der Regel warten Kunstdiebe ein oder zwei Jahre, bis Gras über die Sache gewachsen ist, ehe sie ihr Diebesgut anbieten. Die *Rote Libelle* dürfte so schnell nicht auftauchen. Sollte ich wider Erwarten diesbezüglich doch etwas hören, melde ich mich natürlich sofort bei Ihnen.«

»Vielen Dank, Herr Uschberg. Auf Wiederhören«, verabschiede ich mich und beende das Gespräch.

»Oh nein! Nicht *die* schon wieder«, höre ich Charlotte in diesem Moment seufzen. Sie steht am Fenster, hat den verliebt hechelnden Doktor Herkenrath auf dem Arm und schaut nach draußen.

»Wen meinst du?« Ich trete hinter sie und blicke ihr über die Schulter.

»Kati Keuken«, stöhnt Charlotte und deutet aus dem Fenster zur Straße, wo die blonde Journalistin gerade ihren Kameramann rumkommandiert. »Ständig schleicht diese Frau hier rum. Und wie sie sich immer an Rory ranschmeißt, wenn er ihr mal nicht ausweichen kann … Mit ihrem falschen, schlangenhaften Lächeln. Und ihr Blond ist auch nicht echt!«

Einen Moment lang blicke ich Charlotte verwundert an – dann pruste ich laut los.

»Was ist?«, fragt sie irritiert.

»Ach, nichts«, antworte ich kichernd. »Ich musste nur gerade daran denken, dass Rory mir neulich einen Vortrag darüber gehalten hat, dass Schüchternheit vor Eifersucht schützt. Und dass ihr beide viel zu schüchtern wärt, um eifersüchtig zu werden.«

»Ja, so, äh ... so ist es ja auch«, beeilt sich Charlotte zu versichern und kratzt sich nervös am Hals.

»Ich kenne mich zwar nicht so aus«, sage ich giggelnd, »aber du wirkst gerade schon ein bisschen eifersüchtig.«

»Nein, das, äh ... Das hat doch nichts mit ... Das ist nur ...« Sie blickt verlegen zur Seite, hüstelt und wechselt hastig das Thema, indem sie Doktor Herkenrath absetzt und zu ihm sagt: »Schauen wir doch mal, ob wir hier irgendwo ein bisschen Fleischwurst für dich haben, kleiner Held.«

Während er ihr schwanzwedelnd zum Kühlschrank folgt, grinse ich still in mich hinein. Von wegen: Schüchternheit schützt vor Eifersucht. Schüchterne sind einfach nur zu schüchtern, um ihre Eifersucht zuzugeben.

Nachdem Doktor Herkenrath die Fleischwurst in sich reingeschlungen hat, lässt er sich von Charlotte die Ohren kraulen und fiept dabei so verliebt, dass es eigentlich an mir wäre, eifersüchtig zu werden.

Vielleicht ist es kein dummer Gedanke, mal ein bisschen in

der Kreyski-Biografie zu schmökern, denke ich, setze mich an den Tisch und schlage das Buch auf (ganz vorsichtig und nur mit den Fingerspitzen, weil der Umschlag noch immer ein bisschen feucht ist). Möglicherweise hat Herr Toenz in seinem Werk irgendetwas über Pomerovski oder *Die Rote Libelle* erwähnt, das für unsere Ermittlung von Interesse sein könnte.

Das Problem ist: Der Schreibstil von Herr Toenz ist ausgesprochen schnarchnasig.

Die Familie des unter seinem Pseudonym Kreyski bekannten Künstlers hat vor dessen Geburt keine nennenswerten künstlerischen Talente hervorgebracht. Wohl aber Generationen von Menschen, die sich durch besondere Fähigkeiten in der Verwaltung auszeichneten. Kuno Kreisler, Kreyskis Großvater väterlicherseits, der es bis zum Amtsrat brachte, wurde 1920 in Winsen an der Luhe, als ältestes von acht Geschwistern, geboren. Ihm folgten Carola (1922), Ludwig (1924), Selma (1926), die Zwillinge Ralf und Rolf (1929), Trudi (1931) und Julchen (1934). Kreyskis Großmutter, die drei Jahre jünger als ihr Mann war, kam ebenfalls aus einer kinderreichen Familie und hatte vierzehn Geschwister. Ihre älteren Brüder Ludwig (1919) und Bodo (1921), die Schwestern Thekla (1925), Rita (1927), Ursula (1929), Lola (1932) …

Schon nach der ersten Seite bin ich kurz davor, von Langeweile überwältigt in einen todesähnlichen Schlaf zu fallen, und werde nur vom Klingeln meines Handys davor bewahrt.

»Ja?«, melde ich mich gelangweilt – und reiße im nächsten Moment überrascht die Augen auf. »Wirklich? Ich sage Rory Bescheid. Wir kommen so schnell wie möglich.«

»Wer war das?«, fragt der schüchterne Detektiv, der in Anzug und Krawatte und umweht vom schüchtern-dezenten Duft seines Rasierwassers die Küche betritt.

»Das war Kommissar Valko«, sage ich, mache eine dramatische Kunstpause und verkünde: »Simon Küster ist aus seiner Ohnmacht erwacht!«

~ 14 ~

Belüge deine Augen

»Er ist aufgewacht?«, fragt der Detektiv perplex. »Das ist … das ist gut.«

»Vielleicht erinnert er sich daran, was geschehen ist. Kommen Sie. Wir müssen sofort zu ihm. Ins Krankenhaus.«

»Krankenhaus? Oh! Das ist, äh, das ist, öhm, *nicht* gut. Gar nicht gut.« Rory macht ein Gesicht wie vom Vampir gebissen. Mit schlotternden Knien sinkt er auf einen Stuhl und schnappt nach Luft.

Nach dem Erlebnis, das ich mit dem Detektiv bei unserem ersten Krankenhaus-Besuch hatte, habe ich interessehalber ein bisschen über *Weißkittel-Furcht* (oder *Weißkittel-Phobie* wie sie wissenschaftlich heißt) recherchiert. Ich dachte, diese Angst vor Ärzten und Krankenhäusern wäre mal wieder so eine ganz persönliche Rory-Macke. Wie seine Abneigung gegen rote Tomaten (die grünen isst er) oder der Umstand, dass ihn beim Anblick französischer Barock-Gärten eine bleierne Müdigkeit befällt und er keinen Schritt mehr gehen kann. Ist aber nicht so.

Es gibt jede Menge Menschen, die an Weißkittel-Furcht leiden und beim Gedanken an einen Arztbesuch von heller Panik ergriffen werden. Was den Detektiv in diesem Moment aber nur wenig trösten dürfte.

Er ist ein einziges zitterndes Häuflein Elend, schafft es nach ein paar Minuten jedoch, sich zusammenzureißen, atmet tief durch und stammelt mit brüchiger Stimme: »Also … also gut. Es führt ja kein Weg daran vorbei. Würdest du Amadeus anrufen?«

»Tut mir leid, aber du weißt ja: Krankenhäuser sind Cockerspaniel-freie Zonen. Du musst hierbleiben«, sage ich zu Doktor Herkenrath, worauf er ein herzzerreißend trauriges Winseln anstimmt.

»Charlotte passt auf dich auf, während wir weg sind«, tröste ich ihn.

Augenblicklich verstummt das Winseln. Von Abschiedsschmerz keine Spur mehr. Doktor Herkenrath fiept euphorisch und sieht aus, als hätte er gerade den Hauptgewinn in der Hundesitter-Lotterie gezogen.

»Dann bis nachher«, verabschiede ich mich beim Hinausgehen, aber mein treuloser Cockerspaniel kriegt es nicht mal mit, weil er vollends damit beschäftigt ist, um Charlotte herumzuspringen und sie mit Schiele-Augen anzuschmachten.

Rory hängt ermattet in den Polstern der Limousine und macht ein Gesicht wie ein zum Tode Verurteilter auf dem Weg zur Hinrichtung. (Wobei nur die wenigsten Verurteilten die letzten Meter zum Schafott in einer Luxuslimousine zurücklegen dürften.)

»Was machen Sie da?«, frage ich, während ich mit gerunzelter Stirn beobachte, wie der Detektiv mit seinem rechten Daumen den linken Unterarm abtastet.

»Ich, ähm, ich suche meinen Puls. – Oh Gott! Da ist nichts. Ich habe keinen Pulsschlag mehr, Matilda.«

»Dann sind Sie wohl leider gerade verstorben.«

»Was?«, macht er und reißt erschrocken die Augen auf.

»Herrgott, da, wo Sie an Ihrem Arm rumtasten, können Sie auch keinen Puls finden«, stöhne ich und drücke seinen Daumen auf die richtige Stelle. »Und? Leben Sie doch noch?«

»Oh, ähm, äh, ich glaube, öhm … ja. Da ist tatsächlich ein Puls. Aber nur … schwach. Sehr schwach. Ich fühle mich gar nicht gut, Matilda. Ich glaube, es wäre wirklich besser, wenn ich im Wagen bliebe. Du könntest ja auch alleine mit Simon Küster …«

»Ich halte es für eine sehr viel bessere Idee, wenn wir beide mit ihm reden. Schließlich heißt es ja *Detektivagentur Rory Shy* und nicht *Agentur Matilda Bond*«, lasse ich den Detektiv wissen. »Und wegen Ihrer Weißkittel-Furcht habe ich mir schon was überlegt.«

»Also«, sage ich zu Rory, als Amadeus uns vor dem Krankenhaus aus dem Wagen lässt. »Sie atmen jetzt erst mal tief durch.«

»Äh, ja«, macht er und nickt mit dem Kopf.

»Sagen Sie nicht einfach ›Ja‹. Tun Sie es.«

»Öhm, ja. Natürlich. Entschuldigung.« Der Detektiv nimmt einen tiefen Atemzug.

»Wenn *mir* Dinge Angst machen, dann spiele ich immer das *Belüge-deine-Augen-Spiel*«, sage ich. »Man muss sich einfach vorstellen, dass die Dinge etwas völlig anderes wären als das, was sie sind.«

»Ich, äh, ich verstehe nicht«, nuschelt der Detektiv und blickt ängstlich auf den *St. Martinus Krankenhaus*-Schriftzug an der Front des Gebäudes.

»Ist doch ganz simpel«, erkläre ich und schiebe ihn in die Eingangshalle. »Stellen Sie sich einfach vor, das hier wäre gar kein Krankenhaus, sondern eine Großbäckerei. Und die Damen und Herren in den weißen Kitteln sind alle fleißige Bäcker und Bäckerinnen.«

»Großbäckerei?«, wiederholt Rory ungläubig, während ich ihn in Richtung Aufzug zerre.

»Genau«, sage ich kopfnickend. »Und das, was der Bäcker da vorne um seinen Hals trägt, ist kein Stethoskop, sondern ein Fluffigkeitsmesser, mit dem die Fluffigkeit der Brötchen gemessen wird.«

»So?«, macht Rory zweifelnd.

»Und wenn Sie eine Spritze sehen, ist das kein Grund zur Beunruhigung. Damit wird nur die Füllung in die Berliner gespritzt. Und das, was da an dem fahrbaren Ständer hängt, ist auch keine Blutkonserve.«

»Sondern?«, fragt der Detektiv mit furchtsamer Stimme.

»Das ist die Füllung«, erkläre ich.

»Und … und was ist mit dem Schild da oben?«, wispert Rory ängstlich und deutet auf eine Tafel mit der Aufschrift **OP.** »Operationssäle gibt es in Bäckereien ja wohl nicht.«

»Natürlich nicht. Aber **OP** bedeutet ja auch nicht Operationssaal, sondern **O**fen für **P**lundergebäck.« Ich bugsiere den schüchternen Detektiv in den Aufzug und drücke die 5.

Während uns der Lift nach oben befördert, beginnt Rory, sich mit meiner *Belüge deine Augen*-Methode anzufreunden. »Nur eine Bäckerei. Nur eine Bäckerei«, murmelt er unentwegt vor sich hin. Sein Gesicht bekommt sogar wieder etwas Farbe. »Backen die hier auch Rosinenmürbchen?«, fragt er.

»Sicher. Die sind bekannt für ihre superweichen Mürbchen«, entgegne ich im Brustton tiefster Überzeugung – aber als sich die Tür des Aufzugs im fünften Stock öffnet, endet die schöne Illusion, weil eine Lautsprecherstimme durch die Gänge hallt: *»Doktor Sauerbach, bitte in OP 2. Ein Notfall. Doktor Sauerbach in OP 2.«*

Rory gibt ein panisches Kreischen von sich, drückt sich zitternd gegen eine Wand und stammelt: »Das … das funktioniert nicht, Matilda. Außerdem duftet es in einer Bäckerei nach leckerem Backwerk. Hier riecht es nach Desinfektionsmittel! Vielleicht kann man seine Augen belügen, aber nicht seine Nase.«

»Kommen Sie schon. Wir müssen nur noch über den Gang da vorne.«

»Ich ... ich kann nicht.«

»Also schön. Versuchen wir was anderes«, seufze ich, krame ein Papiertaschentuch aus meiner Hosentasche, rupfe es auseinander und forme zwei kleine Kügelchen. »Die stecken Sie sich in die Ohren. Dann schließen Sie die Augen. Mit der linken Hand halten Sie sich die Nase zu. Und Ihre rechte Hand geben Sie mir. Ich führe Sie. Und Sie stellen sich einfach vor, dass wir durch einen wunderschönen Garten spazieren.«

»Aber doch hoffentlich kein, öhm, französischer Garten? Da werde ich immer ganz erschöpft und –«

»Keine Sorge. Es ist ein englischer Garten. Und jetzt machen Sie schon.«

Er stopft sich die Papierkügelchen in die Ohren, schließt die Augen, hält sich die Nase zu, ich greife seine Hand und ziehe ihn mit mir über den Gang. Alles geht so lange gut, bis uns ein Pfleger entgegenkommt, der einen Rollwagen mit Essen vor sich herschiebt.

»Ein Stück nach rechts«, sage ich zu Rory – was natürlich völlig sinnlos ist, weil er mich nicht hören kann. Ich versuche noch, ihn zur Seite zu ziehen, aber da rennt er schon volle Möhre in den Wagen hinein, stößt einen Schmerzensschrei aus und reißt erschrocken die Augen auf. Zwei Tabletts mit Essen gehen fliegen, landen krachend auf dem Boden, und Spinat und Kartoffelpüree verteilen sich auf den Fliesen.

»Verdammt noch mal! Können Sie nicht aufpassen?«, motzt der Pfleger.

»Tut mir leid«, sage ich zerknirscht, deute auf den Detektiv und erkläre: »Er sieht nicht so gut.«

»Augenheilkunde ist im ersten Stock«, knurrt der Mann schlecht gelaunt, während er die Tabletts vom Boden aufsammelt.

»Wie bitte?«, brüllt der Detektiv.

»Er hört auch schlecht«, erkläre ich mit bedauerndem Gesichtsausdruck.

»Hals / Nasen / Ohren: zweite Etage«, murrt der Pfleger.

»Danke. Ich bringe ihn umgehend dahin. Und noch mal: Entschuldigung«, beeile ich mich zu versichern und schiebe Rory schnell über den Gang.

»Was hat er gesagt?«, schreit der Detektiv und blickt mich fragend an.

Ich bedeute ihm, die Kügelchen aus den Ohren zu nehmen. »Nicht so wichtig. Und sehen Sie: Hier sind wir auch schon: Zimmer 511. Meinen Sie, Sie schaffen es, mit Simon Küster zu sprechen, ohne dabei einen Kreislaufkollaps zu kriegen?«

»Ich, ähm, ich, äh, ja. Ich denke schon«, sagt er und will gerade an die Tür klopfen, als von drinnen erregte, streitende Stimmen zu hören sind. Eine davon gehört Kommissar Valko – die andere dürfte die von Simon Küster sein.

»Was heißt denn hier *dringender Tatverdacht?* Das ist doch völliger Blödsinn. Ich verlange, dass meine Frau augenblicklich aus der Haft entlassen wird!«

»Bitte, Herr Küster! Sie haben doch gehört, was die Ärztin gesagt hat. Sie sollen sich auf keinen Fall aufregen.«

»Ach ja? Würden Sie sich nicht aufregen, wenn Sie im Krankenhaus erwachten, man Ihnen sagen würde, dass Sie Opfer eines Verbrechens wurden und dass man Ihre Frau verdächtigt, für dieses Verbrechen verantwortlich zu sein?«

»Ich, äh, ich habe keine Frau. Ich wohne bei meiner Mutter«, entgegnet Kommissar Valko und zieht so lautstark die Nase hoch, dass man es sogar auf dem Flur hören kann.

»Darum geht es doch nicht«, schreit Simon Küster erbost. »Von mir aus können Sie bei dem Yeti oder dem Monster von Loch Ness zur Untermiete wohnen. Aber Sie lassen Marnie sofort frei! Wie sind Sie bloß auf die hirnrissige Idee gekommen, meine Frau könnte mir das angetan haben? – Warten Sie: Haben Sie nicht eben gesagt, dass Rory Shy auch in dem Fall ermittelt? Im Auftrag von Alfred Hassler? Ich will sofort mit dem schüchternen Detektiv reden. Auf der Stelle!«

»Wenn das mal kein Stichwort ist«, sage ich zu Rory, lächle ihn an, öffne die Tür und schubse ihn ins Zimmer.

Als der Detektiv in den Raum stolpert, zieht Kommissar Valko ein Gesicht, als hätte man ihm gerade den Jahresurlaub gestrichen, wohingegen Simon Küster erleichtert aufatmet.

»Rory Shy! Gott sei Dank!«, entfährt es ihm. Der Kunstsammler sitzt mit aufgerichtetem Oberkörper in seinem Bett. Auf seinen Wangen sprießen graue Bartstoppeln, er ist blass, hat dunkle Ringe unter den Augen und trägt noch immer den turbanartigen Verband um den Kopf, wirkt ansonsten aber halbwegs erholt. Zumindest erholt genug, um Kommissar Valko zur Minna zu machen. »Alles, was Sie mir da als Beweise präsentiert haben, sind bestenfalls Indizien. Ich sage Ihnen doch: Marnie wäre nie zu so etwas fähig. Noch einmal: Ich verlange, dass sie sofort freigelassen wird!«

Der Kommissar schnieft erbost und geht zum Gegenangriff über: »Jetzt hören Sie mir mal gut zu, Herr Küster: Tut mir wirklich leid, was Sie durchgemacht haben. Sie sind Opfer eines Gewaltverbrechens geworden. Das ist schlimm. Aber *verlangen* können Sie in dem Fall gar nichts. Hier geht es um Einbruch, Diebstahl und schwere Körperverletzung. Das sind Delikte, die von Rechts wegen verfolgt werden *müssen.* Egal, ob es Ihnen passt oder nicht. Und da Sie sich an nichts erinnern, können Sie überhaupt nicht wissen, ob Ihre Frau unschuldig ist.«

»Ich weiß es, weil ich sie kenne!«, hält Simon Küster in gereiztem Ton dagegen.

»Vielleicht kennen Sie sie ja lange nicht so gut, wie Sie glauben«, lässt ihn der Kommissar abfahren und verkündet wichtigtuerisch: »Ihre Frau ist aufgrund der Beweislage nun mal verdächtig. Und solange sich keine neuen Erkenntnisse ergeben, die für ihre Unschuld sprechen, bleibt sie in Haft. Und damit: Ende der Diskussion!«

»Apropos neue Erkenntnisse«, grätsche ich ungefragt dazwischen. »Hat die Untersuchung der Tatwaffe mittlerweile etwas ergeben?«

»Nein«, entgegnet Kommissar Valko in mürrischem Ton. »Wir haben an der Statuette keine verwertbaren Spuren mehr finden können.«

»Gehen Sie!«, fährt Simon Küster den Kommissar erzürnt an. »Mit Ihnen spreche ich nicht mehr. Nur noch mit dem schüchternen Detektiv. Sie sind ja völlig unfähig. Gehen Sie mir aus den Augen!«

Kommissar Valko läuft vor Zorn tiefrot an, wirft erst Simon Küster und dann Rory einen finsteren Blick zu, stiefelt mit zusammengepressten Lippen davon und knallt die Tür hinter sich zu.

»Das war jetzt aber wirklich ein bisschen hart«, sage ich zu Simon Küster. »Und auch ungerecht. Er bemüht sich ja …«

»Findest du?«, sagt der Kunstsammler und sieht aus, als hätte er ein schlechtes Gewissen. »Vielleicht hast du recht. Ich sollte mich bei Gelegenheit bei ihm entschuldigen. Ich … ich bin eigentlich gar nicht so. Aber wenn es um Marnie geht …« Simon Küster hebt den Kopf und blickt mich prüfend an. »Wer bist du eigentlich?«

»Das ist meine, ähm, meine Mitarbeiterin. Matilda Bond«, sagt Rory schüchtern lächelnd. »Wie geht es Ihnen, Herr Küster?«

»Ich fühle mich noch etwas schwach. Aber es geht schon. Viel mehr als um mich selbst mache ich mir Sorgen um Marnie. Sie denken doch nicht etwa auch, dass sie das war?«, fragt der Kunstsammler und fährt mit der Hand vorsichtig über seinen Turban-Verband.

»Nein. Wir, *räusper, räusper,* wissen mit Sicherheit, dass sie es nicht war. Sie wurden von einem Einbrecher niedergeschlagen, Herr Küster. Ein, öhm, Zeuge hat ihn aus dem Haus flüchten sehen. Dieser Zeuge wird sich am Samstag bei der Polizei melden und aussagen, was er beobachtet hat.«

»Aber … warum hat er das nicht schon längst getan?«

»Aus, ähm, privaten Gründen«, stammelt der schüchterne Detektiv, woraufhin Simon Küsters Gesicht einen grimmigen Ausdruck annimmt. Er öffnet den Mund, um etwas zu sagen, aber Rory hebt in einer beschwichtigenden Geste die Hände und erklärt: »Ich weiß: Der Gedanke, dass Ihre Frau im Gefängnis sitzt, muss für Sie nahezu unerträglich sein. Aber sie wird spätestens am Samstag freikommen. Und solange der Täter glaubt, dass, ähm, dass Ihre Frau die einzige, öhm, Verdächtige …« Der Detektiv wirft mir einen Hilfe suchenden Blick zu.

»Das verschafft uns zwei Tage, um den wahren Täter zu entlarven«, springe ich Rory zur Seite. »Es ist doch bestimmt auch in Ihrem Interesse, dass derjenige, der Sie angegriffen hat, zur Verantwortung gezogen wird. Ich denke, dass Ihre Frau das genauso sehen würde. Außerdem: Wenn wir den Täter ermitteln, finden wir höchstwahrscheinlich auch *Die Rote Libelle.* Und ich könnte mir vorstellen, dass Sie die gerne zurückhätten.«

Simon Küster verfällt in ein nachdenkliches Schweigen, bevor er nickt und leise sagt: »Also schön.«

»Und Sie erinnern sich an nichts?«, frage ich.

Der Kunstsammler schüttelt den Kopf. »Nein. Das letzte, woran ich mich erinnere, ist, dass ich am späten Samstagnachmittag das Gemälde in der *Galerie Uschberg* abgeholt habe. Anschließend habe ich meine Tochter und ein paar Freunde angerufen und sie für Sonntagabend zu einem Umtrunk eingeladen. Und da hört es auch schon auf. Der gesamte Sonntag ist wie weggefegt aus meiner Erinnerung. Kommissar Valko hat mir ein paar Dinge erzählt. Zum Beispiel, dass ich mich mit Marnie gestritten haben soll. Aber ich selbst erinnere mich an nichts. Es ist, als würde ich in ein schwarzes Loch blicken. Die Ärztin hat mir gesagt, dass die Erinnerung in den kommenden Tagen stückchenweise zurückkehren könnte. Oder dass ich etwas sehen oder hören könnte, das die gesamte Erinnerung schlagartig zurückbringt. Aber im Moment ist da … nichts.«

»Ihren Gästen ist an diesem Abend aufgefallen, dass Sie extrem gut gelaunt waren«, sage ich.

»Na ja … wahrscheinlich wegen der *Roten Libelle«*, mutmaßt Simon Küster.

»Am Sonntagnachmittag haben Sie mit Herrn Toenz, einem Kunstexperten aus Zürich, telefoniert und ihn gebeten, sich Ihre Sammlung anzusehen.«

»Toenz?«, sagt der Kunstsammler verdattert. »Sie meinen den Autor der Kreyski-Biografie? Ich habe ihn angerufen? Damit er sich die Sammlung ansieht? Warum hätte ich das tun sollen?«

»Tja … das wüssten wir auch gerne«, entgegne ich. »Und merkwürdigerweise haben Sie Ihrer Frau und Ihren Gästen erzählt, nicht Sie hätten Herrn Toenz, sondern er hätte Sie angerufen.«

»Das wird ja immer bizarrer«, stöhnt Simon Küster. »Warum sollte ich diesbezüglich die Unwahrheit sagen?« Er schüttelt den Kopf und sagt mit leiser Stimme. »Das ist doch alles völlig verworren. Und … Verstehen Sie mich bitte nicht falsch, ich weiß Ihren Einsatz zu schätzen, aber ich befürchte, *Die Rote Libelle* sehe ich nicht mehr wieder. Das Bild ist wahrscheinlich längst im Ausland und der Einbrecher über alle Berge. Diese Kunstdiebe sind gewiefte Profis. Die verstehen ihr kriminelles Handwerk.«

Rory und ich tauschen einen kurzen Blick, dann räuspert sich der Detektiv umständlich und erklärt: »In, ähm, in diesem

Fall war es kein Profi-Einbrecher. Ich, öhm, will Sie nicht mit Einzelheiten unserer Ermittlung langweilen, aber wir … Nun, wir, äh, wissen mit Bestimmtheit, dass der Dieb, *hüstel, hüstel,* einer Ihrer Gäste war.«

»Was?« Simon Küster klappt die Kinnlade runter, dann stammelt er: »Aber … Sie wollen doch nicht sagen, dass Sie Paola als Verdächtige betrachten. Nicht meine Tochter! Das ist genauso absurd wie der Verdacht gegen meine Frau. Paola und ich haben ein etwas schwieriges Verhältnis, seit ich Marnie geheiratet habe. Aber sie würde doch niemals … Das ist völlig ausgeschlossen. Außerdem hat mir die Ärztin gesagt, dass Paola während meiner Ohnmacht die ganze Zeit an meinem Bett gesessen hat. Und das hätte sie sicher nicht getan, wenn sie …«

»Was ist mit den anderen Gästen?«, frage ich.

»Nun, Oliver Lorenz ist ein guter Freund von Marnie und mir. Er war enttäuscht, dass er von mir beim Kauf der *Roten Libelle* ausgebootet worden war. Doch er hat es sportlich genommen. Wäre er ernsthaft sauer gewesen, hätte er meine Einladung sicher nicht angenommen. Ich kann mir nicht vorstellen, dass er …«

»Und Hilko Uschberg?«

»Den kenne ich nur oberflächlich«, antwortet Simon Küster. »Aber ich war so glücklich darüber, dass er *Die Rote Libelle* für mich aufgetan hatte, dass ich ihn auch zu unserer kleinen Zusammenkunft eingeladen habe.«

»Ja«, sage ich und nicke mit dem Kopf. »Er hat uns erzählt, dass Sie ihm an diesem Abend das Du angeboten haben, weil er Ihnen eine so große Freude mit dem Bild gemacht hat.«

»Tatsächlich?« Der Kunstsammler zuckt mit den Schultern. »Tut mir leid, ich erinnere mich wirklich an rein gar nichts. – Und was die von Dorns angeht …« Ein Seufzer entringt sich seinen Lippen. »Wir sind seit zwanzig Jahren Nachbarn. Ich lade sie zu solchen Gelegenheiten immer ein. Nicht, weil ich sie besonders gerne um mich habe, sondern weil sie ansonsten beleidigt wären. Vor allem Sonja. Nils tut mir immer ein bisschen leid. Seine Frau ist ein echter Drachen.«

»Sonja von Dorn sagte uns, dass sie mit Vanessa, Ihrer ersten Frau, gut befreundet gewesen wäre?«, hake ich nach.

»Ja, das behauptet sie immer«, stöhnt Simon Küster. »Dabei ist sie Vanessa auch gehörig auf die Nerven gegangen. Und dann ihr wichtigtuerisches Geschwätz über Kunst. Sie hat von nichts eine Ahnung, aber zu allem etwas zu sagen.« Zum ersten Mal seit Beginn unseres Gesprächs malt sich ein Lächeln auf seinem Gesicht ab. »Vor Kurzem hat sie mir ein Gespräch über einen Maler namens Paulo Bokassa aufgedrängt. Ich wusste überhaupt nicht, vom wem sie redete, bis mir irgendwann klar wurde, dass sie Pablo Picasso meinte.« Er blickt Rory forschend an. »Sie sind sich wirklich sicher, dass es einer meiner Gäste war? Und was haben Sie jetzt vor?«

»Ich, ähm, ich …«

In diesem Moment öffnet sich die Tür und die Ärztin tritt ins Zimmer – worauf der Detektiv kreideweiß wird. Er guckt so panisch wie Doktor Herkenrath, wenn der von Frau Zeigler unter die Dusche geschleppt wird.

»Ah, Frau Doktor. Gut, dass Sie da sind«, murmelt Simon Küster und macht Anstalten, aus dem Bett zu steigen. »Dann können wir die Entlassungspapiere unterzeichnen und ich kann endlich gehen.«

»Nicht so hastig«, sagt die Ärztin lächelnd. »Mit Kopfverletzungen ist nicht zu spaßen. Ihr Zustand ist zwar zufriedenstellend, doch bis morgen müssen Sie auf jeden Fall noch zur Beobachtung hierbleiben.«

»Aber ich will zu meiner Frau. Und zwar sofort.«

»Tut mir leid«, entgegnet die Medizinerin kopfschüttelnd. »Morgen Mittag kommt der Chefarzt zur Visite. Wenn er sein Okay gibt, können Sie anschließend entlassen werden. Aber vorher auf keinen Fall.«

»Ähm, könnte ich Sie … könnte ich Sie gleich mal kurz sprechen?«, wispert Rory der Ärztin mit verängstigter Miene zu und fügt nach einem kurzen Seitenblick auf Simon Küster ein geflüstertes »Draußen?« hinzu.

Sie nickt und verlässt den Raum. Wir verabschieden uns von dem Kunstsammler, der noch immer mit seinem Schicksal hadert. »Morgen Mittag nach der Chefarzt-Visite«, grummelt er schlecht gelaunt vor sich hin. »Als ob ich nicht selbst wüsste, ob es mir gut geht oder nicht.« Er betrachtet Rory mit einem prüfenden Blick. »Man erzählt sich, dass Sie bisher jeden Ihrer Fälle gelöst haben. Stimmt das?«

»Ähm, äh, ja«, bestätigt Rory und wird dabei ganz verlegen.

»Na, dann hoffe ich mal, dass Sie es auch dieses Mal hinkriegen«, knurrt der Kunstsammler.

»Keine Sorge«, sage ich und versuche dabei möglichst optimistisch zu klingen. »Der schüchterne Detektiv knackt jeden Fall!«

Die Ärztin wartet auf dem Flur auf uns. »Worum geht es denn?«, fragt sie, betrachtet Rory einen Moment lang mit kritischem Mediziner-Blick, deutet auf seine Stirn und sagt: »Das Ding da an Ihrer Schläfe gefällt mir gar nicht. Haben Sie das mal untersuchen lassen?«

»Ding? An der Schläfe?«, macht der Detektiv erschrocken, fährt sich mit der Hand über die Stirn – und atmet im nächsten Moment erleichtert auf. »Oh, das war nur … das ist nur …«

»Eine Rosine«, sagt die Ärztin und blickt verwundert auf das schrumpelige kleine Etwas in Rorys Hand. »Wie kommt die denn dahin?«

»Ach, ich hatte heute zum Frühstück … Die Rosine muss ich beim Duschen wohl irgendwie … Egal. Ich, ähm, wollte mit Ihnen aber auch über etwas ganz anderes sprechen«, nuschelt der Detektiv.

»Über ihren bedenklichen Allgemeinzustand?«

»Nein, öhm, sondern ...« Rory bemüht sich krampfhaft, nicht auf den weißen Kittel und das Stethoskop der Medizinerin zu blicken, schaut stattdessen über ihre linke Schulter und nuschelt: »Ich, öhm, wollte Simon Küster vorhin nicht beunruhigen. Aber ... wenn derjenige, der ihn angegriffen hat, erfährt, dass Herr Küster aus seiner Ohnmacht erwacht ist und seine Erinnerung zurückerlangen könnte, dann ... Der Angreifer könnte versuchen, ihn, *räusper*, endgültig, äh ... Sie verstehen? Auch hier, im Krankenhaus. Daher darf niemand erfahren, dass er erwacht ist.«

»Natürlich nicht«, versichert die Ärztin. »Ich bin ja sowieso an die ärztliche Schweigepflicht gebunden.«

»Und es dürfen keine Besucher zu ihm«, ergänzt Rory.

»Auch nicht seine Tochter?«, fragt die Medizinerin verwundert.

»Öhm, äh, *hüstel,* nein. Absolut niemand.«

»In Ordnung«, sagt sie und nickt. »Ich sage dem Stationspersonal Bescheid. Um Herrn Küster müssen Sie sich keine Sorgen machen. Aber ...« Sie betrachtet den schüchternen Detektiv mit sorgenvoller Miene. »Um Sie mache ich mir schon Gedanken. Diese Blässe ... Ich bin sicher, Sie haben einen viel zu niedrigen Blutdruck. Das haben die meisten Schüchternen. Und Untergewicht haben Sie auch. Sie sollten dringend Ihre Ernährung umstellen. Nicht nur immer Rosinenmürbchen und dünnen Kaffee.

Ein gut gemeinter Rat: Lassen Sie mal einen umfassenden medizinischen Check machen!«

»Ähm, ja, öhm, sicher«, nuschelt der Detektiv und wird weiß wie ein Laken. »Werde ich. Irgendwann bei, ähm, Gelegenheit.« Und damit taumelt er mit schlotternden Knien über den Gang davon.

~ 15 ~

Der Valko-Fehler

»Geht es Ihnen gut, Herr Shy?«, erkundigt sich Amadeus mit besorgter Miene, als Rory kraftlos auf die Rückbank der Limousine sinkt.

»Ähm, äh, ja. Bringen Sie uns bitte nur weg von hier. So schnell es geht. Und so weit es geht«, keucht Rory.

»Und *so weit es geht* wäre dann genau wo?«, krächzt der Chauffeur, während er den Wagen in den laufenden Verkehr einfädelt.

»Ähm, zur Agentur. Bringen Sie uns bitte zur Agentur zurück, Amadeus. Wenn es, *hüstel, hüstel,* wenn es Ihnen keine Umstände macht.« Der Detektiv ist noch immer kalkweiß im Gesicht. »Siehst du?«, wispert er mit ängstlich zitternder Stimme. »Ich habe es dir ja gesagt. Kaum ist man dadrin, wollen sie einen untersuchen. Und dann wollen sie einem Blut abnehmen. Und als Nächstes wollen sie einen dann dabehalten. Und dann ziehen sie einem so ein weißes Leibchen an. Und dann –«

»Jetzt kriegen Sie sich mal wieder ein. Sie haben es doch

ohne Untersuchung überstanden. Und Simon Küster wird morgen entlassen. Sie werden also so schnell nicht noch mal ins Krankenhaus müssen. Was ich viel übler finde, ist, dass Simon Küster sich an nichts erinnern kann. Wir sind bei unserer Ermittlung kein Stück weiter. Und irgendwie habe ich das Gefühl, wir stecken fest. Wir haben alle befragt, wir haben uns am Tatort umgesehen ... Welche Möglichkeiten bleiben uns da noch? Raten? Würfeln? Oder der Gang zu einer Wahrsagerin?«

»Hmmh ...«, macht Rory und legt die Stirn in die Falten. »Ich werde die Aussagen der Gäste noch einmal durchgehen und etwas genauer unter die Lupe nehmen. Manchmal bemerkt man ein, öhm, Detail, das man vorher übersehen hat. Eine Kleinigkeit, der man keine Bedeutung zugemessen hat und von der einem plötzlich auffällt, dass sie sehr wohl, ähm, bedeutend sein kann.«

»Okay«, sage ich. »Und ich opfere mich und werde mich weiter mit dem langweiligen Buch über Kreyski rumschlagen. Vorausgesetzt, ich werde dabei nicht ohnmächtig vor Langeweile. Vielleicht finde ich in dem Schinken ja doch noch irgendwas, das uns weiterhelfen könnte.«

Als wir an der Sailenzer Straße 11 ankommen, sehe ich mit Erleichterung, dass sich Kati Keuken und ihr Kamerateam verzogen haben. Dafür stehen zwei Damen mittleren Alters vor dem Grundstück, die sich vor Begeisterung nicht mehr einkriegen, als Rory aus dem Wagen steigt.

Augenblicklich stürmen sie auf ihn zu und bitten ihn (auf Französisch) um ein Autogramm. Sich verlegen räuspernd, erfüllt ihnen der Detektiv ihren Wunsch. Wenn ich die Damen richtig verstehe, heißen sie Catherine und Isabelle und kommen aus Toulouse. Interessanterweise tragen sie T-Shirts, auf denen Rorys schüchternes Konterfei zu sehen ist. Darüber prangt der Schriftzug: **RORY SHY – LE DÉTECTIVE TIMIDE.** Soweit ich die beiden verstehe, haben sie die Shirts auf einer Rory-Fan-Seite gekauft. Bisher wusste ich nur von einer Webseite, auf der man Wetten darauf abschließen kann, wie oft sich der schüchterne Detektiv während eines Interviews räuspert. Dass es auch einen Online-Shop gibt, der Rory-Fan-Artikel verhökert, ist mir neu. Ich frage mich, was man da noch alles kaufen kann: Rory-Räuspermittel? Rory-Mundwasser? Schamröte-Make-up? Oder vielleicht *Rorys Dünne Bohne* – der Kaffee für schüchterne Genießer?

»Da verdient jemand viel Geld mit Ihrem Namen«, sage ich, als wir ins Haus treten. »Sie sollten zusehen, dass derjenige Sie am Gewinn beteiligt.«

»Ach, nein«, wehrt Rory verlegen ab. »Das wäre mir … das wäre doch … ach, nein.«

Nachdem wir Charlotte über unseren Besuch bei Simon Küster informiert haben, begeben der Detektiv und ich uns in sein Büro. Er nimmt hinter dem Schreibtisch Platz, ich greife mir das Kreyski-Buch und benutze einen großen Hüpfball, der inmitten des übrigen Krimskrams im Büro herumsteht, als Sitzgelegenheit.

Mannomann! Wie schafft man es eigentlich, so ein langweiliges Buch über einen so spannenden Künstler zu schreiben, denke ich, während ich mich durch die Seiten kämpfe.

Wenig hilfreich ist auch, dass ich ständig abgelenkt werde: Charlotte spielt mit Doktor Herkenrath *Hol das Bällchen.* Ein ums andere Mal wirft sie einen kleinen Gummiball durch den Flur, jedes Mal springt Doktor Herkenrath mit einem fröhlichen Bellen hinterher, schnappt den Ball und bringt ihn verliebt winselnd zu Charlotte zurück. Wenn ich mit ihm Bällchen-Holen spielen will, stellt er sich regelmäßig doof, schielt dem Ball gelangweilt hinterher, tut so, als hätte er keine Ahnung, worum es ginge, und rührt sich nicht vom Fleck.

»Hrrrmh, hrrrmh«, räuspere ich mich lautstark, worauf Charlotte den Kopf durch die Tür steckt und verlegen wispert: »Oh, wir stören dich doch nicht etwa beim Lesen, Matilda? Tut mir leid.« Sie streicht Doktor Herkenrath übers Fell und sagt: »Komm, spielen wir was Lautloses, kleiner, ängstlicher Held.«

Doktor Herkenrath bedenkt mich mit einem schwer vorwurfsvollen Cockerspaniel-Blick und folgt seiner Angebeteten in die Küche.

Drei Stunden später habe ich mich bis zur Hälfte des Buches durchgearbeitet. Zwar bin ich mittlerweile auch auf eine Stelle gestoßen, in der es um Stanislaus Pomerovski geht, aber das, was Herr Toenz so über Pomerovski schreibt, hilft uns nicht wirklich weiter – und ist in dem gleichen transusigen Stil verfasst wie der Rest des Textes.

Stanislaus Pomerovski wurde nach seinem Vater benannt, der ebenfalls Stanislaus hieß. So wie dessen Vater und dessen Vater und wie dessen Vater und so fort … Der Name Stanislaus erfreute sich in der Pomerovski-Familie so großer Beliebtheit, dass Stanislaus Pomerovskis drei jüngere Brüder ebenfalls auf den Namen Stanislaus getauft wurden. Was für viel Verwirrung sorgte, wenn die Mutter nach einem der Knaben rief, während sie im Garten oder am nahen Bache ihrem Spiel nachgingen. Flugs kamen dann immer alle vier angerannt.

Ist ja höllenmäßig interessant, denke ich, seufze tief und werfe einen Blick auf Rory, der die verschriftlichten Aussagen der Gäste durchgeht, Textstellen markiert und sich Notizen macht. Dabei kaut er unablässig auf seiner Unterlippe herum. Zwischendurch hebt er immer wieder den Kopf, stiert nachdenklich vor sich hin und murmelt etwas Unverständliches in sich hinein. Die ganz große Erleuchtung scheint er noch nicht gehabt zu haben.

Ich will mich gerade wieder dem Buch der tödlichen Langeweile zuwenden, als aus der Küche ein überraschter Aufschrei zu hören ist. »Rory! Matilda! Schnell!«, ruft Charlotte mit aufgeregter Stimme.

Wir springen gleichzeitig auf, stürmen über den Flur und finden Charlotte am Küchentisch sitzend vor. Vor sich einen Laptop. »Seht euch das an!«, sagt sie und startet einen Video-Clip: ein weiteres Interview, das Kati Keuken mit Kommissar Valko geführt hat.

Der Kommissar nutzt jede Gelegenheit, sich im Licht der Öffentlichkeit zu sonnen, dabei seine Fähigkeiten zu preisen und selbstbewusst in die Kamera zu grinsen. Aber dieses Interview läuft anders, als er es sich vorgestellt hat. Schon von Kati Keukens erster Frage wird der Polizist auf dem falschen Fuß erwischt.

»Herr Kommissar, der Öffentlichkeit erscheint es, als wären Ihre Ermittlungen im Fall Marnie Küster festgefahren«, beginnt die forsche Reporterin ihr Interview. *»Sie haben eine Verdächtige, Sie haben die Tatwaffe und zahlreiche Indizien, aber Sie haben noch immer kein Geständnis. Es wird zunehmend Kritik laut, die Ihnen vorwirft, zu einseitig zu ermitteln.«*

»Was?«, macht der Kommissar. Das Grinsen verschwindet schlagartig und weicht einem Gesichtsausdruck, der an eine wütende Bulldogge erinnert. Er stiert die Journalistin an, als würde er ihr am liebsten an die Gurgel gehen.

»*Hat die Polizei versagt?*«, bohrt Kati Keuken unverdrossen nach. »*Wäre es nicht an der Zeit, auf die Fähigkeiten eines erfolgreichen Ermittlungs-Spezialisten wie Rory Shy zurückzugreifen und ihn offiziell in die Ermittlungsarbeit einzubinden?*«

Kommissar Valkos Gesicht verfärbt sich zornesrot. Er sieht aus, als stünde er kurz davor zu platzen. »*Was fällt Ihnen eigentlich ein? Die Polizei hat keineswegs versagt!*«, brüllt er völlig außer sich. »*Und wenn Sie es wissen wollen: Wir stehen unmittelbar vor einem Durchbruch. Simon Küster ist aus seiner Ohnmacht erwacht und wird sich bald daran erinnern können, was in der Tatnacht geschehen ist.*«

»Was macht der Blödi da? Hat er jetzt endgültig den Verstand verloren?«, entfährt es mir völlig fassungslos, während Rory »Das darf doch nicht wahr sein« haucht und in sich zusammensinkt wie eine Eistorte in der Mittagssonne.

Auch Kommissar Valko wird schlagartig klar, dass er sich völlig vergaloppiert hat. Mit erschrockenem Gesichtsausdruck kommandiert er: »*Schneiden Sie das. Schneiden Sie den letzten Satz raus!*«

Kati Keuken blickt mit gespieltem Entsetzen in die Kamera und verkündet: »*Und wieder einmal ein Versuch der Behörden, die Presse einzuschüchtern und die freie Berichterstattung zu behindern!*«

»*Ich gebe Ihnen gleich freie Berichterstattung!*«, schreit der Kommissar, bedeckt mit der Hand die Kameralinse und man hört ihn brüllen: *»Sie schneiden das jetzt, verdammt noch mal, raus!«* Dann endet der Clip abrupt.

»Ach, du Scheiße!«, schimpfe ich. »Wann ist das ins Netz gestellt worden, Charlotte?«

»Vor einer Stunde. Fast dreitausend Aufrufe.«

»Wenn der Täter das auch gesehen hat, dann ... Simon Küster ist in höchster Gefahr!«

»Ruf, äh, ruf den Kommissar an, Matilda«, wispert Rory. »Er soll umgehend zwei Beamte als Wache vor Simon Küsters Krankenzimmer abstellen!«

Hastig rufe ich meine Kontaktliste auf und versuche den Kommissar zu erreichen.

»Nichts zu machen. Er geht nicht ran. Nur die Voice-Box«, erkläre ich resigniert. »Es tut mir leid, Rory – aber wir müssen zurück ins Krankenhaus. Und zwar sofort!«

Der Detektiv schlägt die Hand vor den Mund, stößt auf und gibt ein trockenes Würgen von sich.

Gut, wenn man einen erfahrenen Chauffeur hat, der zur Stelle ist, wenn man ihn am dringendsten braucht. Und der auch mal die ein oder andere Geschwindigkeitsbegrenzung ignoriert, wenn es um Leben und Tod geht. Wir brauchen keine zehn Minuten bis zum Krankenhaus.

Rory taumelt halb ohnmächtig vor Weißkittel-Furcht in die Eingangshalle, schlägt sich diesmal aber wacker. »Nur eine

Großbäckerei«, murmelt er immer wieder beschwörend vor sich hin, während uns der Aufzug in die fünfte Etage befördert. »Nur eine Großbäckerei. In der es nach Desinfektionsmittel riecht. Weil sie leckere Desinfektions-Torten backen. Lecker und gesund. Und Berliner mit blutroter Füllung. Fruchtig und frisch.«

Die Türen des Lifts öffnen sich und ich sprinte umgehend zum Zimmer der Stationsleitung. Noch immer ist die junge Ärztin von vorhin im Dienst. Sie blickt mich überrascht an, als ich laut keuchend vor ihr auftauche.

»Hat jemand versucht, zu Simon Küster zu gelangen?«, frage ich.

»Ja«, sagt sie und nickt. »Seine Tochter war vor ein paar Minuten hier. Aber ich habe sie nicht zu ihm gelassen. So wie es der schüchterne Detektiv angeordnet hat. Sie hat zuerst einen ziemlichen Aufstand gemacht, aber dann hat sie klein beigegeben und ist gegangen.«

»Kommen Sie!« Ich ziehe den Detektiv mit mir über den Flur, und wir hasten auf das Zimmer mit der 511 zu – als sich eine Tür am gegenüberliegenden Ende des Ganges öffnet. Im Türspalt erscheint ein Arzt oder eine Ärztin. Genau kann man es nicht sagen, da die Person einen OP-Kittel, Handschuhe, Kopfhaube und einen Mund-Nasenschutz trägt.

Im ersten Moment denke ich mir überhaupt nichts dabei, bis ich sehe, dass die Gestalt bei unserem Anblick wie erstarrt stehen bleibt. Dann fährt sie auf dem Absatz herum und rennt in einem Affentempo in die Richtung davon, aus der sie gekommen ist.

Der Detektiv und ich gucken gleichermaßen perplex; ich schalte als Erste. »Hinterher!«, rufe ich, sprinte durch den Flur, stürme durch die Tür, stehe in einem Treppenhaus und sehe, wie die Gestalt im OP-Kittel die Stufen hinunterrennt.

Rory und ich stürzen ihr augenblicklich hinterher. Auf der dritten Etage haben wir sie beinah eingeholt – als uns eine Krankenschwester entgegenkommt. Mit einem Stahltablett, auf dem blitzende Skalpelle und eine Knochensäge liegen. Der Detektiv gibt bei dem Anblick ein ersticktes Röcheln von sich, wird weißer als der weißeste Kittel, ein Schwächeanfall ereilt ihn und er muss sich am Geländer festhalten, um nicht ohnmächtig auf die Treppe zu sinken.

»Alles okay?«, frage ich und beuge mich über ihn.

»Alles, ähm, alles gut«, keucht er und winkt ab. »Kümmere dich nicht um mich. Hinterher!«

»Ich rufe besser einen Arzt«, sagt die Krankenschwester besorgt.

»Nein, nein, nein«, höre ich den Detektiv angsterfüllt krächzen, während ich mich dem Flüchtigen an die Fersen hefte, mehrere Stufen auf einmal nehme und weiter abwärtssprinte. Ich renne bis ins Kellergeschoss hinunter, aber die Gestalt im OP-Kittel hat die kurze Unterbrechung unserer Verfolgungsjagd genutzt, um sich aus dem Staub zu machen. Keine Spur mehr von dem falschen Arzt.

»Verdammter Mist!«, fluche ich frustriert, stütze die Arme auf die Knie und ringe nach Luft.

Nach einer kurzen Erholungspause nehme ich den Wiederaufstieg in Angriff. Dabei fällt mir in Höhe des ersten Stocks eine Kleiderkammer auf, deren Tür offen steht.

Ich sehe mir die Sache aus der Nähe an und stelle fest, dass sich in der Kammer all das befindet, was man braucht, um sich als Arzt auszustaffieren: OP-Kittel, Hauben, Masken, Handschuhe. Wen immer ich da gerade verfolgt habe, er oder sie hat sich hier nur bedienen müssen, um sich zu verkleiden. Und während ich noch in die Kleiderkammer spinkse, kommt plötzlich eine schwarzhaarige Frau um die Ecke geschossen: Paola Küster!

»Huch! Was machst du denn hier?«, fragt sie und guckt ganz überrascht. Ihr Gesicht wirkt erhitzt und ihr Atem geht auffallend schnell. So als hätte sie eine körperliche Anstrengung hinter sich. War sie diejenige, die ich verfolgt habe?

»Was machen *Sie* hier?«, antworte ich mit einer Gegenfrage.

»Na was schon?«, sagt sie. »Ich habe im Netz das Interview mit diesem Kommissar gesehen, der erzählt hat, dass mein Vater aus seiner Ohnmacht erwacht ist. Ganz toll übrigens, dass man das aus dem Internet erfährt und nicht von den Ärzten. Jedenfalls … bin ich daraufhin sofort los, um Papa zu besuchen. Aber am Haupteingang zur fünften Etage wollten sie mich nicht zu ihm lassen. Da habe ich nach einem anderen Zugang gesucht, um zu ihm zu gelangen. Und mich dabei in diesem Gewirr aus Gängen und Treppenhäusern verlaufen. Puh, ich bin von diesem ganzen Herumgerenne total außer Atem. Ist das jetzt hier die erste oder zweite Etage? Ich habe völlig die Orientierung verloren.«

»Die erste«, sage ich und betrachte Paola Küster argwöhnisch. »Aber Sie können jetzt nicht zu Ihrem Vater. Niemand darf zu ihm. Ärztliche Anordnung. Er wird morgen Mittag entlassen. Dann können Sie ihn sehen. Aber bis dahin tragen Sie am besten zu seiner Genesung bei, wenn Sie ihn sich weiter erholen lassen. Gehen Sie nach Hause.«

Einen Moment lang wirkt es, als wollte sie protestieren, dann aber senkt sie den Kopf und sagt leise: »Also … gut. Weißt du zufällig, wo es hier rausgeht?«

Ich warte, bis Paola Küster verschwunden ist, dann werfe ich einen Blick um die Ecke in den Gang, aus dem sie eben kam. Ein Stück den Flur runter steht ein großer Müllbehälter. Ich öffne ihn vorsichtig.

Keine Spur von OP-Kittel, Haube oder Maske. Was dafür spricht, dass sie die Wahrheit gesagt hat. Aber natürlich hätte sie die Sachen auch sonst wo entsorgen können …

Rory sitzt leichenblass auf der Treppe und ist noch immer damit beschäftigt, die hilfsbereite Krankenschwester loszuwerden, die ihn auf keinen Fall gehen lassen will, ehe er nicht von einem Arzt in Augenschein genommen wurde.

»Der schüchterne Detektiv ist diesbezüglich ein bisschen eigen«, erkläre ich der Frau und wimmele sie mit einer Ausrede ab: »Er lässt sich nur von seinem Hausarzt untersuchen. Doktor Herkenrath. Keine Sorge, ich bringe ihn gleich dahin. Vielen Dank für Ihre Hilfe.«

Nachdem die Schwester endlich verschwunden ist, erhebt sich Rory schwerfällig. Mit zitternden Knien folgt er mir zurück auf die fünfte Etage, während ich ihm von meiner verdächtigen Begegnung mit Paola Küster berichte. Wir werfen einen Blick in Simon Küsters Zimmer und stellen fest, dass er tief und fest schläft und von der ganzen Aufregung nichts mitbekommen hat.

»Gibt es an den Eingängen Überwachungskameras?«, frage ich die Ärztin.

»Nur am Haupteingang«, gesteht sie zerknirscht. »Die Kameras an den Nebeneingängen wurden letztes Jahr abgeschafft. Aus Kostengründen.«

Na wunderbar. Wenn unser falscher Arzt nicht zufällig durch den Haupteingang marschiert ist, gibt es keine Aufzeichnungen von ihm. Oder ihr.

Auf Rorys schüchternes Geheiß rufe ich erneut Kommissar

Valko an. Dieses Mal erreiche ich ihn auch. Der großmäulige Kommissar ist kaum wiederzuerkennen. Er klingt ausgesprochen geknickt, erzählt mir, dass ihn die Polizeipräsidentin wegen seines desaströsen Interviews zu einem Gespräch gebeten hat (deshalb war sein Handy vorhin ausgeschaltet) und ihn nach allen Regeln der Kunst zur Schnecke gemacht hat.

»Da, ähm, da bin ich wohl ein bisschen übers Ziel hinausgeschossen«, gesteht er verschämt und zieht die Nase hoch.

Als ich ihn darüber in Kenntnis setze, was im Krankenhaus geschehen ist, wird er noch eine Nummer kleinlauter und bekommt so ein schlechtes Gewissen, dass er sich sofort und ohne jedes überflüssige Gehampel dazu bereit erklärt, zwei Beamte zu Simon Küsters Bewachung abzustellen.

Zwanzig Minuten später erscheint er dann höchstpersönlich. Begleitet von zwei uniformierten Polizisten, die vor dem Krankenzimmer Stellung beziehen.

»Tut mir leid. Ich weiß selbst nicht, was mich bei diesem Interview geritten hat«, nuschelt er entschuldigend und ist ganz klein mit Hut. »Die Polizeipräsidentin hat gedroht, dass ich demnächst wieder Streife laufen darf, wenn ich den Fall nicht schnell zu einem Abschluss bringe.«

»Dass Marnie nicht die Täterin sein kann, dürfte ja spätestens jetzt klar sein«, merke ich oberschlau an.

»Wieso?«, fragt er begriffsstutzig.

»Na, weil Marnie im Gefängnis sitzt. Und wenn sie nicht über die Superhelden-Fähigkeit verfügt, an zwei Orten gleichzeitig sein zu können, kann sie ja wohl schlecht als Ärztin verkleidet hier im Krankenhaus rumgelaufen sein. Oder?«

»Oh, da ... da hast du recht«, geht es ihm auf. Geschlagen gibt er sich trotzdem noch nicht. »Zugegeben ... das gerade eben kann sie nicht gewesen sein. Das bedeutet aber nicht zwangsläufig, dass sie nicht doch für den ersten Angriff auf Simon Küster verantwortlich ist.«

»Ja. Klammern Sie sich ruhig weiter an diesen Strohhalm«, verkünde ich lächelnd. »Aber ich denke, wir können schon mal Pfeffer und Salz holen.«

»Ähm, was?«, macht der Kommissar.

»Erinnern Sie sich nicht?«, sage ich und zitiere genüsslich seine eigenen Worte: *»Wenn Marnie Küster unschuldig ist, bin ich ein Spiegelei!«*

War das nun ein erfolgreicher Tag?, frage ich mich, während Amadeus uns zurückfährt. Oder ein Vollflop? Irgendwie trifft beides zu. Wir haben einen zweiten Angriff auf Simon Küster verhindern können. Aber was die Identität des Täters angeht, sind wir keinen Schritt weiter.

An der Agentur angekommen, steigt der Detektiv aus, wir verabreden uns für morgen Früh, ich lade Doktor Herkenrath (der sich nur schwer von Charlotte verabschieden kann) ins Auto und Amadeus bringt uns nach Hause.

Um Punkt acht Uhr stehe ich vor der Haustür. Zu spät für eine höfliche Verfrühung, aber pünktlich genug, um keinen Ärger mit Frau Zeigler zu kriegen.

~ 16 ~

Der tanzende Detektiv

Manchmal tut man etwas Gefährliches, ohne im Geringsten darüber nachzudenken. Wie gefährlich es war, wird einem erst mit Verspätung klar. Natürlich nur, falls man das Glück hatte, heil und unversehrt aus der Situation rauszukommen. So geht es auch mir, als ich am Karfreitag erwache und die Ereignisse des Vortages Revue passieren lasse.

War die Person, die ich verfolgt habe, Paola Küster? Ihr plötzliches Auftauchen war schon *sehr* verdächtig. Andererseits – sie hatte eine nachvollziehbare Erklärung parat. Und wie hätte sie ihre Arzt-Verkleidung so schnell entsorgen können? Auf jeden Fall war es höchst leichtsinnig von mir, der Person in dem OP-Kittel hinterherzujagen. Der- oder diejenige hat keine Sekunde gezögert, Simon Küster niederzuschlagen, als der Kunstsammler ihn (oder sie) beim Diebstahl der *Roten Libelle* überrascht hat. Das könnte man vielleicht noch mit einer Panikreaktion erklären. Aber dass der Täter gestern im Krankenhaus aufgetaucht ist …

Er kann nur aus einem Grund dort gewesen sein: um Simon zum Schweigen zu bringen, bevor dessen Erinnerung zurückkehrt. Er muss das Interview mit Kommissar Valko gesehen haben. Dann hat er umgehend gehandelt. Und zwar nicht in Panik, sondern kaltblütig und entschlossen. Und er hätte sein Ziel erreicht, wenn Rory und ich ihm nicht in die Quere gekommen wären. Wer immer das getan hat, ist eine äußerst gefährliche Person! Die Gefahr, im Krankenhaus geschnappt zu werden, war ziemlich hoch. Warum ist er oder sie so ein großes Risiko eingegangen?

Geht es doch nicht nur um das Gemälde, sondern um etwas, das für den Täter von noch weitaus größerer Bedeutung ist?

Je weiter dieser Fall fortschreitet, umso verwirrender wird er. Vor allem, weil sich die Frage nach Schein und Sein, Lüge und Wahrheit, Echt und Falsch wie ein roter Faden durch unsere Ermittlung zieht. Alles scheint einen doppelten Boden zu haben: Marnie Küster, die vor der Kamera echte Mörderinnen spielt, im echten Leben aber fälschlicherweise in Haft sitzt. Nora Gold, die wir als Mitarbeiterin von Hilko Uschberg kennenlernen, die sich dann aber als Affäre von Nils von Dorn entpuppt. Von dem wiederum alle Welt irrigerweise glaubt, dass er sich nur für Tennis interessiert. Sonja von Dorn, die laut eigener Aussage nur *echte Menschen* mag, deren Gesicht aber an Künstlichkeit kaum zu überbieten ist. Simon Küster, der seinen Gästen erzählt, der

Kunstexperte aus der Schweiz habe ihn angerufen – obwohl es genau andersherum war.

Ich tue es nur ungern, aber ich muss zugeben: Das Geheimnis um die *Rote Libelle* übersteigt die Fähigkeiten jeder noch so engagierten Nachwuchs-Detektivin. Was ist der Schlüssel zu diesem Fall? All meine Hoffnung ruht nun einzig auf dem schüchternen Detektiv.

»Morgen«, erwidert Frau Zeigler meinen freundlichen Gruß brummig, als ich in die Küche komme, und macht mal wieder ein Gesicht, als wäre sie gerne bei den *Mörderischen Ehefrauen* dabei. Keine Ahnung, welche Laus ihr über die Leber gelaufen ist. Im Normalfall muss man aber nur ein paar Augenblicke warten, bevor man die passende Erklärung geliefert bekommt. Frau Zeigler macht aus ihrem Herzen keine Mördergrube. Wenig überraschend geht es mal wieder um ihren Raimund – der in den meisten Fällen der Auslöser für ihre schlechte Laune ist.

»Dieser Mann!«, faucht sie, stemmt die Arme in die Hüften und schüttelt erbost den Kopf. »Ich hatte ihm gestern nur aufgetragen, einen neuen Wasserkocher zu besorgen. Und was macht er? Muss bei der Gelegenheit natürlich beim Baumarkt vorbeifahren und ein paar schwere Zementsäcke kaufen, weil er die glorreiche Idee hatte, endlich mal das Mäuerchen vor dem Haus auszubessern. Das verfällt schon seit fünf Jahren – bisher hat es ihn noch nie gestört. Und als er die Säcke ins Auto geladen hat, hat er sich verhoben. Dabei hatte er seinen Hexenschuss gerade erst auskuriert. Jetzt hat er es schon wieder im Kreuz. Und das an Ostern.«

»Tja …«, mache ich – vor allem, weil ich nicht weiß, was ich sonst dazu sagen soll –, rufe nach Doktor Herkenrath, der mit hängender Zunge angetrottet kommt, und greife nach meiner Jacke.

»Du willst doch nicht etwa raus? Wir haben Karfreitag!«, entfährt es Frau Zeigler empört.

Ich überlege kurz, ob es ein Gesetz gibt, das einen am Karfreitag ins Haus zwingt und einem erst am Ostersonntag wieder erlaubt, vor die Tür zu gehen. Nicht, dass ich wüsste. Das ist wieder eines der Gesetze, die nur in Frau Zeiglers Welt existieren. In ihrer Welt ist es auch unter Androhung der Höchststrafe verboten, sich die Hände über der Küchenspüle zu waschen oder sonntags Wäsche auf die Leine zu hängen.

»Heute wird doch das Passionsspiel aufgeführt, für das Caroline und ich die Dornenkronen gebastelt haben«, erkläre ich – und nehme ihr damit den Wind aus den Segeln. Gegen den Besuch eines Passionsspiels kann sie schlecht was sagen. Was kann man an Karfreitag Karfreitäglicheres tun, als sich ein Passionsspiel anzusehen?

»Ja, aber … doch nicht so früh am Morgen«, sagt sie und guckt ganz misstrauisch.

»Doch. Morgens gibt es eine Kindervorstellung. Und dann

noch eine Vorstellung am Nachmittag und eine am frühen Abend«, versichere ich mit treuherzigem Blick.

Die wichtigsten Zutaten für eine erfolgreiche Schwindelei sind Details. Genau genommen sind sie für einen gelungenen Schwindel das, was Gewürze fürs Kochen sind. Dabei gilt beim Kochen wie beim Schwindeln: Es kommt auf die richtige Dosis an. Eine bestimmte Menge an Gewürzen verbessert den Geschmack. Nimmt man zu viel, ist das Gericht verdorben. Beim Schwindeln ist es ebenso: Ein paar Details erhöhen die Glaubwürdigkeit, zu viele machen die Sache unglaubwürdig. Für einen erfolgreichen Passionsspiel-Schwindel sollten es drei oder vier Details sein.

»Ist eine Open-Air-Aufführung«, lasse ich Frau Zeigler wissen.

»So?«, macht sie.

»Petrus wird übrigens von einem Friseur gespielt. Und Jakobus der Jüngere von einem Oberstudienrat«, schwindle ich fröhlich weiter. »Und natürlich ist die ganze Geschichte auch ökologisch korrekt: Das Holz für die Kreuze kommt aus geprüfter nachhaltiger Forstwirtschaft.«

»Tja, dann …«, macht Frau Zeigler, der die Argumente ausgegangen sind, und fügt gewohnheitsmäßig hinzu: »Aber pass auf den Hund auf. Und halte ihn von …« – sie stutzt einen Moment und legt die Stirn in Falten – »vom, äh, Kreuz fern.«

Glücklicherweise ist das Wetter überhaupt nicht karfreitäglich. Es herrschen angenehme Frühlingstemperaturen und die Sonne kitzelt meine Nase. An der Straßenbahnhaltestelle am Boringer Platz müssen Doktor Herkenrath und ich eine halbe Stunde warten. Weil ich vergessen habe, dass heute der Feiertags-Fahrplan gilt und nur halb so viele Bahnen fahren wie an gewöhnlichen Tagen. Was wiederum zur Folge hat, dass wir mit einiger Verspätung in der Agentur eintreffen. Ein schwerer Verstoß gegen die schüchterne Pünktlichkeits-Etikette. Gut, dass Schüchterne zu schüchtern sind, um einem deswegen Vorwürfe zu machen.

Hoffentlich hat Rory irgendetwas herausgefunden, das uns in diesem kniffligen Fall weiterhilft, denke ich, als ich behutsam auf den Klingelknopf drücke.

Zu meiner Überraschung (und Doktor Herkenraths ungezügelter Begeisterung) ist es aber nicht der schüchterne Detektiv, der uns die Tür öffnet, sondern Charlotte. In ihrem roten Kaninchen-Pyjama und mit einer Tasse dünnem Kaffee in der Hand.

»Wo ist Rory?«, frage ich erstaunt, während sie uns in die Küche führt.

»Dadrin«, sagt sie, fährt sich verlegen durch die Haare und deutet auf die geschlossene Bürotür. »Und das schon seit gestern Abend. Rory war die ganze Nacht über wach. Er hat mir gesagt, dass er auf keinen Fall gestört werden darf.«

»Und was macht er dadrin?«, sage ich, schleiche über den Flur und presse mein Ohr gegen die Tür. Aus dem Büro ist das Geräusch hin und her laufender Schritte und ein stetiges leises Murmeln zu hören.

»Keine Ahnung«, befindet Charlotte ratlos und zuckt die Schultern. »Uns bleibt nichts übrig, als zu warten. Möchtest du einen Kaffee? Ich würde dir auch einen extrastarken machen.«

Charlottes extrastarker Kaffee entpuppt sich als gerade mal mittelstark. Extrastark ist das traurige Gebräu nur für Menschen, die ausschließlich extradünnen, schüchternen Kaffee trinken.

Aber zwei Stunden später bin ich dennoch bereits bei der dritten Tasse angelangt – einfach deswegen, weil Kaffee trinken das Einzige ist, was ich tun kann, während ich sehnsüchtig darauf hoffe, dass sich die Bürotür endlich öffnet. Auch Charlotte blickt immer wieder erwartungsvoll über den Flur. Der Einzige, den die nervende Warterei nicht zu stören scheint, ist Doktor Herkenrath. Er ist total happy, dass er Charlottes Aufmerksamkeit nicht mit Rory teilen muss, und versucht, seine Angebetete durch ein gewagtes Kunststück zu beeindrucken. Er nimmt im Flur Anlauf zu einem Sprung, dreht sich in der Luft, landet auf dem Rücken und schlittert mit in die Höhe gestreckten Vorder- und Hinterbeinen quer durch die Küche unters Sofa.

Unterbrochen wird das endlose Warten nur durch einen Anruf von Kommissar Valko, der noch immer ziemlich kleinlaut wirkt und mir mit bedröppelter Stimme offenbart, dass die Sichtung der Kameraaufnahmen nicht von Erfolg gekrönt war. Der Täter oder die Täterin muss durch einen Nebeneingang ins Krankenhaus gelangt sein. Das hatte ich schon befürchtet.

»Ob es am Karfreitag liegt, dass heute keine Fans da sind?«, sage ich, nachdem ich aufgelegt habe und mit der Tasse in der Hand zum Fenster spaziere. »Kein Mensch zu sehen. Noch nicht mal Kati Keuken und ihr Team sind da.«

»Ähm, ja. Genau«, nuschelt Charlotte verlegen, dreht sich eine Haarsträhne um den Finger und läuft rot an.

Ich ziehe die Augenbrauen hoch und blicke sie prüfend an. »Irgendwie habe ich den Eindruck, als wäre das für dich nicht so überraschend.«

Charlotte lächelt nervös und haucht: »Vielleicht, öhm, vielleicht liegt es ja daran, dass heute Morgen eine Frau anonym beim Sender angerufen und Kati Keuken einen Tipp für eine Story gegeben hat: dass sich heute zwei bekannte Politiker mit einem Konzern-Chef treffen. Und dass es dabei um Bestechung und Korruption geht. Und dass dieses Treffen im, äh, *Lux-Hotel* stattfindet. Am anderen Ende der Stadt.«

»So?«, mache ich. »Ist es möglich, dass die anonyme Anruferin während ihres Telefonats einen roten Pyjama mit weißen Kaninchen getragen hat?«

»Könnte, ähm, könnte sein«, gesteht Charlotte errötend. Worauf wir beide in heftigstes Gekicher ausbrechen – bis plötzlich ein durch Mark und Bein gehender, übergeschnappter Triumphschrei aus dem Büro zu hören ist. Gefolgt von lautem Getrampel!

Wir blicken uns verdutzt an, stürmen über den Flur, ich reiße die Bürotür auf – und mir klappt die Kinnlade runter: Rory ist auf seinen Schreibtisch geklettert, vollführt (mit dem Rücken zu uns) eine Art Freudentanz und stößt dabei durchdringende Jauchzer aus. Der Detektiv ruckt und zuckt mit Kopf, Armen und Beinen wie jemand, der mit prall gefüllter Blase über glühende Kohlen hüpft. Unmittelbar nachdem er einen mittelschweren elektrischen Schlag bekommen hat.

Doktor Herkenrath beobachtet Rorys Kombination aus schüchternem Headbanging, krampfartigen Zuckungen und wildem Extrem-Schuhplatteln mit einem skeptischem Schieleblick, Charlotte schlägt die Hand vor den Mund, um nicht in lautes Gelächter auszubrechen.

»Sieh mal einer an: Sie tanzen ja doch manchmal auf dem Tisch«, sage ich mit lauter Stimme. »Und das ganz ohne Dinkel-Bier!«

Der Detektiv fährt herum, wirkt aber nicht im Geringsten verlegen, sondern grinst breit, springt mit seinen langen Storchenbeinen vom Schreibtisch, stürmt auf die verdutzt blickende Charlotte zu und drückt ihr einen Kuss auf den Mund.

So langsam wird mir die Sache unheimlich. Erst tanzt er und jetzt küsst er auch noch. Zwar keine fremde Frau, sondern eine, die er kennt. Aber dennoch …

»Hrrmh«, räuspere ich mich vernehmlich, weil Rory und Charlotte mit der Küsserei gar nicht mehr aufhören. »Haben Sie vielleicht doch heimlich ein Gläschen Dinkel-Bier getrunken? Oder gibt es einen nachvollziehbaren Grund für diesen unschüchternen Ausbruch?«

Der Detektiv schafft es tatsächlich, seine Lippen von Charlottes Mund zu lösen. Ich hatte schon befürchtet, die beiden wären aneinander festgeklebt.

Charlotte lächelt verschämt und läuft tomatenrot an. Genauso wie Rory, der mit einem Mal wieder die Schüchternheit in Person ist, sich räuspert und stammelt: »Das, ähm, war nur, weil, äh …«

»Ja?«, frage ich mit gerunzelter Stirn.

»Ich weiß es!«, platzt es überschwänglich aus ihm heraus.

»So?«, mache ich. »Und was genau?«

»Ich weiß, wer es war!«, verkündet der Detektiv mit vor Freude zitternder Stimme. »Ich weiß, wer *Die Rote Libelle* gestohlen hat. Ich weiß, warum er es getan hat. Ich weiß, wie er ins Haus gelangt ist, ohne den Alarm auszulösen. Und …« Rory nimmt die Kreyski-Biografie von seinem Schreibtisch und hält sie in die Höhe. »Ich weiß, warum Simon Küster so guter Laune war.«

»Wirklich?«, entfährt es mir verdattert. »Wer … wer ist der Täter? Oder ist es eine Täterin?«

Der Detektiv lächelt schüchtern, fährt sich mit dem Finger über den Hemdkragen und sagt mit leiser Stimme: »Nun, äh, ich möchte dein detektivisches Talent nicht beleidigen, indem ich dir die Lösung vorgebe, Matilda. Ich bin sicher, du wirst von selbst darauf kommen. Spätestens, wenn du das hier zu Ende gelesen hast.« Und mit diesen Worten drückt er mir die langweilige Kreyski-Biografie von Herrn Toenz in die Hand.

»Im Ernst?«, entfährt es mir fassungslos. »Ich muss mich wirklich durch diesen öden Schinken kämpfen? Bis zum Ende?«

Rory nickt und sagt mit nachdenklicher Miene: »Außerdem, öhm … Außerdem weiß ich zwar, wer es war. Aber ich habe keinen einzigen Beweis. Wir können die Person, die die *Rote Libelle* gestohlen hat, nur dingfest machen, wenn wir sie auf frischer Tat ertappen. Was natürlich nur gelingen kann, wenn Simon Küster bereit ist, dabei mitzuspielen.«

»Was meinen Sie?« Ich blicke den Detektiv verständnislos an.

»Nun ja …«, sagt Rory und lächelt schüchtern. »Diese Person hat bereits zweimal versucht, Simon Küster zum Schweigen zu bringen. Ich denke … wir sollten ihr eine dritte Chance geben.«

Der Detektiv weigert sich strikt, das Krankenhaus ein weiteres Mal zu betreten. Er wartet mit Amadeus und Doktor Herkenrath im Wagen, während ich mit dem Aufzug in die fünfte Etage fahre. Unterwegs habe ich mit Kommissar Valko telefoniert, der die beiden Polizisten, die vor dem Krankenzimmer Wache schieben, angewiesen hat, mich zu Simon Küster zu lassen.

Ich komme genau im richtigen Moment. Als ich in das Zimmer trete, ist der Kunstsammler im Aufbruch begriffen. Der Chefarzt war vor ein paar Minuten zur Visite da und hat der Entlassung zugestimmt. Den turbanartigen Verband hat man Simon abgenommen, er trägt nur noch ein großes quadratisches Pflaster auf der Stirn.

»Wieso stehen da zwei Polizisten auf dem Flur?«, fragt er und blickt mich forschend an.

»Na ja, weil ...« Ich setze ihn darüber in Kenntnis, dass er gestern einen Anschlag auf sein Leben verschlafen hat.

Simon Küster wird blass. »Ein Grund mehr, um so schnell wie möglich hier abzuhauen. Ich werde eine Schwester bitten, mir ein Taxi zu rufen. Allerdings fällt mir gerade ein, dass ich keinen Haustürschlüssel habe. Ich muss Paola anrufen und sie bitten, mit ihrem Schlüssel zum Haus zu kommen und mir aufzuschließen.«

»Nicht nötig«, lasse ich ihn wissen und übergebe ihm den Schlüssel, den ich Sonja von Dorn abgeschwatzt habe.

»Wo hast du den denn her?«, fragt er mit erstauntem Blick.

»Erkläre ich Ihnen später. Ist eine längere Geschichte. Und ein Taxi brauchen Sie auch nicht. Rory und ich sind mit dem Wagen da. Wir bringen Sie nach Hause. Und vorher können Sie Ihre Frau besuchen. Das haben wir bereits für Sie geregelt.«

»Wirklich?«, sagt Simon Küster und wirkt hocherfreut. »Dann nichts wie los!«

Bevor wir die Station verlassen, verabschiedet er sich von der Ärztin, die mich bei der Gelegenheit zur Seite nimmt und mit besorgter Miene fragt: »Wie geht es denn dem schüchternen Detektiv?«

»So weit alles okay«, versichere ich. »Er war bei seinem Hausarzt. Doktor Herkenrath. Der hat festgestellt, dass Rorys Symptome keine körperlichen Ursachen haben. Alles nur eine Folge von Extrem-Schüchternheit, Weißkittel-Furcht und Angst vor französischen Barock-Gärten. Und dagegen hilft wohl ein gelegentliches Gläschen Dinkel-Bier.«

»Heiliger Pinselschwung! Ich wusste nicht, dass Detektive so gut verdienen«, kommentiert Simon Küster beim Anblick der Limousine.

Ich öffne die Wagentür, warte, bis er auf der Rückbank Platz genommen hat, und stelle ihm höflich vor: »Das ist Amadeus. Und das ist Doktor Herkenrath.«

»Ich, öhm, ich freue mich, dass es Ihnen besser geht«, sagt Rory und reicht Simon Küster schüchtern die Hand.

»Danke. Sind Sie bei Ihren Ermittlungen vorangekommen?«

»Ja, ich ... ich denke, das kann man sagen. Und ich ... ich habe einen Plan. Einen Plan, bei dem ich allerdings auf Ihre Mithilfe angewiesen bin. Aber das sollten wir später besprechen. In aller Ruhe. Nachdem Sie bei Ihrer Frau waren. – Und Sie, ähm, *hüstel, hüstel,* erinnern sich nach wie vor an nichts?«

»An nichts, was den vergangenen Sonntag angeht«, sagt der Kunstsammler und schüttelt bedauernd den Kopf. »Da ist nur ein großes Nichts in meinem Gedächtnis. Wie eine weiße Leinwand, auf der es nicht den kleinsten Farbtupfer gibt.«

Während Simon Küster seine Frau besucht, warten wir auf dem Parkplatz vor dem Gefängnis. Da ich sowieso nichts Besseres zu tun habe, blättere ich ein wenig in der Kreyski-Biografie, in der Hoffnung, auf die Stelle zu stoßen, von der Rory einen entscheidenden Hinweis bekommen haben will. Aber entweder bin ich schwer von Begriff und habe den Hinweis überlesen, oder er findet sich erst im letzten Drittel des Buches. Gute hundertzwanzig Seiten schnarchnasiger Lektüre habe ich noch vor mir. Bei jedem dritten Satz frage ich mich, ob er ein Hinweis sein könnte und ich nur zu blöd bin, um ihn zu verstehen. Währenddessen lausche ich mit halbem Ohr einer Unterhaltung zwischen Rory und Amadeus.

»Ähm, äh, darf ich ... Also, natürlich verstehe ich, wenn Ihnen diese Frage zu persönlich ist und Sie nicht darauf antworten möchten, Amadeus. Aber mich würde interessieren … Darf ich fragen, wie alt Sie sind?«

»Sechsundachtzig, Herr Shy.«

»Sechsundachtzig? Das ist ja … Da sind viele andere Menschen ja schon lange in Rente.«

»Ich mag meine Arbeit. Ich war schon für Frau Sprudels Eltern tätig. Aber – wenn Sie mir diese persönliche Bemerkung gestatten – Frau Sprudel ist die mit Abstand angenehmste Arbeitgeberin, die ich je chauffiert habe. Ich arbeite sehr gerne für sie. Und für Sie natürlich auch, Herr Shy.«

»Und Sie, öhm, fühlen sich fit?«

»Ich mache jedes Jahr das Sportabzeichen für Senioren. In meiner Jugend war ich Leichtathlet und mehrmaliger Regionalmeister im Amateur-Boxen. Mittelgewicht.«

»Oh, das trifft sich … das ist ja … Sagen Sie, Amadeus, würde es Ihnen, äh, sehr viel ausmachen, wenn es heute etwas später wird?«

»Ich werde so lange für Sie da sein, wie Sie mich brauchen, Herr Shy.«

»Das ist, ähm, wirklich sehr freundlich. Und wäre es unverschämt, Sie darum zu bitten, etwas zu tun, das außerhalb Ihrer eigentlichen, *hüstel, hüstel,* Chauffeur-Tätigkeit liegt?«

»Es wäre mir eine Freude, Sie in jeder erdenklichen Weise unterstützen zu können.«

»Ich danke Ihnen vielmals, Amadeus. Das ist wirklich … Ich käme dann später eventuell auf Ihr Angebot zurück.«

»Sehr gerne, Herr Shy«, antwortet der Fahrer höflich – als sich die Tür der Limousine öffnet und Simon Küster zu uns auf die Rückbank steigt.

Das Wiedersehen mit seiner Frau scheint heilende Wirkung auf ihn gehabt zu haben. Sein Gesicht hat Farbe bekommen, seine Augen glänzen und er lächelt. »Ich hoffe nur, dass sich dieser ominöse Entlastungszeuge wirklich bei der Polizei meldet«, sagt er. »Damit Marnie morgen endlich freikommt.«

»Wenn, öhm, wenn mein Vorhaben gelingt, werden Sie nicht bis morgen auf sie warten müssen«, sagt Rory, errötet und lächelt still in sich hinein.

Als wir in Rosenhag ankommen, bittet der Detektiv unseren Fahrer erneut, den Wagen etwas abseits in der schmalen Stichgasse zu parken und auf uns zu warten.

Doktor Herkenrath, Rory und ich folgen Simon Küster zum Haus. Auf der Schwelle zögert er einen Moment und holt tief Luft, ehe er die Tür des massigen Betonbaus öffnet. Nach dem Eintreten gibt er den Code zur Entschärfung des Alarms ein und geht mit langsamen Schritten auf das Wohnzimmer zu.

»Und du hältst dich von jeglicher Kunst fern«, wispere ich Doktor Herkenrath zu, worauf er es schafft, so unschuldig zu schielen, als hätte er nicht die geringste Ahnung, worauf ich anspiele.

Rory bleibt derweil vor dem Wandschrank stehen, der bereits bei unserem ersten Besuch sein Interesse geweckt hat. Wieder fährt er mit der Hand über die hölzerne Tür, lächelt und murmelt leise: »Natürlich war da ein Signal. – Wie dumm von mir.«

»Was meinen Sie?«, frage ich verwundert, öffne die Tür und spinkse kurz auf die Reinigungsutensilien. »Sie haben doch gesagt, keines dieser Dinge hätte mit der Tat zu tun.«

»Das ist ja auch, öhm, richtig. Keines der Dinge *in* dem Schrank. Das Signal kommt von dem Schrank selbst. Manchmal ist man wie vernagelt.«

»Herrgott, Rory!«, sage ich in dem Ton, in dem Frau Zeigler immer *»Herrgott, Raimund!«* sagt. »Haben Sie es eigentlich drauf angelegt, dass ich vor Neugier platze? Hören Sie doch bitte, bitte, bitte auf, so supergeheimnisvoll zu tun. Geben Sie mir nur einen kleinen Hinweis! Nur ein klitzekleines Zückerchen. Wovon sprechen Sie?«

»Ähm, natürlich möchte ich nicht, dass du vor Neugier … Das wäre bestimmt kein schöner … Also gut.« Der Detektiv macht einen großen Schritt, stellt sich in den Schrank und lächelt mich schüchtern an.

»Äh, ja?«, mache ich.

»Verstehst du nicht?«, wispert er. »Ich kann in dem Schrank

stehen. Obwohl ich zu den Großgewachsenen zähle. Eine kleinere Person hätte sich hier bequem verbergen können.«

Es dauert einen Moment, bis ich schalte. »Sie meinen … der Täter hat sich dadrin versteckt?«

Rory tritt aus dem Schrank, nickt und flüstert mir zu: »Wir haben uns die ganze Zeit gefragt, wie der Täter ins Haus gelangt ist. Das musste er aber gar nicht.«

Einen Moment bin ich völlig geplättet, bis die Erkenntnis aus mir herausbricht: »Weil er das Haus nie verlassen hat!«

»Ein seltsames Gefühl, in so ein leeres, stilles Haus zurückzukommen«, sagt Simon Küster mit betretener Stimme, als er im Wohnzimmer steht und auf die Stelle an der Wand blickt, an der *Die Rote Libelle* hing.

Zum Glück hat Kommissar Valko Wort gehalten: Zwischenzeitlich war ein Tatort-Reiniger hier und hat das Blut auf dem Boden beseitigt.

Der Kunstsammler dreht sich um, blickt Rory mit ernstem Gesicht an und sagt: »Würden Sie mir jetzt sagen, was Sie vorhaben? Ich bin auf jeden Fall dabei. Auch wenn es gefährlich wird.«

»Das ist, öhm, sehr hilfreich«, befindet Rory. »Aber bevor ich Ihnen den Plan im Einzelnen darlege, sollten wir noch ein paar Vorbereitungen treffen. Haben Sie vielleicht einen Schraubenzieher im Haus?«

Simon Küster guckt verdutzt, macht sich aber auf die Suche nach dem Gewünschten und kommt kurz darauf mit dem Werkzeug in der Hand zurück. »Und jetzt?«, fragt er.

Rory geht zu der großen gläsernen Schiebetür, durch die man auf die Terrasse gelangt, und sagt etwas verschämt: »Wenn Sie das Schloss der Tür vielleicht zerstören könnten? Natürlich nur, falls es Ihnen nichts ausmacht. Und wenn Sie es vielleicht so hinbekämen, dass man auf den ersten Blick nicht sieht, dass das Schloss kaputt ist? Ich würde es selbst machen, aber ich habe bedauerlicherweise zwei linke … Sie verstehen.«

»Na schön. Wenn es denn zum Lauf der Gerechtigkeit beiträgt«, sagt der Kunstsammler und macht sich an die Arbeit. Mehrmals setzt er den Schraubenzieher an der Tür an, dann ist ein lautes metallisches Knacken zu hören, bei dem Doktor Herkenrath ängstlich aufjault. »Geschafft«, verkündet Simon Küster. »Mission erfolgreich! Schloss ruiniert!«

»Sehr, öhm, sehr gut. Und jetzt sollten Sie ein paar Anrufe tätigen. Rufen Sie die Personen an, die am vergangenen Sonntag hier waren: Ihre Tochter, Oliver Lorenz, Hilko Uschberg und die von Dorns. Sagen Sie Ihnen, dass Sie aus dem Krankenhaus entlassen wurden. Dass Sie sich aber ohne Ihre Frau etwas einsam fühlen und in dieser Situation die Gesellschaft und den Zuspruch guter Freunde brauchen könnten. Laden Sie alle zu einem kurzen Umtrunk ein. Sagen wir, so gegen achtzehn Uhr. Wer könnte Ihnen eine solche Bitte schon abschlagen? – Und wenn Sie die Anrufe erledigt haben, stelle ich Ihnen meinen Plan vor.«

»Ich hoffe mal, der sieht nicht vor, dass ich noch mehr Sachen in meinem Haus zerstören muss«, murmelt Simon Küster.

»Nein«, sagt Rory verschämt, lächelt und kratzt sich verlegen am Kinn. »Ihre Aufgabe besteht darin … Also, Sie sind der, öhm, Sie sind unser Köder.«

~ 17 ~

Ein scheuer Plan und eine fromme Panne

»Alle haben die Einladung angenommen«, informiert uns der Kunstsammler mit zufriedenem Gesichtsausdruck, als er zwanzig Minuten später ins Wohnzimmer zurückkommt. »Paola, Oliver Lorenz, Hilko Uschberg und Sonja und Nils. Sie werden um sechs Uhr hier sein. – Und sehen Sie mal!« Aufgeregt deutet er auf das Display seines Handys. »Sie hatten recht. Ich habe am Sonntag tatsächlich diesen Herrn Toenz in Zürich angerufen. Ich frage mich nur –«

»Dann können wir ja endlich zu Rorys Plan kommen«, unterbreche ich ihn ungeduldig – und blicke den schüchternen Detektiv erwartungsvoll an.

»Öhm, äh, natürlich«, stottert er, nimmt schüchtern in einem Sessel Platz und erklärt mit leiser Stimme: »Für die Person, die Sie angegriffen hat, steht offenbar viel auf dem Spiel. Sie hat zweimal versucht, Sie zum Schweigen zu bringen. Und wir bieten ihr eine dritte Gelegenheit! In diesem Plan hat jeder eine Aufgabe. Sie, Herr Küster. Und ich. Und du ebenso, Matilda.

Und, öhm …« – er wirft einen kurzen Seitenblick auf meinen gähnenden Cockerspaniel – »Doktor Herkenrath auch.«

Und dann weiht der Detektiv uns unter ausgiebigem Räuspern und Hüsteln und mindestens zwei Dutzend *Ähms* und *Öhms* in sein gewagtes Vorhaben ein …

Simon Küster ist ein wenig verstimmt darüber, dass Rory ihm nicht verraten will, gegen welche Person sich sein Verdacht richtet, nickt aber einverständlich, nachdem der Detektiv uns seinen Plan dargelegt hat. »Ja. Ein guter Plan. Nicht ohne Risiko, aber er könnte funktionieren.«

Mir gefällt Rorys Idee auch. Im Prinzip. Aber sie hat einen kleinen Denkfehler. Und der betrifft die zeitliche Planung. Grob gesagt besteht der Plan aus Phase 1 und Phase 2. Phase 1 wird zwischen achtzehn und zwanzig Uhr stattfinden. Kein Problem. Doch Phase 2 startet frühestens, wenn es dunkel wird. Gegen neun. Wahrscheinlich aber noch später. Um zehn. Oder elf. Um die Zeit muss ich längst zu Hause sein.

Als ich den Detektiv auf seinen Planungsfehler hinweise, erfahre ich, dass es gar kein Fehler ist.

»Äh, ja, Matilda. Deswegen hast du ja auch nur eine Aufgabe in Phase 1«, nuschelt Rory und blickt verlegen auf seine Schuhspitzen. »Phase 2 könnte ein wenig gefährlich werden und ich will unter keinen Umständen riskieren, dass du … Ich möchte nicht in die Verlegenheit kommen, deinen Eltern erklären zu müssen, dass, ähm … Daher dachte ich, es wäre besser, wenn du in Phase 2 nicht, öhm, nicht dabei bist. Amadeus wird dich nach Hause fahren, sobald Phase 1 abgeschlossen ist.«

»Was?«, entfährt es mir entsetzt. »Wenn es spannend wird, wollen Sie mich nach Hause schicken? Das können Sie nicht mit mir machen! Auf keinen Fall! Ich bleibe hier! Und das mit Frau Zeigler regle ich schon.«

»Matilda, es, öhm, wäre mir wirklich lieber, wenn du …«

»Dann halte ich eben die Luft an!«, verkünde ich, verschränke die Arme vor der Brust wie eine trotzige Dreijährige, presse die Lippen aufeinander und mache dicke Backen. Ich überlege kurz, ob es wirkungsvoll wäre, auch noch mit dem Fuß aufzustampfen. Aber man soll es ja nicht übertreiben.

Mit so einer Kleinkind-Trotznummer könnte man die meisten Erwachsenen wohl kaum beeindrucken. Schüchterne schon.

»Ist ja … ist ja gut«, wispert Rory mit erschrockenem Gesichtsausdruck. »Von, äh, von mir aus. Dann bleib eben hier. Und würdest du jetzt bitte wieder atmen?«

Während wir auf die Gäste warten, quäle ich mich weiter durch das Kreyski-Buch, schweife im Geiste aber immer wieder ab. Vor allem zwei Fragen beschäftigen mich. Erstens: Welche Geschichte tische ich Frau Zeigler auf, um zu erklären, dass ich nicht um acht zu Hause sein kann? Und zweitens: Wie ist Rory zu der Erkenntnis gelangt, dass …?

»So!«, unterbricht Simon Küster, der in diesem Moment ins Wohnzimmer spaziert kommt, meine Gedanken und nimmt Gläser aus einer Vitrine. »Alles ist vorbereitet.«

Doktor Herkenrath läuft derweil nervös zwischen Möbeln und Kunstgegenständen hin und her und fiept in zunehmender Lautstärke – was in Cockerspaniel-Sprache bedeutet: *»Ich muss mal raus. Und zwar ziemlich dringend.«*

»Tut mir leid«, sage ich. »Ein paar Minuten musst du es dir noch verkneifen. Sieh es als deinen Beitrag zum Sieg der Gerechtigkeit.«

Doktor Herkenrath schielt mich verständnislos (und ein klein wenig panisch) an – dann fährt er plötzlich herum und bellt laut, weil es an der Haustür klingelt. Der erste Gast kommt mit einiger Verfrühung.

Simon Küster eilt zur Tür, öffnet, und im nächsten Augenblick fällt ihm seine Tochter um den Hals.

»Oh, Papa!«, schluchzt Paola. »Ich habe mir solche Sorgen gemacht. Wie schön, dich endlich wieder umarmen zu können.«

Als sie ins Wohnzimmer tritt und Rory und mich bemerkt, guckt sie verdutzt – aber da schellt es erneut. Es ist Oliver Lorenz, der Simon ebenfalls umarmt und freudig begrüßt.

»Tut mir leid, dass ich letztens etwas verstimmt war«, entschuldigt er sich mit zerknirschtem Gesichtsausdruck. »Ich bin so froh, dass es dir wieder besser geht.«

Kurz darauf erscheint auch Hilko Uschberg, der nervös an seiner Fledermausbrille ruckelt, Simon die Hand reicht und ihn mit einem Redeschwall überschüttet. Eigentlich sagt er auch nur, dass er sich freut, ihn zu sehen. Nur mit viel mehr Worten als Oliver Lorenz. Und natürlich in Überschall-Sprechtempo.

Als Letzte kommen die von Dorns. Nils von Dorn lächelt gezwungen und wirft Rory einen flehenden Blick zu, als wollte er sagen: »Bitte lassen Sie mich nicht auffliegen. Noch habe ich meiner Frau nicht erzählt, dass ich morgen ausziehen werde.«

Sonja von Dorn hat den gleichen angeekelten Gesichtsausdruck wie immer, umarmt Simon mit einem falschen Lächeln und überreicht ihm einen Blumenstrauß.

»Schwertlilien«, erklärt sie in wichtigem Ton. »Du weißt ja bestimmt: Schwertlilien waren die Lieblingsblumen von Müni, dem berühmten französischen Maler.«

Nachdem Simon die Blumen in eine Vase gestellt und allen Sekt eingeschenkt hat (für mich gibt es eine Limonade), richtet er ein paar Worte an seine Gäste: »Ich freue mich sehr, euch wiederzusehen. Ihr habt den schüchternen Detektiv ja bereits alle kennengelernt. Ich habe ihn und seine Mitarbeiterin heute Abend eingeladen, weil er in meinem Fall ermittelt. Ich bin zuversichtlich, dass er den Dieb der *Roten Libelle* fassen wird. Dann werde ich Marnie endlich wieder in meine Arme schließen können. Heute ist ein freudiger, zugleich aber auch ein trauriger Tag. Freudig, weil ich wieder zu Hause und bei meinen Freunden bin. Und traurig, weil meine Frau in diesem Moment nicht bei uns sein kann. Heben wir unsere Gläser und trinken auf sie und ihre baldige Rückkehr. – Auf Marnie!«

»Auf Marnie!«, entgegnen die anderen und alle stoßen miteinander an. Sonja von Dorn guckt dabei aber, als hätte ihr jemand Gurkensaft in den Sekt gekippt.

»Und du erinnerst dich wirklich an gar nichts, Simon?«, fragt Oliver Lorenz, blickt den Kunstsammler forschend an und kratzt sich nervös an der Nase.

Simon Küster holt tief Luft – und erzählt seinen Gästen das, was Rory ihm aufgetragen hat: »Ich ... habe das Gefühl, als käme die Erinnerung allmählich zurück«, schwindelt er. »Manchmal tauchen unscharfe Bilder vor meinem inneren Auge auf. Nur ganz kurz und blitzlichtartig. Aber sie kommen immer häufiger. Wer weiß? Vielleicht wache ich morgen auf und kann mich klar und deutlich an alles erinnern.«

In diesem Moment stößt Doktor Herkenrath ein mitleiderregendes Jaulen aus und kratzt an der Schiebetür zur Terrasse. Offenbar ist es bei ihm höchste Eisenbahn.

»Schätze, er muss mal raus«, bemerke ich, marschiere zur Tür, flüstere Doktor Herkenrath »Gut gemacht« zu, drehe den manipulierten Türgriff – und halte ihn im nächsten Moment in der Hand. »Huch!«, mache ich so erschrocken wie möglich, stiere auf den Griff, blicke zu Simon Küster und sage beschämt: »Tut mir leid, aber ich … ich befürchte, ich habe gerade Ihre Terrassentür gehimmelt.«

»Tss!«, macht Sonja von Dorn abschätzig und bedenkt mich mit einem angeekelten Blick.

»Nicht deine Schuld«, sagt Simon Küster, kommt zu mir herüber und nimmt die Schließvorrichtung in Augenschein. »Das Schloss hatte schon länger eine Macke. Du hast ihm nur den Todesstoß verpasst.« Er schiebt die Tür mehrmals auf und zu, und zuckt mit den Schultern. »Ich lasse morgen Früh jemanden kommen, der sich darum kümmert.«

»Aber … da kann doch jetzt jeder rein«, sagt Hilko Uschberg und fingert an seiner Fledermausbrille rum.

Simon winkt ab und erklärt lachend: »Wie wahrscheinlich ist es, dass zweimal innerhalb einer Woche bei einem eingebrochen wird? Es wird schon reichen, wenn ich das morgen in Angriff nehme. Heute ist Feiertag. Da kriegt man sowieso niemanden, der das repariert. Außerdem möchte ich einfach diesen Abend mit euch genießen.«

»Mitarbeiterin von Rory Shy. So, so«, raunt mir Oliver Lorenz zu und lächelt amüsiert. »Sagtest du nicht, du wärst seine Nichte?«

»Bin ich ja auch. Mitarbeiterin und Nichte. Mitarbeitende Nichte sozusagen«, rede ich mich raus und lenke seine Aufmerksamkeit rasch in eine andere Richtung. »Als wir Paola

Küster befragt haben, ist ihr rausgerutscht, dass sie Sie *heiß* findet«, vertraue ich dem Schauspieler flüsternd an.

»So?«, macht er, wirft einen längeren Blick auf Paola, schenkt sich noch ein Glas Sekt ein – und schlendert zu ihr hinüber.

Während der folgenden Stunde nippe ich hin und wieder an meiner Limonade und beobachte die Anwesenden unauffällig. Oliver Lorenz und Paola haben sich auf einer Couch niedergelassen und unterhalten sich angeregt. Simon Küster wird derweil von Hilko Uschberg in Beschlag genommen, der ohne Punkt und Komma auf ihn einredet. Nils von Dorn fühlt sich sichtlich unwohl, sagt nur gelegentlich etwas und blickt die meiste Zeit unter sich. Seine Frau versucht mehrmals, sich in die Gespräche der anderen einzuklinken – aber offenbar hat niemand besonders viel Lust, sich mit ihr zu unterhalten. Was sie mit einer säuerlichen Miene quittiert. Weil sie sich ja irgendwie beschäftigen muss, mäkelt sie ausgiebig an ihrem Gatten rum. Bis ihr auch das langweilig wird. Sie versucht, statt angeekelt mal besorgt auszusehen, und sagt zu ihrem Gastgeber: »Ich weiß ja nicht, Simon, Darling. Bist du wirklich sicher, dass du möchtest, dass Marnie entlassen wird? Ich an deiner Stelle bekäme Angst bei dem Gedanken. Wie kannst du dir sicher sein, dass nicht doch sie es war, die dich …?«

Augenblicklich verstummen alle Gespräche. Simon Küster stellt sein Glas ab und wirft seiner Nachbarin einen vernichtenden Blick zu. »Wie kannst du es wagen, Marnie dieser Tat zu beschuldigen?«, entfährt es ihm wütend. »Ich denke, du solltest besser gehen!«

Sonja von Dorn springt auf und kreischt mit megaangeekeltem Gesicht: »Du wirfst mich raus? Nur weil ich offen ausspreche, was sowieso alle denken? – Wir gehen, Nils! Komm schon!« Sie macht eine auffordernde Kopfbewegung in Richtung ihres Mannes und marschiert hocherhobenen Hauptes davon.

Nils von Dorn erhebt sich zögerlich aus seinem Sessel. Mit betretener Miene murmelt er Simon Küster zu: »Tut mir leid. Und natürlich denkt das niemand. Außer Sonja. Ich entschuldige mich für sie.« Er lächelt verlegen in die Runde – und dackelt seiner Noch-Ehefrau hinterher.

»Ach, übrigens«, ruft Oliver Lorenz ihr nach und grinst breit: »Der Maler, den Sie meinten, heißt Monet! Und nicht Müni!«

Aber da knallt Sonja von Dorn bereits wütend die Haustür hinter sich zu.

Die verbliebenen Gäste wirken erleichtert, sie los zu sein, und plaudern munter weiter, bis Rory mir kurz zunickt und mit lauter Stimme verkündet: »Wir, ähm, wir müssten dann auch mal … Meine Mitarbeiterin muss um acht zu Hause sein. Ihnen noch einen schönen Abend. Und vielen Dank für die Einladung, Herr Küster.«

Wir verlassen das Haus, überqueren die Straße und huschen eilig in die kleine Gasse, in der Amadeus geparkt hat. Ich öffne die Tür der Limousine, lasse Doktor Herkenrath in den Wagen springen und will gerade einsteigen, als Rory mich zu meiner Überraschung bittet, ihm mein Handy auszuleihen.

Was gibt das denn?, denke ich. Erst tanzt er, dann küsst er und jetzt telefoniert er auch noch? Muss ich mir Sorgen um den schüchternen Detektiv machen?

Er entfernt sich ein paar Schritte vom Wagen, wählt und flüstert etwas in den Hörer. Nachdem er das Gespräch beendet hat, drückt er mir das Handy mit einem schüchternen Lächeln in die Hand, und wir nehmen auf der Rückbank der Limousine Platz.

»Seit wann telefonieren Sie mobil?«, frage ich und nehme ihn mit prüfendem Blick ins Visier. »Und mit wem?«

»Mit, öhm, Kommissar Valko. Ich, ähm, ich wollte ihm die frohe Kunde persönlich überbringen.«

»Welche frohe Kunde?«

»Nun, äh, nach seinem Interview-Debakel muss der Ärmste ja dringend ein paar Pluspunkte bei der Polizeipräsidentin sammeln. Ich dachte, es wäre nur höflich, ihm die Möglichkeit zu geben, zur Aufklärung des Falls beizutragen.«

»Und wie?«, frage ich verdattert.

»Ich habe ihm eine Adresse genannt und ihm empfohlen, sich so schnell wie möglich einen Durchsuchungsbeschluss für diese Adresse zu besorgen. Er soll sich mit ein paar Beamten bereithalten und warten, bis die dort lebende Person das Gebäude verlässt. Und dann sollen er und sein Team eine Durchsuchung starten. Ich habe ihm gesagt, dass er dort die, ähm, *Die Rote Libelle* finden wird. Und ich habe ihn gebeten, die Freilassung von Marnie Küster anzuordnen. – Oh, sieh nur! Unser Vorhaben schreitet voran.«

Der Detektiv deutet zum Haus der Küsters, wo Hilko Uschberg in der Tür steht und sich von Simon Küster verabschiedet. Kurz darauf verlässt auch Oliver Lorenz das Haus, steigt in ein herbeigerufenes Taxi und entschwindet. Weitere zwanzig Minuten später geht Paola Küster, nachdem sie ihren Vater zum Abschied lange umarmt hat.

Jetzt heißt es: Warten, bis es dunkel wird und Phase 2 eingeläutet werden kann. Aber erst mal muss ich mich um Frau Zeigler kümmern. Viertel vor acht, stelle ich bei einem schnellen Blick auf die Uhr fest. Gerade noch früh genug.

»Habe mir was ausgedacht«, lasse ich Rory wissen. »Und da Sie neuerdings ja so gerne telefonieren …« Ich erkläre dem Detektiv kurz, was ich vorhabe, wähle und stelle auf Lautsprecher, damit er mithören kann.

»Ja? Hier Zeigler bei Bond.«

»Hallo, Frau Zeigler. Ich bin es«, melde ich mich und versuche möglichst zerknirscht zu klingen. »Schlechte Nachricht: Ich werde es leider nicht bis um acht nach Hause schaffen.«

»Was?«, schnaubt sie erbost. »Wieso nicht?«

»Carolines Eltern wollten mich nach dem Passionsspiel nach Hause bringen. Aber ihr Wagen hat so was wie eine Panne.«

»So was *wie* eine Panne? Was soll das denn bedeuten?«, bellt Frau Zeigler in den Hörer.

»Am besten, ich gebe Ihnen mal Carolines Vater«, erkläre ich hastig und reiche das Telefon an Rory weiter.

»Ähm, hallo«, stottert er schüchtern – hält sich aber an den vorgegebenen Text. Auch wenn er das ein oder andere *Ähm* und *Öhm* hinzufügt.

»Hier spricht Johannes, ähm, Frömmel. Ich bin der Vater von Carola. Öhm, Caroline, meine ich natürlich. Wahrscheinlich hat Matilda Ihnen ja erzählt, dass ich bei unserer Aufführung den Judas gespielt habe. Nun, öhm ... Einer der Zuschauer konnte offenbar nicht zwischen Rolle und Darsteller unterscheiden. Als wir eben auf den Parkplatz kamen, hatte jemand *Hau ab, Judas!* auf meine Windschutzscheibe gesprayt und die Vorderreifen zerstochen. Und jetzt, ähm, warten wir auf den, öhm, Pannendienst. Bitte machen Sie sich, *räusper,* keine Sorgen um Matilda. Es wird zwar noch etwas dauern, aber ... Wir werden sie sicher nach Hause bringen.«

Ich nicke dem Detektiv anerkennend zu und recke den Daumen hoch.

»Ja, wenn ... wenn es nicht anders geht, Herr Frömmel«, seufzt Frau Zeigler und wirkt ein wenig überfordert. »Aber geben Sie mir bitte noch einmal Matilda.«

»Hallo?«, sage ich.

»Und dir geht es wirklich gut, Kind?«, vergewissert sich Frau Zeigler besorgt.

»Ja. Machen Sie sich keine Gedanken.«

»Wieso darf Carolines Vater mit mir telefonieren?«, fragt sie argwöhnisch. »Hast du mir nicht erzählt, das wäre Mitgliedern seiner Sekte verboten?«

Mist!, durchfährt es mich. Da habe ich bei der Schwindel-Planung geschlampt. »Ähm, in Notfällen schon«, improvisiere ich. »Und wenn sie dafür anschließend zwei Monate auf den Genuss von Bitterschokolade und grau gefärbten Eiern verzichten.«

»So?«, macht Frau Zeigler. Dann höre ich sie zu meiner Verblüffung leise glucksen. »Also, dieser Herr Frömmel ... Redet der immer so?«, will sie wissen. »Diese vielen *Öhms* und *Ähms*. Herrgott, der Mann kling ja beinah wie der schüchterne Detektiv aus den Fernsehnachrichten.«

»Echt? Finden Sie? Ich muss jetzt Schluss machen, Frau Zeigler. Ich glaube, da vorne kommt der Pannendienst.«

»Gut. Dann bis später, Kind. Ich bleibe auf, bis du sicher zu Hause angekommen bist. Und halt den Hund vom ... vom Wagenheber fern.«

~ 18 ~

Die Faust aus dem Dunkel

Zu Beginn unserer Zusammenarbeit hat mir der schüchterne Detektiv räuspernd und hüstelnd offenbart, dass ein großer Teil der detektivischen Tätigkeit vor allem in einem besteht: Warten. Wenn man ermittelt, wartet man ständig auf irgendwen oder irgendwas. Darauf, dass eine Person, die man observieren muss, ihr Haus verlässt. Darauf, dass einem ein Informant endlich die gewünschte Information verschafft. Oder zur Abwechslung einfach mal darauf, dass es dunkel wird.

Warten ist nicht meine starke Seite.

Amadeus hat sich die Chauffeur-Mütze in die Stirn gezogen und hält ein kleines Nickerchen auf dem Fahrersitz, Rory sitzt so unbeweglich da wie eine schüchterne Statue und ist ganz in Gedanken versunken, während ich hibbelig auf dem Polster hin und her rutsche. Kann es nicht schneller dunkel werden?

Ich lasse das Seitenfenster herunter, damit ein wenig Frühlingsabend ins Auto weht. Es riecht nach Krokus und Forsythie – und wieder fällt mir auf, wie unglaublich ruhig es hier ist. Nur das Zwitschern ein paar später Vögelein; aus einem der umliegenden Gärten hört man das leise Plätschern eines Springbrunnens, einmal eine helle Kinderstimme, die ein Kinderlied singt.

Da ist er wieder. Der rote Faden, der sich durch unsere gesamte Ermittlung zieht: Schein und Sein, Wirklichkeit und Kulisse. Alles um uns herum wirkt harmlos, unschuldig und idyllisch. Als gäbe es so etwas wie Verbrechen gar nicht.

Aber hinter der friedlichen Kulisse bereitet sich in diesem Moment jemand darauf vor, Simon Küster zum Schweigen zu bringen.

Kurz vor halb neun ist es endlich so weit: Rory nickt mir auffordernd zu, ich scheuche Doktor Herkenrath aus dem Wagen und steige ebenfalls aus, während der Detektiv noch mit Amadeus tuschelt.

Alles, was ich verstehe, ist: »Natürlich nur, wenn es Ihnen nichts ausmacht …«

»Ich freue mich, Ihnen behilflich sein zu können, Herr Shy«, krächzt der Fahrer in höflichem Ton. »Sie können sich selbstverständlich auf mich verlassen.«

»Was haben Sie mit ihm besprochen?«, frage ich Rory, während wir durch die Dunkelheit zum Haus der Küsters huschen.

»Sagen wir, es ging um eine Rückversicherung«, erklärt er

schüchtern lächelnd, eilt die Stufen zur Haustür hinauf und klingelt.

Simon Küster öffnet uns und wir schlüpfen durch die halb geöffnete Tür ins Haus. Wie vorab mit Rory besprochen, hat der Kunstsammler sämtliche Rollläden heruntergelassen – abgesehen von denen im Wohnzimmer.

Der Detektiv tritt kurz auf die Terrasse, überzeugt sich, dass man die Glastür problemlos von außen aufschieben kann, und nickt zufrieden.

»Soll ich den Alarm scharf schalten?«, fragt Simon Küster.

»Nein, nein«, wehrt Rory ab. »Wir wollen ja niemanden verscheuchen. Sondern anlocken.«

»Und Sie glauben wirklich, er oder sie schluckt den Köder?«, fragt der Kunstsammler skeptisch.

Rory nickt und errötet leicht. »Die Person, die wir erwarten, hat zu viel zu verlieren, um diese Gelegenheit nicht zu nutzen. Und nun … Wie würde Alfred Hassler sagen? Alle auf, ähm, Ausgangsposition.«

Was erstens bedeutet, dass Simon Küster alle Lichter löscht und sich im Schlafzimmer zu Bett begibt, während Rory, Doktor Herkenrath und ich im danebenliegenden Arbeitszimmer Position beziehen. Und zweitens – dass wir schon wieder warten müssen.

Rory sitzt regungslos in Simon Küsters Schreibtischstuhl und Doktor Herkenrath benimmt sich geradezu vorbildlich. So als wüsste er, um was es geht. Er bewegt sich nicht von der Stelle und hechelt ausgesprochen leise.

Die Einzige, die Hummeln im Hintern hat und nicht stillsitzen kann, bin ich. Nervös laufe ich in dem dunklen Zimmer auf und ab, bis selbst der schüchterne Rory genervt wirkt und seufzend sagt: »Wir, ähm, warten gerade einmal zwanzig Minuten, Matilda. Möglicherweise müssen wir noch ein oder zwei weitere Stunden warten. Und dieses, öhm, Rumgerenne zerrt doch ein ganz klein wenig an meinen Nerven – wenn ich das mal so offen sagen darf. Warum machst du dir nicht die kleine Lampe da vorne an und liest ein bisschen? Von draußen kann man das Licht wegen der heruntergelassenen Rollläden ja nicht sehen. Also … bitte! Sei so gut. Wenn es dir nicht allzu viel …«

»Ja. Ich bin eine Nervensäge. Verstehe schon«, murmele ich, knipse das Lämpchen an und nehme die öde Kreyski-Biografie zur Hand. Herr Toenz' Schreibstil wird auch im letzten Drittel des Buches nicht prickelnder. Dennoch kämpfe ich mich Seite um Seite vor, getrieben von dem Ehrgeiz, auf den ominösen Hinweis zu stoßen, der Rory die Augen über diesen Fall geöffnet hat.

Während seiner Zeit an der Kunstakademie knüpfte Kreyski Kontakte zu zahlreichen anderen Künstlern, lese ich. *Margarete Friebel (1963), Gunnar Haudruff (1965–1991), Bent van Galen (1965), Piet Vermeulen (1966), Svenja Lampe (1964) …*

Und so weiter und so weiter. Ich kann es nicht verhindern, tief zu gähnen. Trotzdem lese ich tapfer weiter. Bis mich etwas stutzen lässt …

Manchmal läuft man eine Straße entlang und sieht etwas Merkwürdiges. Man nimmt es wahr – aber man versteht es nicht und läuft einfach weiter. Und erst wenn man um die nächste Ecke ist, kapiert man, was man gerade gesehen hat. Genau so geht es mir in diesem Moment. Ich lasse meinen Blick gelangweilt über die Zeilen gleiten, als mir schlagartig die Erkenntnis kommt, dass ich vor zehn Sekunden etwas gelesen habe, das … Hastig blättere ich eine Seite zurück.

Als junger unbekannter Künstler nutzte Kreyski mehrere Methoden, um seine Maltechnik zu verfeinern. Unter anderem versuchte er sich darin …

Ich lese den folgenden Absatz noch einmal – und plötzlich geht mir ein Licht auf. Es ist, als würde man in einem stockdunklen Raum stehen – und unvermittelt leuchtet eine Glühbirne hell auf. *Pling!* Und dann eine zweite: *Pling!* Und dann noch eine. Und noch eine und noch eine und noch eine. *Pling! Pling! Pling! Pling! Pling! Pling! Pling!* Bis es so hell ist, als würde man direkt in einen gigantischen Scheinwerfer blicken.

So fühlt es sich also an, wenn man eine Erleuchtung hat!

Im nächsten Moment springe ich wie von der Tarantel gestochen auf und jubiliere: »Jetzt weiß ich es auch! Ich weiß, warum es passiert ist. Und wer es getan hat. Und wieso –«

»Psst!«, unterbricht mich Rory, legt den Kopf schief und horcht. »Da schleicht jemand durch den Garten. Mach das Licht aus. Schnell.«

Ich tue, was er sagt, verhalte mich so still wie möglich und lausche mit klopfendem Herzen in die Dunkelheit – als mich eine detektivische Großkatastrophe ereilt: Wie aus dem Nichts schrillt ein durchdringender Klingelton durch die Stille: Ich habe vergessen, mein Smartphone auf *lautlos* zu stellen!

Rory blickt mich völlig entgeistert an. Hektisch fummele ich das Handy aus der Tasche. Was für ein erbärmlicher Anfängerfehler! Sherlock Holmes würde sich im Grabe umdrehen – aber der musste sich zu seiner Zeit ja auch nicht mit tückischen Smartphones rumschlagen. Bei einem Blick auf das Display wird es noch schlimmer: Es ist Mama, die anruft! Wenn ich den Anruf abweise, wird sie sofort wittern, dass irgendwas nicht stimmt. Sie wird mich einem unerbittlichen Mama-Kreuzverhör unterziehen – und dann war es das für alle Ewigkeit mit meiner Detektiv-Karriere.

»Ich muss rangehen«, wispere ich Rory zu, der mich so fassungslos ansieht, als hätte ich sie nicht mehr alle.

»Hallo, Mama. Wie geht es euch? Was machen die Gämsen?«, melde ich mich im Flüsterton.

Weiter komme ich nicht – weil Mama bereits zu Hause angerufen und mit Frau Zeigler gesprochen hat. Die hat ihr von Caroline und der frommen Autopanne erzählt. Leider ist Mama weitaus weniger leichtgläubig als Frau Zeigler und hat sofort auf höchste Misstrauens-Stufe geschaltet.

»Wieso kenne ich deine Freundin Caroline nicht?«, ist das Erste, was mir aus dem Hörer entgegenschallt. »Was soll das für eine merkwürdige Sekte sein, in der ihre Eltern angeblich sind? Was ist das für eine seltsame Autopanne? Und was soll dieser Blödsinn mit *Hau ab, Judas!* Was ist da bei dir los, Matilda? Wo bist du wirklich?«

»Das … das sind viele Fragen, Mama. Und auch sehr … gute Fragen. Und natürlich beantworte ich sie alle gerne. Ein andermal. Ich glaube, mein Akku gibt gerade den Geist auf. Du musst dir auf jeden Fall keine Sorgen um mich machen. Mir geht es gut. Gib Papa einen Kuss von mir. Tschüss, Mama.« Hastig drücke ich sie weg.

Einen Moment lang habe ich das Gefühl, als würden mir die Beine wegsacken. Mir ist ganz schlecht. Das wird Ärger geben! Und zwar richtig! Aber darüber darf ich mir jetzt keine Gedanken machen!

Eilig schalte ich das Handy aus und stecke es weg. Gerade noch rechtzeitig: Ich höre, wie jemand über die Terrasse läuft, die Glastür aufschiebt und ins Wohnzimmer tritt. Dort verharrt der Eindringling einen Moment, dann bewegt er sich auf leisen Sohlen durch den Flur und kommt die Treppe hochgeschlichen.

Das Herz schlägt mir bis zum Hals, mein Mund ist vor Aufregung staubtrocken.

Die Schritte huschen über den Korridor, am Arbeitszimmer vorbei, auf das Schlafzimmer am Ende des Ganges zu.

»Jetzt!«, flüstert Rory und wir bewegen uns lautlos über den Flur und folgen dem Eindringling.

Die Tür zum Schlafzimmer steht auf, Simon Küster liegt im Bett und stellt sich schlafend. Meine Nackenhaare richten sich auf, als ich sehe, wie sich eine schemenhafte Gestalt über ihn beugt, ein Kissen in die Hand nimmt und es dem Kunstsammler aufs Gesicht drücken will.

»Guten Abend, Herr Uschberg«, sagt Rory leise und knipst das Licht an.

Hilko Uschberg blickt uns mit entsetzten, weit aufgerissenen Augen hinter seiner Fledermausbrille an und scheint für einen Moment wie gelähmt. Dann geht alles blitzschnell: Simon Küster richtet sich ruckartig aus den Kissen auf und versucht, den Kunsthändler festzuhalten. Der entwindet sich ihm mit einer schnellen Bewegung. Rory eilt um das Bett herum zu Hilfe, aber Hilko Uschberg entwischt ihm, indem er auf das Bett springt und über die Matratze davonhüpft. Genau auf mich zu. Ich bin so überrascht, dass ich zu spät reagiere. Der Kunsthändler stößt mich zur Seite und flüchtet auf den Flur.

Doktor Herkenrath vergisst für einen Moment, dass er ein feiger Hund ist, und jagt ihm bellend hinterher. Nach einer kurzen Schrecksekunde nehmen Rory und ich ebenfalls die

Verfolgung auf. Am oberen Treppenabsatz angekommen, sehe ich, wie Hilko Uschberg durch den Flur rennt, die Haustür aufreißt und ins Freie stürmt.

Er ist noch keine fünf Meter weit gekommen, als eine Faust hinter einem Busch hervorschießt. Man hört ein fieses, lautes Knacken und ein überraschtes Kreischen – im nächsten Moment geht Hilko Uschberg zu Boden, zappelt wie ein Käfer auf dem Rücken und hält sich vor Schmerzen schreiend seine blutende Nase.

Amadeus kommt ächzend hinter dem Busch hervor, betrachtet den wimmernden Kunsthändler mit einem kurzen Blick, dann deutet er eine Verbeugung in Richtung Rory an und erklärt krächzend: »Wie es scheint, bin ich für mein Alter noch recht gut in Form. Es war mir eine Freude, Sie unterstützen zu dürfen, Herr Shy.«

Auf Rorys Bitte hin, hilft der Chauffeur Hilko Uschberg auf die Beine, dreht ihm den Arm auf den Rücken, führt ihn ins Haus, drückt ihn auf einen Stuhl im Wohnzimmer und lässt sich erschöpft in einem Sessel nieder. Ein klein bisschen wacklig und kurzatmig wirkt Amadeus schon. Kein Wunder. Schließlich boxt man mit sechsundachtzig nicht jeden Tag jemanden um.

»Ich bitte Sie in Ihrem eigenen Interesse, sich, ähm, vernünftig zu verhalten und keinen weiteren Fluchtversuch zu unternehmen, Herr Uschberg«, rät der schüchterne Detektiv. »Sie haben ja gerade erlebt, dass Amadeus einen, ähm, harten Schlag hat. Und bitte ...« – er reicht Hilko Uschberg ein weißes Taschentuch – »halten Sie sich das doch unter die Nase.«

Hilko Uschberg macht nicht den Eindruck, als wäre er fähig oder willens, einen erneuten Fluchtversuch zu wagen. Er schiebt hektisch an seiner Fledermausbrille rum, blickt ängstlich auf Amadeus und den leise knurrenden Doktor Herkenrath, drückt sich das Taschentuch unter die blutende Nase und zieht ein Gesicht, als würde er gleich zu weinen beginnen.

Derweil stützt sich Simon Küster mit einer Hand am Türrahmen ab und sieht aus, als würde er durch uns alle hindurch auf einen weit entfernten Ort blicken.

»Alles in Ordnung mit Ihnen?«, erkundige ich mich.

»Ich ... ich weiß es wieder«, stammelt er. »Als er ... als er sich über mich gebeugt hat und ich sein Gesicht gesehen habe, da ... da kam die Erinnerung plötzlich zurück. Auf einen Schlag! Ich erinnere mich an alles, was am Sonntag geschehen ist.« Im nächsten Moment läuft sein Gesicht vor Zorn rot an, er macht zwei schnelle Schritte auf Hilko Uschberg zu, ballt die rechte Hand zur Faust und brüllt drohend: »Du! Du! Wegen dir sitzt Marnie im Gefängnis. Am liebsten würde ich dich ...«

Er holt aus, Hilko Uschberg kreischt panisch und duckt sich weg – als Rory dazwischengeht und die Situation entschärft. »Wir, ähm, wir sollten jetzt alle Ruhe bewahren. Die Polizei dürfte jeden Augenblick eintreffen.«

»Ja. Schon gut«, brummt Simon Küster und lässt die Fäuste sinken. »Ich … ich glaube, ich koche uns jetzt erst mal einen Kaffee.«

»Oh«, macht der Detektiv erfreut. »Das ist … das wäre sehr … Und würde es Ihnen sehr viel ausmachen, ihn vielleicht ein wenig dünner …?«

~ 19 ~

Kreyski und Pomerovski

Der Kaffee läuft noch durch, als auf der Straße ein Polizeiwagen vorfährt. Einen Moment später klingelt es: Kommissar Valko – mit der *Roten Libelle* unter dem Arm!

Und neben ihm eine engelhaft lächelnde Marnie Küster, die freudig »Simon!« jauchzt, glückselig auf ihren Mann zustürmt und ihm um den Hals fällt. Es folgt ein sehr leidenschaftlicher und sehr langer Wiedersehens-Kuss.

Rory wird bei dem Anblick tomatenrot, räuspert sich und blickt verlegen zur Seite. Noch verlegener wird er, als Marnie Küster auch ihn umarmt und freudig hervorstößt: »Ich bin Ihnen unendlich dankbar. Tausendfachen Dank für Ihre Arbeit, Rory!«

Die Schauspielerin ist so überglücklich, dass sie – abgesehen von Hilko Uschberg – jeden drückt und knuddelt, der nicht früh genug in Deckung geht: mich, Doktor Herkenrath und sogar Amadeus. Einen Moment lang scheint sich Marnie Küster verwirrt zu fragen, was der ältere Herr in Chauffeuruniform in ihrem Wohnzimmer zu suchen hat, aber da er offensichtlich zu Rory und mir gehört, kriegt er auch eine engelhafte Umarmung.

Derweil überreicht Kommissar Valko Simon Küster *Die Rote Libelle,* raunt Rory zu: »Sie hatten recht«, und deutet auf Hilko Uschberg. »Wir haben das Gemälde im Keller von diesem Vogel gefunden.« Der Kommissar wird – für seine Verhältnisse – extrem verlegen und nuschelt: »Ähm, vielen Dank noch mal für die Information, Shy. So hat die Polizei auch einen Anteil an der Aufklärung des Falls. Das dürfte die Polizeipräsidentin ein bisschen gnädiger stimmen. Hoffe ich wenigstens.« Er geht zu dem bockig blickenden Hilko Uschberg hinüber, legt ihm Handschellen an und verkündet in offiziellem Ton: »Sie sind vorläufig festgenommen.«

»Wie sind Sie darauf gekommen, dass Hilko Uschberg der Täter war? Bitte erzählen Sie es uns, Rory«, sagt Marnie Küster und blickt den Detektiv gespannt an.

»Ähm, ich ... ja, sicher. Wobei ... Ich möchte nicht unverschämt erscheinen, aber ... der dünne Kaffee müsste eigentlich durchgelaufen sein. Wäre es ... wäre es möglich, eine Tasse ...?«

Simon Küster hat wirklich einen extrem dünnen Kaffee hinbekommen, der eigentlich nur aus heißem Wasser mit leicht bräunlicher Färbung besteht. Das Gebräu sieht so eklig aus, dass sich alle mit Schaudern abwenden und ihre Tassen weit von sich wegschieben. Außer Rory natürlich. Der Detektiv lässt sich, mit der Tasse in der Hand, in einem Sessel nieder, schlägt die langen Beine übereinander und nippt genussvoll an der wässerigen Plörre. Und dann noch mal. Und noch mal. Und gleich noch mal.

Er will Zeit schinden, wird mir klar. Weil er mal wieder vor der Situation steht, vor mehreren Menschen sprechen zu müssen. Was bei dem Detektiv ähnlich starkes Lampenfieber verursacht wie ein Auftritt vor der Kamera.

Am Ende jeder Detektivgeschichte gibt es die große Auflösungs-Szene, in der der Detektiv unter Beweis stellt, was für ein ausgesprochen kluger und scharfsinniger Ermittler er ist, und allen darlegt, wie er dem Übeltäter auf die Schliche gekommen ist. Die Detektive in meinen Romanen genießen diese Momente immer – für den schüchternen Rory sind sie ungefähr so spaßig wie eine Blinddarm-Operation.

»Keine Sorge«, flüstere ich ihm ermutigend zu. »Ich übernehme auch einen Teil. Aber anfangen müssen *Sie!*«

»Ähm, also schön«, nuschelt er und stellt seine Tasse ab.

Hilko Uschberg schaut grimmig zu Boden, die Küsters, Kommissar Valko und Amadeus blicken den Detektiv erwartungsvoll an. Nur Doktor Herkenrath scheint nicht besonders an der Auflösung des Falls interessiert. Er gähnt müde und legt sich vor einem der großen kegelförmigen Kunstobjekte zu einem Schläfchen hin.

»Von, äh, von Anfang an gab es eine große Merkwürdigkeit

in diesem Fall«, beginnt Rory zögerlich. »Und zwar die Sache mit dem Alarm. Warum ging er erst los, als der Einbrecher floh? Zunächst habe ich mich darauf konzentriert herauszufinden, wie jemand ins Haus gelangen konnte, ohne den Alarm auszulösen. Bis mir klar wurde, dass ich auf der, öhm, völlig falschen Spur war. Er musste nicht ins Haus eindringen. Er war die ganze Zeit über hier und hielt sich versteckt.«

»Aber wie? Und wo?«, fragt Marnie Küster mit ungläubiger Miene.

»Als Matilda und ich uns am Tatort umgesehen haben, hat der hohe Wandschrank im Flur mein Interesse geweckt und …«

»Interesse geweckt? Was meinen Sie damit?«, unterbricht ihn Simon Küster und zieht die Stirn kraus.

Rory wirft mir einen Hilfe suchenden Blick zu. Natürlich kann er nichts von seiner geheimen Methode erzählen. Davon, dass er von dem Schrank ein Signal empfangen hat.

»Nennen Sie es einfach detektivischen Instinkt«, wimmele ich Simons Frage ab und bedeute Rory mit einem Kopfnicken, fortzufahren.

»Und, äh, als ich vergangene Nacht die Aussagen der Gäste noch einmal durchging, fiel mir etwas Interessantes auf«, sagt der Detektiv an Simon und Marnie gerichtet. »Alles begann mit Ihrem Streit. Versetzen Sie sich noch einmal in die Situation: Sie beide sind in der Küche und haben diese Auseinandersetzung wegen Paola. Worauf diese davonstürmt und die Haustür lautstark hinter sich zuschlägt. Nachdem Sie Ihre Diskussion beendet haben, kehren Sie ins Wohnzimmer zurück und erfahren von Oliver Lorenz, dass Hilko Uschberg in der Zwischenzeit ebenfalls gegangen ist. Oliver Lorenz selbst wird kurz darauf von einem Taxi abgeholt und wenig später verabschieden Sie Nils und Sonja von Dorn an der Haustür.« Rory kratzt sich nervös am Hals und wirft einen scheuen Blick in die Runde. »Verstehen Sie? Paola: lautes Schlagen der Tür. Oliver Lorenz: Taxi. Nils und Sonja von Dorn: persönliche Verabschiedung an der Haustür. Diese vier Personen haben das Haus mit Sicherheit verlassen. Aber wie verhielt es sich mit Hilko Uschberg? Da hieß es immer nur: Er ist gegangen. Hat sich verzogen. Oder: Er hat sich verdünnisiert. Bei, öhm, genauerer Betrachtung gab es aber weder einen Zeugen noch einen Beweis dafür, dass er das Haus tatsächlich verlassen hatte. Keine persönliche Verabschiedung. Keine zuschlagende Tür. Kein Taxi.«

Alle schauen den Detektiv gespannt an – was ihn offenbar so einschüchtert, dass er mich flüsternd bittet: »Ähm, möchtest du vielleicht fortfahren, Matilda?«

»Klar«, sage ich und nehme den finster blickenden Hilko Uschberg ins Visier. »Der Streit zwischen den Küsters hat Ihnen in die Hände gespielt. Sie taten so, als wäre Ihnen das peinlich, haben Oliver Lorenz gebeten, die besten Grüße auszurichten, und so getan, als würden Sie gehen. Sie verließen das Wohnzimmer, wo die anderen Gäste zurückblieben, schlüpften in den

Wandschrank im Flur und hielten sich dort versteckt. Dort warteten Sie, bis sich die übrigen Gäste verabschiedet hatten und Simon und Marnie zu Bett gegangen waren. Dann haben Sie sich aus Ihrem Versteck geschlichen und versucht, *Die Rote Libelle* zu stehlen. Dabei haben Sie ein Geräusch verursacht, das Simon Küster geweckt hat. Und als er Ihnen plötzlich gegenüberstand, haben Sie nach der Bronze-Statuette gegriffen und zugeschlagen.«

»Das war ... das war nur, weil ich in Panik geraten bin«, kreischt Hilko Uschberg und rutscht nervös auf seinem Stuhl herum.

»Dann sind Sie durch die Haustür geflohen und haben dabei den Alarm ausgelöst«, fahre ich unbeeindruckt fort. »Sie rannten über das Grundstück der von Dorns davon und haben dabei die Tatwaffe in deren Teich geworfen. Zu Hause angekommen, haben Sie *Die Rote Libelle* dann in Ihrem Keller versteckt. Wohl in der Hoffnung, sie noch einmal an jemanden verkaufen zu können, wenn erst mal Gras über die Sache gewachsen wäre.«

Kommissar Valko zieht die Nase hoch und guckt ein wenig ratlos. »Also ... Nur damit ich es richtig verstehe, Shy. Ist das seine Masche? Er verkauft ein Kunstwerk, klaut es dann und verkauft es anschließend erneut?«

»Ähm ... nicht ganz«, antwortet der schüchterne Detektiv und errötet. Er nimmt noch ein Schlückchen dünnen Kaffee, räuspert sich und erklärt: »Als ich die Aussagen der Gäste unter die Lupe nahm, fiel mir eine weitere, öhm, Merkwürdigkeit auf: Alle erwähnten Simon Küsters auffallend gute Laune und führten sie darauf zurück, dass er sich darüber freute, dass ein bekannter Kunstexperte seine Sammlung in Augenschein nehmen wollte. Alle – außer Hilko Uschberg. Nur er hielt diesen Umstand nicht für erwähnenswert. Warum? Weil er um jeden Preis verhindern wollte, dass sich unsere Aufmerksamkeit darauf richtete. Denn dieser Kunstexperte war so etwas wie der, öhm, Schlüssel zur Lösung des Falls.«

»Wie Schlüssel?«, knurrt Kommissar Valko und guckt dabei ausgesprochen dumm aus der Wäsche. »Was meinen Sie damit?«

Ich deute auf Hilko Uschberg und sage: »Als Simon Küster ihm erzählt hat, dass sich ein Experte die Sammlung ansehen würde, ist ihm wahrscheinlich der Angstschweiß ausgebrochen. Weil ihm klar war, dass der Experte es herausfinden würde.«

»Was herausfinden?«, brummt der Kommissar.

»Dass *Die Rote Libelle* eine Fälschung ist!«, tönt Simon Küsters Stimme durch den Raum.

»Eine Fälschung?« Marnie Küster wirft den Kopf herum und blickt ihren Mann mit großen Augen an.

»Ja«, sagt er leise und nickt bestätigend. »Dessen war ich mir seit Sonntagnachmittag zu neunundneunzig Prozent sicher.«

»Aber … woran hast du es gemerkt?«, fragt sie. »Und warum hast du mir nichts davon erzählt?«

»Nun, woran ich es gemerkt habe … Dazu komme ich gleich«, sagt Simon Küster und lächelt geheimnisvoll in sich hinein. »Gesagt habe ich nichts, weil ich mir eben nur zu neunundneunzig Prozent sicher war. Ich brauchte noch eine Expertenmeinung. Als endgültige Bestätigung. Deshalb habe ich Herrn Toenz, den Kunstexperten aus Zürich, angerufen und ihn eingeladen, sich meine Sammlung anzusehen. Ohne ihm Einzelheiten zu verraten.« Der Kunstsammler wendet sich Hilko Uschberg zu, blickt ihn böse an und sagt: »Nur eines wusste ich nicht. Hattest du mir bewusst eine Fälschung verkauft? Oder hatte man dich auch übers Ohr gehauen? Also habe ich bei unserem Umtrunk erzählt, der Experte hätte mich angerufen und wolle sich die Sammlung ansehen. Um zu sehen, wie du reagierst. Und als ich merkte, dass du immer nervöser wurdest und noch schneller redetest als gewöhnlich, wurde mir klar: Du wusstest es! Du hattest mir absichtlich eine Fälschung verkauft.« Simon nimmt die Hand seiner Frau und erklärt: »Sobald Herr Toenz bestätigt hätte, dass es sich um eine Fälschung handelt, wäre ich zur Polizei gegangen und hätte diesen Betrüger angezeigt. An dem Abend habe ich mir aber erst mal einen Spaß daraus gemacht, ihn ins Schwitzen zu bringen. Deshalb habe ich das mit dem Experten immer wieder erwähnt. Ich wollte ihm so richtig Angst machen. Ich wusste ja nicht, dass er so irre ist, dass er …«

»Es, öhm, es ging für Herrn Uschberg um weitaus mehr als nur um dieses eine Gemälde«, meldet sich Rory schüchtern zu Wort. »Hätte sich *Die Rote Libelle* als Fälschung erwiesen, hätte man seine Geschäfte genauer unter die Lupe genommen. Ich, öhm, vermute einmal, dabei hätte sich herausgestellt, dass Herr Uschberg fast ausschließlich mit gefälschter Kunst handelt. Nicht wahr?« Der Detektiv blickt Hilko Uschberg fragend an.

»Sie reden jetzt besser, Freundchen«, raunzt Kommissar Valko den Kunsthändler an. Der blickt auf den Boden und presst trotzig die Lippen aufeinander.

»Ich denke auch, dass es vorteilhaft für Sie wäre, wenn Sie mit uns zusammenarbeiten würden«, versucht Rory ihn mit leiser Stimme zu überzeugen.

Hilko Uschberg atmet tief durch, fährt sich nervös mit der Zunge über die Lippen und beginnt zögerlich zu erzählen: »Das alles … das alles fing vor zehn Jahren an. Die Geschäfte liefen schlecht damals. Da machte ich auf einer Kunstmesse die Bekanntschaft eines *Herrn.* Und der schlug mir eine Zusammenarbeit vor. Ich war jemand mit zahlreichen Kontakten in die Kunst-Szene. Und er konnte Kunst *besorgen.* Gefälschte Kunst.«

»Wie heißt der Kerl? Und wo wohnt er?«, will Kommissar Valko wissen.

Hilko Uschberg schüttelt den Kopf. »Ich kenne weder seinen Namen noch seine Adresse. Ich hatte mit ihm immer über einen Messenger-Dienst Kontakt. Wenn jemand, den ich kannte, erwähnte, dass er an einem bestimmten Gemälde interessiert sei, habe ich das den Mann wissen lassen. In neunzig Prozent aller Fälle konnte er das Gewünschte besorgen. Manchmal innerhalb weniger Tage. Ich vermute mal, einige Fälschungen wurden extra angefertigt. Aber er muss auch Zugriff auf bereits vorhandene Kopien gehabt haben. Er dürfte die Fälschungen aus verschiedenen Quellen bezogen haben.«

»Und wie genau ging das dann vor sich?«, knurrt der Kommissar.

»Wir haben uns zur Übergabe immer auf einem Autobahnparkplatz getroffen. Das war jedes Mal eine Sache von fünf Minuten. Wir haben nebeneinander geparkt, ich habe ihm das Geld übergeben, er hat das Gemälde aus seinem Kofferraum genommen und ich habe es in meinen verfrachtet. Dann fuhren wir unseres Weges. Und ich habe die Fälschungen für teures Geld verkauft.«

Rory und ich tauschen einen kurzen wissenden Blick aus. *Der Kofferraum. Hände, die einen in eine Decke gehüllten Gegenstand an andere Hände übergeben …* Das war es, was er gesehen hat, als er an der Bronze-Statuette geleckt hat.

»Die Fälschungen waren sehr gut gemacht«, sagt Hilko Uschberg in weinerlichem Ton. »Nie ist irgendjemandem etwas aufgefallen. Ich fühlte mich sicher. Bis Simon am letzten Sonntag den Experten erwähnte. Ich habe fieberhaft überlegt, wie ich verhindern könnte, dass dieser Experte *Die Rote Libelle* unter die Lupe nimmt. Und da kam ich auf die Idee mit dem Diebstahl ...« Er blickt Simon Küster mit einem flehenden Blick an und krächzt: »Dass ich mit der Statuette zugeschlagen habe, das war nur ... Das war eine Kurzschlussreaktion. Ich bin in Panik geraten.«

»Möglich«, sage ich und blicke den betrügerischen Kunsthändler eindringlich an. »Aber als Sie es noch mal versucht haben, im Krankenhaus, da waren Sie bestimmt nicht panisch. Da sind Sie ganz überlegt und zielgerichtet vorgegangen. Nachdem Sie davon erfahren hatten, dass Simon Küster aus seiner Ohnmacht erwacht war, haben Sie nicht gezögert, ihn endgültig zum Schweigen zu bringen.«

»Da ... da war ich auch in Panik!«, kreischt er. Seine Fledermausbrille ist vor Aufregung ganz beschlagen. »Da war nichts überlegt. Es war nur Glück, dass ich auf einen Nebeneingang gestoßen bin, der nicht kameraüberwacht war. Und dass diese Kleiderkammer zugänglich war und ich mich als Arzt verkleiden konnte.«

»Also schön«, befinde ich. »Dann waren Sie eben zweimal in Panik. Ist ja auch egal. Aber heute haben Sie es ein drittes Mal versucht. Und dabei haben Sie nicht besonders panisch gewirkt. Sondern ziemlich skrupellos. Und wissen Sie, was wirklich irre an der ganzen Geschichte ist?« Ich grinse Hilko Uschberg frohgemut an, mache eine kleine dramatische Pause und verkünde:

»Sie sind nicht nur ein Kunstfälscher, Einbrecher, Dieb und Beinah-Mörder. Sie sind vor allem – ein betrogener Betrüger. Und betrogen haben Sie sich selbst!«

»Was?« Hilko Uschberg blickt mich verständnislos an.

Simon Küster lacht laut auf, dann platzt es aus ihm heraus: »Ich weiß etwas, das dir und deinem Partner offenbar entgangen ist, lieber Hilko. Ja, diese *Rote Libelle* ist eine Fälschung. Und dennoch ein Original – wenn man so will. Und wenn du es genau wissen möchtest: *Das* war der Grund für meine außerordentlich gute Laune.«

»Was meinst du, Simon?«, sagt Marnie Küster und blickt ihren Gatten mit gerunzelter Stirn an.

»Ein paar Tage bevor ich die Rote Libelle erstanden habe, hatte ich ein Buch über Kreyski gekauft, der ja bekanntermaßen ein Schüler von Stanislaus Pomerovski war. Und als ich am Sonntag darin gelesen habe, bin ich auf eine sehr interessante Information gestoßen.«

»Genauso wie Rory und ich«, erkläre ich, ziehe die Kreyski-Biografie aus der Tasche und halte sie dem schüchternen Detektiv vor die Nase. »Möchten Sie ...?«

»Ähm, äh, eigentlich, öhm, nicht«, wehrt er hastig ab. »Sei du doch bitte so freundlich und ...«

Ich schlage das Buch auf und erkläre: »Ziemlich am Ende gibt es ein Kapitel, in dem Herr Toenz beschreibt, wie Kreyski als junger Künstler verschiedene Maltechniken erlernt hat, indem er Werke seiner Vorbilder kopierte. Unter anderem auch Gemälde von Stanislaus Pomerovski. Das waren natürlich nur Übungsstücke für ihn, die sein Atelier nie verlassen sollten. Um ganz sicherzugehen, dass man ihm das Ganze nicht als Kunstfälschung auslegen würde, hat er in der linken unteren Ecke der Bilder eine winzige Signatur hinterlassen. Ein kaum sichtbares **K**, das mit bloßem Auge so gut wie nicht zu erkennen ist und höchstens wie ein zufälliger Farbsprengsel wirkt. Seine Vorsicht erwies sich, im Nachhinein betrachtet, als Glück. Denn ein paar Jahre später – Kreyski war schon ein berühmter Künstler – wurde in sein Atelier eingebrochen. Dabei wurden auch seine Übungsstücke gestohlen – und sind seither verschwunden.«

Es dauert ein paar Augenblicke, bis Hilko Uschberg dämmert, was das bedeuten könnte. Er stiert mich ungläubig an. »Du meinst ... du denkst, dieses Gemälde ...?«

»So ist es, Hilko«, sagt Simon Küster und deutet grinsend auf *Die Rote Libelle.* »Als ich das gelesen hatte, habe ich mir eine Lupe geschnappt und das Gemälde untersucht. Nur aus Neugier. Eigentlich habe ich nicht ernsthaft erwartet, etwas zu finden. In dem Moment ging ich noch immer davon aus, einen echten Pomerovski gekauft zu haben. Aber dann – entdeckte ich links unten in der Ecke tatsächlich ein kaum sichtbares K, das auf den ersten Blick wie ein winziger Farbsprengsel wirkte. Und da wusste ich: Dieses Gemälde ist ein falscher Pomerovski – aber ein echter Kreyski. Und sobald Herr Toenz das bestätigen würde … Das Bild ist mindestens das Zwanzigfache von dem wert, was ich dafür bezahlt habe. Erinnerst du dich noch, was ich während des Umtrunks zu dir gesagt habe, Hilko? *Du hast nicht die geringste Ahnung, welches Geschenk du mir mit diesem Bild gemacht hast.* Und die hattest du wirklich nicht. Ich war an dem Abend nicht nur gut gelaunt. Ich konnte es gerade noch so vermeiden, vor Freude zu platzen!«

Hilko Uschberg klappt die Kinnlade runter. Dann sinkt er leise wimmernd in sich zusammen und erinnert dabei an einen schmelzenden Camembert.

»Sie haben im Knast ja noch ausreichend Zeit, sich selbst leidzutun«, knurrt Kommissar Valko. »Gehen wir, Freundchen!« Er zerrt seinen Gefangenen vom Stuhl hoch und führt ihn hinaus. In der Tür dreht er sich noch einmal um, hüstelt verlegen und raunt Rory zu: »Ähm, vielen Dank noch mal für Ihre Hilfe, Shy. War ein feiner Zug von Ihnen.«

»Sehr gerne«, erwidert der Detektiv höflich. »Keine, öhm, Ursache, Herr Kommissar.«

Während Marnie Küster mit Alfred Hassler telefoniert, um sich für seine Unterstützung zu bedanken und ihm von der Lösung des Falls zu berichten, stehen Simon, Rory, Amadeus und ich vor der *Roten Libelle* und betrachten das Gemälde andächtig.

Ein falscher Pomerovski, ein echter Kreyski. Eine Fälschung, die gleichzeitig ein Original ist. Das echte falsche Bild ist wie das

Sahnehäubchen auf diesem Fall, in dem man nie genau wusste, was echt und was falsch oder sogar beides war.

»Ich, öhm, ich möchte Ihre gute Stimmung nicht trüben«, sagt Rory zu Simon Küster. »Aber … streng genommen gehört das Bild nicht Ihnen, sondern Kreyski. Es wurde ihm ja gestohlen.«

»Ich weiß«, entgegnet Simon Küster, nickt und sagt lächelnd: »Aber ich könnte mir vorstellen, dass er sehr glücklich darüber sein wird, dass das Gemälde wieder aufgetaucht ist. Und dass er es mir daher für einen sehr günstigen Preis überlässt. Vielleicht für die vierzigtausend, die ich Hilko Uschberg bezahlt habe. Das Geld werde ich mir natürlich umgehend zurückholen. Aber weiterverkaufen werde ich das Bild auf keinen Fall. Egal, wie viel es wert ist. Das ist ein echter Kreyski. Ich habe schon immer davon geträumt, ein Kreyski-Gemälde in meiner Sammlung zu haben. Ist es nicht wunderbar?«

»Viele Grüße an alle von Alfred«, klingt Marnies engelhafte Stimme durch den Raum. »Er gratuliert Ihnen zu Ihrer Arbeit, Rory. Ach … und er hat mich gebeten, Sie daran zu erinnern, morgen um neun im Studio zu sein. Wegen der Sterbeszene.«

»Oh«, haucht Rory und wird käsig im Gesicht. »Daran hatte ich gar nicht mehr … Das hatte ich ganz … Oh Gott!«

~ 20 ~

Tja …

Es war schon halb zwölf, als Amadeus mich gestern Abend zu Hause abgesetzt hat. Frau Zeigler war etwas erstaunt, mich aus einer Limousine steigen zu sehen.

»Der Wagen von Carolines Eltern musste abgeschleppt werden«, habe ich ihr erklärt. »Aber sie sind glücklicherweise im Automobilklub. Der stellt einem einen Leihwagen zur Verfügung.«

»Mit Chauffeur?«, hat sie geargwöhnt – dankenswerterweise jedoch keine weiteren Fragen gestellt. Weil sie genauso todmüde war wie ich.

Aber durch ist die Sache damit noch lange nicht.

»Deine Mutter hat gestern Abend hier angerufen«, informiert mich Frau Zeigler, als ich zum Frühstück in die Küche komme. »Sie war ziemlich ungehalten darüber, dass du noch nicht zu Hause warst. Und das mit der Autopanne hat sie auch nicht geglaubt.«

»Ich weiß. Aber Sie können doch bezeugen, dass es stimmt. Sie haben selbst mit Herrn Frömmel gesprochen.«

»Ja schon, aber … Wie auch immer: Heute bleibst du jedenfalls mal drinnen.«

»Aber Caroline und ich müssen –«

»Papperlapapp. Solange du das mit deiner Mutter nicht geklärt hast, gehst du nicht raus. Ende der Diskussion!« Frau Zeigler reckt entschlossen das Kinn vor. Wenn sie das Kinn vorreckt, ist das wie ein Ausrufezeichen.

Schwindeleien bringen mich jetzt nicht mehr weiter. Ab diesem Punkt hilft nur noch Bestechung.

»Würden Sie es sich noch mal überlegen, wenn ich Ihnen Autogramme von sämtlichen Schauspielern der *Mörderischen Ehefrauen* besorgen könnte? Oliver Lorenz, Rebecca Winter, Marnie Küster … Und vom Meister des Gattenmordes persönlich: Alfred Hassler. Natürlich alle mit persönlicher Widmung.«

Es passiert nicht oft, dass Frau Zeigler sprachlos ist. In diesem Moment schon. Sie blickt mich mit weit aufgerissenem Mund an, bevor sie schluckt und stammelt: »Autogramme von … von den *Mörderischen Ehefrauen*? Aber wo willst du die herkriegen?«

»Ich habe so meine Beziehungen. Möchten Sie welche oder nicht?«

»Mit persönlicher Widmung? Aber … sicher.« Frau Zeigler atmet schwer und scheint mit sich zu ringen. »Also schön. Aber … aber du bist spätestens heute Nachmittag zurück.«

»Müsste klappen«, lasse ich sie mit einem zufriedenen Lächeln wissen und denke: falls Rory diesmal etwas professioneller vor der Kamera agiert. Ich hoffe mal, er ist im Sterben besser als im Streiten.

Wir fahren mit einem Taxi zu den Hassler-Filmstudios – weil Amadeus heute einen wohlverdienten freien Tag hat. Verwundert betrachte ich Doktor Herkenrath, der immer wieder den Kopf reckt und sein Cockerspaniel-Antlitz im Rückspiegel betrachtet. Als wäre er auf dem Weg zu einem Date und müsste überprüfen, ob sein Styling okay ist.

»Tut mir leid, dich enttäuschen zu müssen«, sage ich. »Aber das kannst du dir sparen. Heute geht es nicht zu Charlotte.«

Was ihn nicht davon abhält, sich weiterhin im Spiegel zu bewundern.

Rory hängt derweil tief in den Polstern und gähnt gelegentlich.

»Sie machen den Eindruck, als hätten Sie nicht besonders viel geschlafen«, bemerke ich.

»Ich, ähm, ich habe die halbe Nacht lang geprobt«, wispert Rory.

»Was geprobt? Sterben?«

»Ähm, ja.«

»Und?«

Der Detektiv lächelt schüchtern. »Also … Charlotte hat es gut gefallen.«

Gegen Rorys Lampenfieber haben seine Sterbe-Proben allerdings nichts ausrichten können. Als wir die Studiohalle betreten ist er ein zitterndes Nervenbündel.

Alfred Hassler begrüßt uns – und im nächsten Moment glaube ich meinen Augen nicht zu trauen: Statt wie üblich vor der kläffenden Fränzi Reißaus zu nehmen, wedelt Doktor Herkenrath freudig mit dem Schwanz und betrachtet die Terrier-Dame mit einem verträumten Schieleblick. Den Blick kenne ich. Den hat er sonst nur drauf, wenn er Charlotte begegnet. Was geht denn jetzt ab?

Schon läuft er völlig unängstlich zu Fränzi hinüber und bellt fröhlich. Fränzi kläfft erfreut, springt aus ihrem Körbchen, die beiden beschnuppern sich, hüpfen aufgeregt umeinander herum – und hecheln so verliebt, dass es nicht zu glauben ist. Wäre das ein Cartoon, würden jetzt rote Herzchen in ihren Augen aufleuchten.

»Ich fasse es nicht«, entfährt es mir völlig verdattert.

»Tja, wo die Liebe hinfällt«, sagt Alfred Hassler lachend, aber im nächsten Moment verzieht er schmerzvoll das Gesicht. Weil er Rorys Rechnung geöffnet hat. »Gütiger«, macht er erschrocken. »Bei Ihrem Honorar sind Sie ja überhaupt nicht schüchtern.«

Rory lächelt verlegen – als es ein großes Hallo gibt: Simon und Marnie sind ins Studio gekommen, um sich persönlich bei Alfred Hassler, Oliver Lorenz und dem Film-Team für die Unterstützung zu bedanken. Es gibt jede Menge freudige Wiedersehen, Wangenküsse und Umarmungen.

Rebecca Winter quält sich ein falsches Lächeln und ein genauso falsches »Ich wusste immer, dass du nichts damit zu tun hast, Marnie« ab.

Im nächsten Moment versteinert ihr Gesicht, als Alfred Hassler sagt: »Wie schön, dass du wieder bei uns bist, Marnie. Jetzt kannst du ja doch die Axtmörderin in der Folge spielen, die wir kommende Woche drehen.«

Rebecca Winter guckt, als würde sie sich auf der Stelle eine Axt wünschen, und zischt: »Mir doch egal. Ich bin nicht auf diese mittelklassige Serie angewiesen. Ich habe ein Angebot für einen Werbespot. Da verdiene ich an einem Tag mehr als in zwei Monaten *Mörderische Ehefrauen.*«

Derweil vertraut Simon Küster Rory und mir an: »Heute Morgen gab es schon wieder einen Polizeieinsatz auf dem Maria-Kron-Weg. Nebenan, bei den von Dorns. Nils ist ausgezogen. Daraufhin ist Sonja ausgeflippt, hat ihm einen Sportpokal an den Kopf geworfen und mit einem Tennisschläger auf seinen Wagen eingedroschen. Es hat drei Polizeibeamte gebraucht, um sie ruhigzustellen. Tja …«

Bald darauf laufen die Kameras. Diesmal kriegt Rory es – trotz Lampenfieber – erstaunlich gut hin. Er sitzt in seinem Rocco-Semmel-Outfit am Tisch, isst von der Lasagne, die ihm Susi Semmel serviert, schafft es, plötzlich ganz schlecht auszusehen, rutscht vom Stuhl und bleibt reglos auf den Küchenfliesen liegen. Kein Krampfen, kein Jammern, keine Schmerzenslaute. Er stirbt ganz schüchtern und unspektakulär. Aber ziemlich glaubhaft.

Auch Alfred Hassler ist hochzufrieden. Seine Hamsterbäckchen schwabbeln vor Freude hin und her. »Die Aufnahme nehmen wir. Das war klasse, Rory. Sie können jetzt wieder aufstehen. – Rory?« Er eilt zu dem Detektiv hinüber, beugt sich über ihn und ruft: »Er ist ohnmächtig. Bringt mal ein Glas Wasser! Oder ein Dinkel-Bier!«

Vier Wochen später – es ist ein warmer Freitagnachmittag im Mai – bin ich bei Rory und Charlotte eingeladen.

Dass ich überhaupt rausdarf, grenzt an ein Wunder. Als Papa und Mama am Ostersonntag zurückkamen, hatte ich mich innerlich schon auf einen mehrwöchigen Hausarrest eingestellt. Und meine Befürchtung schien sich zu bestätigen: Kaum hatte Mama ihren Koffer abgestellt, hat sie mich ins Kreuzverhör genommen. Was Verhöre angeht, ist sie ein Profi. Weil sie in ihrem Leben schon mindestens tausend Krimis gelesen hat. Ganz ehrlich: Ich habe in der Nacht vorher kaum geschlafen, war völlig mit den Nerven runter und kurz davor, alles zu gestehen.

»Wir sind uns ja wohl einig, dass es keine Caroline gibt«, begann Mama, blickte mich durchdringend an und verschränkte die Arme vor der Brust.

»Ja. Also, nein. Es gibt sie nicht«, gestand ich mit gesenktem Kopf.

»Und wir sind uns auch einig, dass diese ganze Geschichte mit der Autopanne erstunken und erlogen war?«

»Ja. War sie«, entgegnete ich kleinlaut.

Jetzt würde sie Details wissen wollen. Und das war es dann. Ich verabschiedete mich innerlich von Rory und meiner Detektiv-Karriere. Aber dann geschah das Wunder …

»Matilda, glaubst du, ich weiß nicht, was los war?«, sagte Mama. »Du warst mal wieder als Amateurdetektivin unterwegs. Doro hat mich angerufen und es mir erzählt. Irgendwas mit Rhabarber-Diebstahl.«

Im ersten Moment konnte ich mein Glück kaum fassen.

»Ähm, ja genau«, beeilte ich mich zu versichern und versuchte dabei möglichst geknickt auszusehen.

»Matilda …« Mama betrachtete mich mit einem besorgten Blick und sagte in freundlich mahnendem Ton: »Ich kann deine Leidenschaft fürs Detektiv-Spielen ja nachvollziehen. Aber trotzdem hältst du dich in Zukunft an die Regeln. Und eine dieser Regeln lautet: Ich muss um acht Uhr zu Hause sein.«

»Tut mir leid. Kommt nicht wieder vor, Mama.«

Innerlich atmete ich auf und wähnte mich schon in Sicherheit, als sie mich doch noch kalt erwischte: »Ich frage mich nur eines, Matilda. Wer war dann dieser Herr Frömmel, mit dem Frau Zeigler gesprochen hat?«

»Das … das war ich auch«, schwindelte ich gedankenschnell. »Hab meine Stimme verstellt. Du weißt ja: Frau Zeigler ist total leichtgläubig.«

Als Doktor Herkenrath und ich kurz vor fünf Uhr in der Agentur eintreffen, haben Rory und Charlotte schon alles für das große Ereignis vorbereitet. Heute wird die Jubiläumsfolge der *Mörderischen Ehefrauen* ausgestrahlt. Und die wollen wir uns natürlich gemeinsam ansehen.

Rory hat seinen alten Röhrenfernseher in die Wohnküche geschleppt. Charlotte hat Schälchen mit Schokolinsen und Erdnuss-Flips vorbereitet und Waldmeisterbrause kalt gestellt. Wir nehmen nebeneinander auf dem Sofa Platz, Doktor Herkenrath springt auf die Fensterbank, um freie Sicht auf den Fernseher zu haben. Dass er seine Liebe zu Fränzi entdeckt hat, hindert ihn nicht daran, Charlotte auch weiterhin anzuschmachten.

Noch läuft Werbung. Ein Waschmittel-Spot, dann eine Werbung für eine Versicherung und dann …

»Das gibt es doch nicht«, sage ich und deute kichernd auf den Bildschirm.

Man sieht eine Szene in einem voll besetzten Restaurant. An einem der Tische sitzt Rebecca Winter und putzt mit zornigem Gesichtsausdruck einen Kellner runter. Dieser schenkt ihr daraufhin schnell ein Glas Bier ein, sie nimmt einen Schluck, ihre Gesichtszüge entspannen sich und sie sagt lächelnd in die Kamera: »Dinkel-Bier vertreibt die Zickigkeit aus dir!« Im nächsten Moment tanzt sie mit dem Kellner auf dem Tisch, sie küssen sich und dann ertönt eine Stimme aus dem Off: »Rebecca Winter, die zickige Schauspielerin, empfiehlt: Dinkel-Bier! Dinkel Bier – vertreibt die Zickigkeit aus dir.«

»Sieht so aus, als hätten sie keine schüchternen Prominenten gefunden«, befinde ich lachend. »Da muss man halt mit zickigen vorliebnehmen.«

Dann geht es endlich los: *Mörderische Ehefrauen, Regie und Produktion: Alfred Hassler, Folge 500: Tödliche Lasagne, Stargast: Rory Shy.*

Man sieht Rebecca Winter durch die Küche wuseln, dann stolpert Rory, von Dinkel-Bier benebelt, in die Szene.

Als er sein betrunkenes Ich auf dem Bildschirm erblickt, läuft der Detektiv vor Scham rot an, vergräbt das Gesicht in den Händen, sackt in sich zusammen und macht den Eindruck, als wäre er gerne unsichtbar.

»Oh, Rocco. Du bist ja schon wieder betrunken. Du hast mir doch versprochen, damit aufzuhören.«

Rory wankt durch die Küche, knallt sich die Schranktür vor

den Kopf, fällt in das Regal mit den Ziertellern und lallt: »*Gehd disch überhaupt nix an, ob isch was gedrunkn hab. Unn was issn das fürn Saustall hier? Räumma auf! Unn schminkn könns du disch auch ma wieder, du Frega... Fregatatte.*«

Charlotte und ich blicken uns kurz an – dann geiern wir wie auf Kommando gleichzeitig los und rutschen beinah vom Sofa vor Lachen. Selbst Doktor Herkenrath scheint von einem stillen Kichern geschüttelt zu werden.

Rory sitzt da wie zu einer Salzsäule erstarrt, glotzt ungläubig auf den Bildschirm und kriegt im nächsten Moment einen Hustenanfall, weil ihm vor Schreck eine Schokolinse in die Luftröhre geraten ist.

»Um Gottes willen«, keucht er. »Ich befürchte, das war es mit meinem Ruf als schüchterner Detektiv. In Zukunft wird die Presse nur noch vom lallenden Detektiv schreiben.«

Ich klopfe ihm aufmunternd auf den Rücken, mache ein *Es ist, wie es ist*-Gesicht und zucke mit den Schultern. »Tja ...«

Danksagung

Ganz heißer Dank geht auch diesmal an Birgit Schlick (für liebevolle Unterstützung und geduldige Betreuung eines schüchternen Mitmenschen), an Anna Mechler von der Literaturagentur Lesen & Hören (für Rat und Tat und unschüchterne Agentinnenarbeit) und an meine wunderbare Lektorin Emily Huggins (die jetzt weiß, warum der Rheinländer Gegenstände himmelt, statt sie nur profan zu zerstören).

Vielen Dank an das Team des Ueberreuter Verlags und natürlich an alle die jungen und älteren, schüchternen und unschüchternen LeserInnen, die Rorys Abenteuer verfolgen.

Oliver Schlick
Rory Shy, der schüchterne Detektiv

320 Seiten
Hardcover
ISBN 978-3-7641-5188-1

Ab 10 Jahren

ebook

Es ist völlig in Ordnung, schüchtern zu sein!

Rory Shy ist ein ungewöhnlicher Detektiv: Es ist ihm unangenehm, Zeugen zu befragen, er ist zu schüchtern, um mit Informanten zu sprechen, und viel zu höflich, um Verdächtige mit Fragen nach einem Alibi zu belästigen. Dafür besitzt er eine hochgeheime eigene Methode, mit der er bislang auch die kniffligsten Rätsel lösen konnte. Bis jetzt: In der Villa einer Millionenerbin ist eine Perle spurlos verschwunden. Und von der Sekretärin bis zum Butler scheint jeder ein Geheimnis zu hüten. An Befragungen führt kein Weg vorbei! Mithilfe der zwölfjährigen Matilda stellt sich Rory dem schwersten Fall seiner Karriere …

www.ueberreuter.de
Folgt uns bei Facebook & Instagram

CHARLOTTE SPRUDEL
PAOLA KÜSTER
OLIVER LORENZ
RORY SHY
MATILDA
HILKO USCHBERG